거울은 또
그렇게
반사되어 간다

거울은 또
그렇게
반사되어 간다

초판 1쇄 발행 2023. 10. 24.

지은이 김명희
펴낸이 김병호
펴낸곳 주식회사 바른북스

편집진행 김재영
디자인 배연수

등록 2019년 4월 3일 제2019-000040호
주소 서울시 성동구 연무장5길 9-16, 301호 (성수동2가, 블루스톤타워)
대표전화 070-7857-9719 | **경영지원** 02-3409-9719 | **팩스** 070-7610-9820

•바른북스는 여러분의 다양한 아이디어와 원고 투고를 설레는 마음으로 기다리고 있습니다.

이메일 barunbooks21@naver.com | **원고투고** barunbooks21@naver.com
홈페이지 www.barunbooks.com | **공식 블로그** blog.naver.com/barunbooks7
공식 포스트 post.naver.com/barunbooks7 | **페이스북** facebook.com/barunbooks7

ⓒ 김명희, 2023
ISBN 979-11-93341-64-3 03810

| 김명희 에세이 |

거울은 또
그렇게
반사되어 간다

조금은 반짝이는 모습으로 비춰질 수 있기를

내가 반사하는 모든 것들은 앞서 살아온 그 누군가의 얼굴일 수도
혹은 지금을 살아가는 내 얼굴일 수도
아니면 앞으로 살아갈 새 얼굴일 수도 있으므로

바른북스

나만의 것이 아니길

아무리 곱고 예쁜 글을 써놔도 그 앞에는 더 사무치고 아름다운 글이 있었다. 겨우 닮아 있을까, 마침내 다다랐을까 생각하며 고개를 들었을 때 이 책이 완성되어 있었다. 먼지를 털어내지 않고 서랍을 열어 눅눅한 종이를 그대로 건넨다. 그럴 수 있다는 것이 신기했다.

고이 접어두었던 페이지들은 참았던 숨을 쉬듯 장면 장면이 되어 가슴을 두드렸다. 누군가도 만났을 사람들, 당신도 겪었을지 모르는 그 일, 모두가 아파하고 사랑했던 시간들이 툭툭 튀어나왔다. 영광의 순간들은 담백했고, 차마 버리지 못한 순간들은 담대했다. 당신이 외면한 그날의 기억이 되살아날 수도 있고, 당신이 잠시 잊어버린 감개 어린 목소리를 들을 수도 있을 것이다. 무어라 말하기 어려웠던 삶이 어쩌면 누군가의 삶과 별반 다르지는 않아서 안심이 될 수도 있고, 이윽고 어쩌했다고 설명할 수 있는 순간이 올 수도 있겠다. 그러다가 책을 덮을 즈음에는 지나온 세월이 그저 오롯하여 다행이라는 생각이 들 것 같다. 손가락 사이사이로 빠져나가는 모래 알갱이들이 이미 바닥에 쌓인 모래 위로 떨어져 비로소 반짝이는 모습을 가만히 바라보는 시간을 마주했으면 좋겠다.

나만의 것이라 생각했던 것들이 세상에 나온다니 살짝 허전해지는 마음을 감추지는 못하겠다. 하지만 누군가의 휘영한 마음 한구석을 잠시나마 채워줄 것이라 생각하니 새어 나오는 웃음도 감춰지지 않는다. 문을 열고 활짝 웃는 그녀의 얼굴이 깊이 스며든다. 눈부시고 근사했음을 모처럼 실감하는 것 같아서 벅차다.

그녀의 언어를 흉내 낼 수 있어서, 그녀의 걸음을 따라갈 수 있어서, 그녀의 두꺼운 일기장을 이해할 수 있어서 행운이었다. 그녀가 삼키고 견딘 어제가 한가하고 느긋한 나의 오늘을, 심지어 어루만져 준다는 것을 알게 되어 감사했다. 가만가만 넘긴 한 장, 다음 장, 그 모든 장을 전부 다 사랑했다. 조금 먼저 사랑할 수 있어서 영광이었다.
부디 나만의 것이 아니길.

2023년
뜨거운 여름의 마지막 자락에서. 딸 김지연.
(팝 에이전시&팝 프로젝트 대표. 동화작가. 번역가)

나는 왜 부끄러움을
감수하는가

글이라는 것이 원래부터 내게 척 맞는 유려한 옷은 아니었고.

유명한 사람은 더더욱 아니고.

김형석 교수님의 지식을 선망하고 박완서 작가님의 지혜를 사랑하며 루이제 린저의 삶에 대한 철학을 공감하는 그저 평범하고 평범한 보통의 할매가 기억하고 싶은 조각 몇 개를 버무려 보았다.

김치를 잘 담그지 못하는 내가 양념의 배합을 모른 채 버무린 그 완성품은 모양새는 어그러지고 재료들은 따로 놀며 맛은 무미건조하고 밍밍한 맛이다.

톡 쏘는 맛도 없고 달콤한 맛도 없으며 부족한 언어들로 뒤덮인 꺼풀을 들추어 보니 따로 놀고 있는 각각의 재료들이 볼품없이 나뒹굴고 있다.

그럼에도 이 김치 맛이나 한번 보라고.

사람들의 경험치가 똑같은 것은 없으니 혹여 곁눈질하듯 남의 삶을 들여다보다가 우연히 한 단어 한 문장의 맛을 느낄 수 있다면 어떨지.

그렇게만 된다면.

나는 이 부끄러움을 감수할 것이다.

보잘것없는 70대 할매의 넋두리인지 일기인지조차 가늠하기 어려운 글이라도.

빛나지 않은 70년의 삶이라도.

명함 하나 없는 이름이라도.

무모한 용기가 자판 위에서 춤을 췄다.

그렇게

이미 휘적거린 활자들.

이제

부끄러움은 그저 나의 몫이다.

감수하고자 하는.

아니면 감수해야만 하는.

누구나 알만한 출산의 아픔과 환희를 동시에 느껴보는 시간이기에.

나로서는.

차례

거울은 또 그렇게 반사되어 간다

수많은 그들과 시간의 옷을 입으며

봄은
누구에게나
온다

사랑하는
손자에게
주는 동화
두 편

하나 · 할머니, 궁금해요!

둘 · 바람이 만나러 간 게 아니라
　　꽃들이 기다린 거란다

에필로그

무모한 용기라도 부디
한 알의 씨앗이 되었으면

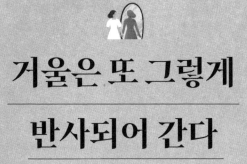

거울은 또 그렇게
반사되어 간다

부산을 만나다

초등학교 5학년.

낯설고도 낯선 부산이라는 땅을 처음 밟았다.

바다에 가본 적 없이 강원도 산골과 서울 영등포구 안에서만 뺑뺑이 돌며 살던 나는 처음 바다를 보고 파도치는 물결이 밀물, 썰물인 줄 알았다.

"아빠, 책에서 배울 때 밀물, 썰물은 하루에 두 번 있다는데 왜 저렇게 수없이 왔다 갔다 해요?"

아빠랑 엄마는 파안대소했다.

"저건 밀물, 썰물이 아니라 파도라는 거야. 물결의 힘이 파도가 되어 밀려오고 밀려가는 거란다."

그렇게 서울 촌놈은 이사 오던 날 파도를 처음 만나며 부산에 입성을 했다.

아빠는 서울 김포공항에 근무하시다 부산 수영공항으로 전근이 되셨다.

엄마의 알뜰함으로 서울에 집을 마련했던 우리의 재력은 부산에 오니 꽤나 상위그룹이었다. 적어도 부산에 넓은 주택 두 채 정도는 너끈히 살 수 있는.

아빠는 수영공항 소방대장으로 기관장이셨고 엄마는 독서로 다진 학식이 풍부했으며 내 집 마련을 위한 걱정이 없었으니 우리들에게 는 가장 좋고 행복했던 시절이었다. 그게 좋은 시절이었다는 것은 훨씬 뒤에 철들고 알았지만.

아빠는 멋있었다.

키가 적당히 크고 이목구비도 반듯했고 슈트 핏도 남달랐다. 게다 가 입이 무거워 늘 진중하고 남의 이야기를 한번 들으면 마음속에만 간직하여 사람들은 아빠 별명을 '청와대 비서실장'이라고 불렀다.

파출소장이랑 공항국장이랑 아빠가 소위 기관장 대표들이라 우린 작은 마을에서 늘 주목을 받으며 초등학교 시절을 보냈다.

운동회 전날이면 운동장에 먼지 날리는 걸 막기 위해 아빠가 소방 차를 끌고 와서 물을 뿌려주었다. 높은 소방차 위에서 세차게 물을 뿌 려대며 출렁이는 굵은 호스만큼 우리의 기는 펄펄 살았고 가난한 아 이들이 많았던 그 시절에 아주 잠깐 상류층이 된 듯 호사를 누렸다.

하지만 그건 정말 아주 잠깐이었다.

누누이 말하지만 서울 집을 처분하고 온 돈이 부산의 물가에 비해 넉넉했음으로 인한 상대적 부의 우위였으니까.

처음 만난 부산은 정말 좋았다.

아이들이 "서울내기 다마내기(양파) 맛 좋은 고래 고기."라고 놀려도 단 두 학급인 학년에서 1등은 가만히 있어도 되었고 솜씨 좋은 엄마가 만들어 준 스커트는 아이들이 처음 보는 디자인이라 늘 화제의 대상이었다.

세 자매가 등교할 때마다 부러운 듯이 바라보던 친구들.

선망과 부러움의 대상에서 비켜나가는 것은 한순간이었지만 부산을 만난 것은 내 인생에 새로운 터닝 포인트이기도 했다.

사투리도 금방 배웠고 달랐던 놀이들도 금방 따라 했다.

좋았던 시간들.

어려서 모르고 지나갔던 화양연화.

당연한 줄 알았던 그 시간들이 얼마나 찬란하고 아름다웠는지 깨닫는 데 걸린 시간은 좀 길었지만.

어쩌면 신의 개입은 나의 희망보다 항상 먼저 달려가 있었는지도.

내가 얼마나 잘 따라오는지 시험해 보려고 했는지도.

부산을 만난 건 내게 가장 아름다운 신의 계획이었다는 데 이견이 없다.

우선 산과 바다가 기막히게 조화를 이루니 어디를 가도 절경이다.

태종대를 가든 다대포를 가든 송정이나 광안리를 가든 그리고 해운대에 머물든.

적당히 번화하고 적당히 인정 있고 적당히 맛집이 많고 물가도 서울에 비하면 적당했다.

이사한 다음 날 아침.

당장 변변한 반찬이 준비되지 않은 우리한테 "멸치 사이소." 하는 우렁찬 목소리가 골목을 누볐다. 엄마랑 우리들이 나가보니 아주머니들이 이고 다니는 커다랗고 길쭉한 양동이 안에 굵직한 멸치들이 가득 들어 있었다.

엄마가 싱싱한 그 멸치에 소금을 솔솔 뿌려 석쇠에 올린 다음 연탄불에 구워준 그 맛. 세상에서 가장 맛있었던 고소함과 짭짤함.

서울 촌놈이 느낀.

나중에야 알았다.

우리는 4월 11일 부산에 이사를 했고 그때가 해운대 기장은 한창 멸치 철이라는 것을.

그리고 그 시기가 가장 맛있다는 것을.

그 뒤로 아침이면 어김없이 "멸치 사이소." 하는 경상도 아지매의 골목길 외침을 기다렸다는 것을.

어쨌든 타지에서 집으로 돌아올 때마다 난 처음 부산을 만날 때의 벅차다고 해야 하나 신비롭다고 해야 하나 그런 짜릿한 기분을 만난다.

고속도로 이정표에서 부산이라는 두 글자만 맞닥뜨려도 괜히 두근두근 설레는.

　우리 집이 있다.
　많은 곳에 나의 흔적이 있다.
　내가 사랑하는 것들도 수두룩하다.
　어디를 걸어도 처음 만나던 날과 다름없이 좋은.
　무슨 욕심인지 부산은 온전히 내 것만 같은.

　그래서 다른 사람이 행여 부산이 좋다고 하면 뺏길까 봐 짐짓 심
술까지 나는.
　여기.
　부산.

단칸방에 산다는 것

아빠가 사업에 실패를 했다.

아이들은 어른들이 하는 일에 입도 벙긋 못 할 시절이었지만 나는 처음 아빠가 공무원을 그만두고 베트남에 가서 사업을 한다고 했을 때 바짓가랑이를 잡고 매달렸다.

그러시지 말라고.

훗날 이 적은 월급을 쪼개 사는 행복을 그리워할 거라고.

맹랑한 아이였다.

초등학생이 뭘 안다고 그랬는지 모를 일이었다. 다만 어릴 때부터 돈에 관한 한 모험이 싫었다. 많이 얻게 되는 것보다 가지고 있는 걸 잃게 되는 것이 두려웠다.

하지만 아빠는 기어이 베트남에 가셨고 딱 1년 만에 돌아오셨다. 그리고는 벌어온 목돈으로 운수사업이라는 것을 하시더니 말 그대로 사고 몇 번에 쫄딱 망하고 말았다. 우리 집이라는 게 사라졌고 서너 번의 이사를 거쳐 딸 여섯의 우리 여덟 식구는 단칸방으로 가게 되었다. 정말 방 한 칸 자그마한 부엌 하나였다. 방에 누워보니 여덟은커녕 딸 여섯도 누울 수가 없었다. 엄마 아빠는 짐을 놓아두는 다락에 올라가시기로 하고 우린 어떻게 해서든지 슬기로운 단칸방 생활을 해야 했다.

참 빨리 사라져 버린 우리들의 좋은 시간.

필요는 발명의 어머니도 맞고 궁하면 통한다는 것도 맞는 말이었다.

우린 이리저리 서로 포개지는 몸을 밀치다가 지그재그로 눕기로 했다. 머리 셋, 발 셋이 한 방향씩 자리 잡으니 그런대로 몸이 포개지지 않고 누울만했다. 그런데 참 이상한 것은 아무도 불평불만이 없었을 뿐만 아니라 그곳에서도 자매는 행복했다.

"이 발 누구 발이야?"

"이 머리는 누구 머리지?"

우린 밤마다 어둠 속에서 서로의 머리를 만져보거나 발가락을 꼬집으며 낄낄거렸다. 조금만 뒤척여도 누군가의 발이 내 얼굴에 닿았으나 서로에게서 나는 발 냄새, 머리카락 냄새도 우린 인지하지 못했다. 누가 무슨 말을 해도 웃었고 내일 수제비를 해 먹을까 술빵을 쪄 먹을까 하는 단순한 이야기로도 밤을 새웠다. 작은 방은 다닥다닥 붙은 체온으로 겨울을 견디기 좋았고 동생들은 내가 해주는 황당한 귀신 이야기로 여름을 서늘하게 지냈다. 다락에서 시끄럽다는 아빠의 헛기침 소리가 들리면 우리는 서로의 입을 틀어막으면서도 웃음을 참지 못했다. 적어도 그때는 형제애가 있었고 가족이라는 끈끈한 정도 넘치도록 있었다.

세월이 지나면서 딸 여섯은 각자 선택하거나 혹은 운명처럼 선택되어진 길을 걸었다.

참 다른 길이었다.

그래서 늘 생각하는 의문점 하나.

공통된 DNA도 많고 둘째를 빼면 지능지수나 학습능력도 다 비슷했는데 우린 어떻게 완전히 그리고 확연하게 다른 길을 선택했을까.

나이가 들어 서로 노년층에 접어들면서 우린 어렸을 때 닮았던 얼굴마저 달라졌다. 생각하는 대로 얼굴이 변한 것인지 살아가는 대로 얼굴이 변한 것인지.

선택지는 늘 여러 개 있었다. 아무리 되감아 봐도 우리 자매가 어떤 길을 가고자 할 때 단 하나의 길만 있었던 적은 없었다. 그 순간마다 각자의 결정대로 선택했을 뿐이었다.

선택지는 여러 개이나 선택은 딱 한 번뿐.

그때 이렇게 했더라면 하는 것은 인제 와서 아무 의미가 없다. 하지만 가끔은 다시 돌아간다면 다른 선택을 할 거라는 생각이 자꾸 든다.

돌아갈 수 없으니까.

사람은 살다가 자신이 혹독하게 겪은 어떤 것들을 절대적 가치로 두고 반복하지 않으려 한다. 내게는 집과 사업이 그랬다. 단칸방에서 내 머리에 닿던 동생들의 발가락 움직임은 추억이기도 하고 그 사실이 싫었던 적보다 그리움이 많기도 했지만 스스로 생활력을 갖게 되었을 때 가장 우선순위에 둔 것이 집이었다.

그리고 절대로 돈에 관한 한 모험을 하지 않는다는 것.

그러니 내 인생에는 부업도 없고 주식도 없고 부동산 투자도 없다. 그저 적은 월급을 알뜰하게 모아서 그 한도 내에서 생활하면 그만이었다.

잃는 것에 대한 두려움.

그 야트막한 신념과도 같은 가치는 평생 잘 지켜졌다. 은행 이율 외에 다른 수입은 바라지도 않았고 투자를 할 줄 모르니 한 번 산 집에 굼벵이처럼 눌러앉아 꿈틀꿈틀 비비고 있기도 하고.

그래도 우리 부부 노후에 충분히 누릴 만큼의 여유는 있으니 그거면 된 것이다.

하고 싶은 거 할 수 있고 가고 싶은 곳 갈 수 있고 먹고 싶은 거 먹을 수 있는.

적어도 궁색하지는 않은.

그런데 가끔 아프고 그립다.

지금은 사라져 가는 그 단칸방에서의 우리들 웃음이.

그때는 모든 것을 공유했다. 먹을 것도 나누었고 양말도 짝이 맞는 대로 나누었고 웃음의 이유가 같았다. 먼 길을 돌아서 온 지금은 서로 늙은 얼굴을 보며 공통의 삶이 단절되어 대화가 자꾸 끊어지기도 하고 심지어 어떤 때는 동생들의 모습이 어릴 때랑 달라 낯설기도 하다. 같이 맛있게 먹던 술빵을 나는 더 이상 좋아하지 않고 패션의 취향과 달라져 버린 체형으로 안 입는 옷들을 서로 나눌 수도 없으며 세세한 생활의 차이가 벌리는 간극을 서로가 느끼고 있다. 오랫동안 타지에 떨어져 살았던 것도 아닌데.

우린 늘 보고 싶으면 볼 수 있는 지척 거리에 살았는데.

우린 앞에 놓인 여러 개의 선택지 중 하나를 각자 택했었고 그 선택이 우리를 변화시켰다. 머리에 닿아도 괜찮았던 발에서 어느 날 냄새가 느껴지는 것처럼.

그저 살면서 수없이 맞닥뜨려야 하는 선택의 순간들. 그리고 내 손에 쥐어지는 패들. 나는 어떤 패를 취하고 어떤 패를 버렸을까. 이미 놓친 것들을 부여잡고 있느라 삶을 낭비했을까.

하지만 마지막 하나의 패는 버리지 말자는 생각.

그 단칸방에서 우리가 함께 나누었던 가족이라는 이름의 사랑.

단 하나도 이해되지 않는 것이 없었던 시간과 에피소드들.

정수리가 비어가는 머리카락이지만 거기에 희미하게 남아 있는 서로의 머리를 빗겨주던 추억 같은 거.

그게 내 손안의 마지막 패다.

신이 주신 시험지의 빈칸은 결국 내가 채우는 것이니까.

정답이 없는.

주관식.

그러므로 마지막 죽음 앞에서 하는 채점도 주관식.

꿈을 꺼냈던 도시락

지금의 해운대는 너무 고층빌딩과 아파트가 많다. 혹자는 부산의 마천루라고 하고 야경이 홍콩을 능가한다고 말하지만 난 예전의 해운대가 그립다.

'라떼는~.'이라고 말하는 순간 거의 꼰대 취급을 받겠지만.

동백섬을 잇는 것은 아주 작은 다리였다. 그것도 나무다리 위에 흙더미가 두툼히 덮여 있던.

한 바퀴 도는 순환도로도 울퉁불퉁 흙길이었지만 우리는 초등학교 시절 그곳으로 소풍을 가곤 했다. 동백섬을 한 바퀴 꼭 걷고 난 다음에야 선생님은 소나무 그늘에서 도시락을 먹게 했다. 동백섬이라지만 내가 기억하기에 그때는 동백나무가 지금처럼 많지 않았다. 관광객이 많아지고 해운대의 핫 플레이스가 되면서 동백섬이라는 이름에 걸맞게 구청에서 동백나무를 보충했거나 수십 년 동안 자라서 무성해 보이는 것인지 모르지만.

아무튼 잘 정돈된 지금의 산책길은 세계적 관광지답게 정갈하고 예쁘다.

돌아서 나오면 해변을 따라 작은 소나무 길이 펼쳐져 있었다. 우리가 도시락을 먹던 작은 소나무 숲은 서로 그늘을 차지하려고 몇몇 친구들끼리 몰려다니곤 했던 곳인데 요즘은 무성하여 그늘이 넓다. 하지만 소풍(요즘은 현장체험학습이다)이 그저 즐겁기만 한 우리에겐 그늘이건 햇볕이건 상관할 일이 아니었다.

누가 어떤 걸 얼마나 싸갖고 왔을까? 가방을 여는 손이 그렇게 두근거렸던 적이 있었을까?

엄마는 나에게 소풍가방을 여는 즐거움과 설렘을 주기 위해 뭘 넣었다고 미리 말해주는 법이 없었다. 꼭 점심시간에 가방을 열어 보라고 다짐도 했다. 우리가 가장 궁금해하는 건 김밥보다 간식이었는데 엄마는 도시락 싸는 것도 못 보게 했다. 그러니 소풍가방을 여는 순간은 크리스마스 선물을 뜯는 것과 같았다.

"짜잔."

소풍가방은 늘 기대 이상이었다. 빠듯한 공무원 살림이라 나는 기대하지 않으리라고 스스로 다짐을 하면서 소풍가방을 메곤 했다.

실망을 두려워하니까.

하지만 가방에는 엄마 솜씨가 가득한 김밥과 사이다와 삶은 계란은 물론이고 소위 양과자점에서 산 카스텔라와 상투과자가 있었다.

엄마가 무리를 한 것임을 단번에 알았지만 그걸 꺼내 들 때의 그 기쁨과 으쓱함은 정말 이루 말할 수 없었다.

지금도 해운대 해변을 걸을 때나 동백섬을 한 바퀴 돌 때마다 그 소풍가방을 열 때의 두근거림이 따라오곤 한다. 그리고 어김없이 함께 오는 카스텔라의 부드러운 감촉과 상투과자의 끄트머리를 베어 물 때 입 안에서 부서지던 달콤함.

그 기억이 유난스러운 건 평소 도시락 반찬이 변변찮았던 때문이었다. 엄마는 아무리 애를 써도 딸이 여섯이나 있는 공무원 박봉에 알뜰하기가 1등이니 내가 그렇게 먹고 싶어 하는 계란 프라이 하나 넣어주지 못했다. 거의 콩자반과 김치가 대부분이었는데 점심시간이면 희한하게 비슷한 반찬을 가진 아이들끼리 모여서 먹게 되었다. 그래도 맏딸로서 엄마를 가장 잘 이해했던 나는 별 불평 없이 친구들과 부족한 반찬을 나누곤 했다. 김치나 콩자반 혹은 콩나물무침이라도 손맛이 다 달랐기 때문에 우린 대체로 잘 먹었다.

어느 날은 엄마가 정말 도시락에 넣어줄 것이 없었는지 장떡이란 걸 만들어 넣어주었다. 도시락 뚜껑을 여니 자그마하게 동글동글 부쳐서 넣은 고추장 장떡이 마치 소시지 같았다. 친구들도 소시지라고 생각했는지 순식간에 젓가락이 달려들어 동이 나고 말았다. 그런데 한 입 베어 무는 순간 나는 그 이상한 맛에 뱉지도 삼키지도 못하고 얼굴을 찡그렸다. 지금 같으면 맛있게 잘 먹었겠지만 고추장을 넣어 식용유에 부친 밀가루 장떡은 초등학생인 내가 난생처음 먹어보는 비주얼과 맛이었다. 걱정스러운 마음으로 친구들 얼굴을 보니 다들 나와 똑같은 표정을 하고 있었다.

그럴 때는 먼저 해결책을 주어야 했다.

"애들아, 이거 맛이 이상하다. 엄마가 잘못 만드신 것 같네. 다 뱉어라. 못 먹겠제?"

내가 먼저 연습장 종이를 찢어 뱉고 다른 아이들도 다 뱉었다. 모두 처음 먹어보는 맛이어서 그랬을 것이다. 그날은 처음으로 내 도시락이 부끄러웠던 날이기도 했고 잊혀지지 않는 날이기도 했다. 다들 반찬이야 다 비슷해서 새삼 부끄러울 일은 없었는데 처음 보는 불그스름하고 동그란 모양새에 소시지라고 믿고 너도나도 덥석 집었다가 예상했던 맛이 아니라 놀란 것이다.

지금은 너무 잘 먹는 장떡이건만.

어쨌든 엄마는 1년에 딱 두 번 소풍 도시락만큼은 호사를 느끼도록 해주었다. 아마 엄마는 평소에는 비록 고추장을 밀가루에 풀어 부친 것을 싸줄 수밖에 없었다 해도 가끔은 이런 것도 누려봐야 한다는 신념 같은 게 있었던 것 같다. 그리고 미리 알려주지 않음으로 내게 엄청난 두근거림과 기쁨을 안겨주었다. 심지어 엄마는 도시락이 보이지 않게 신문지로 꽁꽁 싸서 펼치는 시간에 비례한 기대를 선사했다. 그 당시에는 만들기 어려웠던 유부초밥이 도시락에서 나올 때의 신남은 이루 말할 수도 없었다. 지금에야 마트의 유부에 밥만 잘 만들어 넣으면 뚝딱이지만 그때는 네모난 두부튀김을 식초와 설탕물에 졸이고 삼각형으로 잘라 밥이 들어갈 수 있도록 공간을 벌려야 했는데 그게 엄청 어려웠다. 매번 찢어지기 일쑤고 입구가 잘 벌어지지

않아 늘 몇 개는 실패했다. 하지만 솜씨 좋은 엄마는 김밥 옆에 몇 개
의 앙증맞고 예쁜 유부초밥을 꼭 넣어주어 신문지를 다 펼치고 뚜껑
을 여는 순간을 늘 행복하게 만들었다.

　간식은 카스텔라일 때도 있었고 전병이거나 양갱과 상투과자 그
리고 이름은 기억나지 않는 마시멜로 비슷한 식감의 예쁜 삼색 젤
리 같은 것 등 매번 달랐다. 엄마는 가방 속에 손을 휘휘 저어 끄집
어낼 때의 그 짜릿한 기분을 평생 기억하게 만들었다.
　소풍가방을 메는 순간부터.

　그러니 지금 내가 평소엔 건강식을 먹는다는 핑계로 간소한 식단
을 꾸리다가도 가끔 한 번씩 '치팅데이'라고 우겨대며 미각에 투자
하는 것은 어쩌면 소풍 도시락의 황홀했던 기억 때문인지도.
　소풍 도시락은 과거의 나에게 보물찾기였고 행복 찾기였겠지만
지금의 내가 그 도시락을 그리워하는 건 어쩌면 아직도 마음속 무
언가를 끄집어내고 싶은 꿈 찾기와 같은 것일지도.

　1년에 두 번.
　가방 속 숨겨진 것을 두근거리며 꺼냈던 것이 간절하게 기다리던
꿈이었는지도.
　그날에야 끄집어내는.

　　　　　　　　거울은 또 그렇게 반사되어 간다

거울은 또 그렇게 반사되어 간다

    딸만 여섯인 엄마는 늘 남한테 기가 죽기 일쑤였다. 시집 식구들은 물론 아들 가진 이웃들의 뒷말에 고개를 들지 못한 채 골목을 드나들었다.

    우리 엄마는.

    게다가 아빠는 50년대 후반 막 취직한 공무원이라 넉넉할 리 없는 살림을 꾸려나갔다. 아들을 낳기 위한 것도 있었고 그 시대는 자녀를 다 그 정도 낳아서이기도 했지만 박봉에 여덟 식구 입을 감당하느라 우리의 밥은 늘 자로 잰 듯이 정확했다. 엄마는 끼니때마다 밥을 푸며 밥그릇의 밥을 이리저리 덜거나 더 얹었다. 어린 동생들을 제외하고 연년생인 위의 딸 셋에게 공평하게 밥을 주었지만 그래도 내 맘속에는 첫째의 나이를 감안하지 않은 엄마가 야속했다. 엄마가 위의 셋에게 늘 밥을 똑같이 담았던 것은 언니 둘보다 먹성이 좋아 늘 배고파하는 셋째를 배려한 것이었지만.

그래도 내가 세 살이나 더 많은데.

그 야속함이 없어진 것은 어느 날 고모가 서울을 방문했던 날이었다. 엄마는 아빠의 월급에서 한 달 먹을 쌀과 부식비 등을 정확하게 계산하여 추호의 어그러짐 없이 딱 맞게 나누어 놓았었다. 고모가 온 날 저녁을 먹는데 엄마의 밥그릇이 없었다.

"당신 저녁 안 먹어?"

무심하게 던지는 아빠의 질문에 엄마는 체해서 속이 안 좋다고 했다. 그러면서 체했을 때는 보리차가 최고라며 물만 내리 마셨다. 그런데 그 뒤에도 또 그 뒤에도 누군가 친척이 오는 날은 영락없이 엄마가 체했다. 눈치가 빠른 나는 그때서야 엄마가 체한 이유를 알았다. 그날부터 동생과 밥이 똑같아도 야속하지도 서럽지도 않았다. 그리고 나도 가끔 체하기 시작했다.

손님이 오면.

어느 날 아침에 멀쩡하던 날씨가 갑자기 비가 왔다. 일기예보를 들을 수 없었던 나의 초등학교 시절에는 갑자기 비가 내리는 날이면 교문 앞에 알록달록 부모들의 우산 행렬이 줄을 이었다. 엄마는 대나무로 만든 우산살에 파란 비닐을 씌운 우산을 들고 늘 먼저 서 있었고 나는 아직 엄마가 오지 않은 친구들을 힐끗 보며 그 우산 속으로 으스대며 파고들었다. 비닐우산에 후드득 떨어지는 빗소리는 유난히 컸지만 내 어깨를 감싼 엄마의 팔은 너무 따뜻했다. 그런데 마루에 올라서며 쳐다보니 엄마의 한쪽 어깨는 거의 물벼락을 맞은 듯 젖어 있었다. 그리고 그때서야 보았다. 가난한 우리 집에 그나마 있던 파란색 비닐우산은 한쪽이 찢어져서 비를 피할 수 없었다는 것을. 그 멀쩡한 한쪽은 나만 씌우고 왔다는 것을.

치열한 입시를 뚫고 선택한 중학교는 거리가 너무 멀었다. 지금처럼 학군제가 아니라 입시로 내가 선택한 것이니 어쩔 수 없었는데 초등학교 마칠 때까지 차를 별로 타보지 않은 나는 매일 아침 한 시간 만원버스를 타며 멀미에 시달렸다. 아침을 먹으면 토하기 일쑤이니 아예 아침을 굶기로 했다. 그것이 안쓰러웠는지 엄마는 여러 가지 방안을 연구하다가 통근열차를 생각해 내었다. 마침 집 앞에 간이역이 있어 통근열차는 시간만 지키면 탈 수 있었다. 문제는 작은 역이라 플랫폼이 없는 거였다. 철로와 철로 사이에서 바로 기차 승강대에 올라타야 했는데 학교를 졸업할 때까지 '앞으로나란히'를 해본 적이 없을 정도로 키가 작은 나는 다리가 기차 승강대에 닿지 않았다. 매일 아침 엄마가 엉덩이를 두 손으로 받쳐 올려주어야 타고 갈 수 있었던 키 작은 나.
기차는 버스보다 덜 흔들려 멀미는 피할 수 있었지만.

어느 날 여느 때처럼 나는 먼저 가서 기차를 기다리고 엄마는 동생들 밥을 챙겨주고 역으로 뛰어왔지만 조금 늦고 말았다. 기차는 막 출발하려고 하고 나는 혼자 다리를 올리려고 안간힘을 쏟았지만 자꾸 발끝이 닿지 않아 미끄러졌다. 엄마는 초인적인 힘으로 내게 달려왔고 막 움직이기 시작한 기차에 내 엉덩이를 한껏 받쳐서 밀어 올리고는 넘어지고 말았다.

멀어져 가는 기차 승강대에서 철로 위에 넘어진 채 나를 향해 어서 가라고 손사랫짓을 하던 엄마의 잔상.

저녁을 먹고 다리를 약간 저는 것 같은 엄마의 치마를 후딱 들춰 보자 가슴에 얼음같이 차가운 바람이 지나갔다. 무릎에서부터 발목까지 벌겋게 부어 있던 상처들.

그리고 그 상처는 시간이 지날수록 멍울이 되어 시퍼렇게 혹은 검붉게 나를 바라보고 있던.

세월이 흐르니 나도 엄마가 되고 할머니가 되었다.

그런데 사위는 식사를 할 때 늘 우리가 먹는 속도를 따라오지 못했다. 음식을 잔뜩 해놓아도, 식당에서 푸짐하게 시켜도 우리가 다 먹었다고 생각되어야 젓가락이 바삐 움직였다. 나중에 알고 보니 자라면서 어른을 섬기는 것이 몸에 밴 사람이라 그런 것이지만 나는 참으로 우걱우걱 먹는 사위가 보고 싶었다. 언제부턴가 슬며시 핑계를 대기 시작했다.

"나는 고기 조심해야 해. 콜레스테롤이 높아서."

"어제 친구들과 회를 먹었더니 오늘은 안 당기네."

내가 먼저 수저를 내려놓으면 착한 사위는 그제야 마음 놓고 좋아하는 걸 잘 먹었다. 한입 가득 맛있게 먹는 그 모습에 저절로 입꼬리가 올라갔다. 내 안에 체했다고 핑계 대던 엄마가 있었다.

딸아이가 고등학교 시절에 내가 대학원을 다녔다. 야간자율학습을 마치면 학교 앞에 줄줄이 기다리고 있던 학원 봉고랑 승용차들이 쏟아져 나오는 학생들을 5분도 안 되어 썰물처럼 데리고 사라졌다. 그러고 나면 교문 앞은 어둠과 적막감만 가득했고.

어느 날 대학원 강의가 교수의 열강으로 늦어졌다. 야간자율학습 마치기 전에 항상 먼저 도착했는데 그날은 아무리 속력을 내서 달려도 늦었다. 학교 근처에 다다르며 보니 캄캄한 교문 앞에 아이들은 하나도 없고 딸아이는 저 멀리 반대쪽에서 친구 몇 명과 어둠 속을 두리번거리며 걸어오고 있었다. 조금 더 가서 유턴을 해야 하는 나는 차 문을 열고 목에 피가 나도록 소리쳤다.

"지연아, 엄마 여기 왔어. 거기서 기다려. 엄마가 왔어."

"…."

"엄마가 왔다고!"

다음 날 친구들이 그랬다고 한다.

"너희 엄마 목소리 진짜 크더라. 여기 신도시가 다 떠나가는 줄 알았다."

"대단하더라. 니 못 데리고 갈까봐. 와! 엄마 왔어! 그 커다란 목소리."

철로 위에 넘어지며 기차에 나를 올려주던 엄마가 또 거기 있었다.

장손인데 아들이 없다고 가십을 하는 이웃들에게 딸들이라도 잘 키워 인생이 헛되지 않았음을 증명하려 했던 엄마는 일찍 치매가 와서 기죽고 주눅 들었던 고개를 결국 들어보지 못했다. 요양병원에서 오랜 시간을 보내며 뼈만 앙상하게 야위어 가던 엄마의 다리에는 그날 철로에서의 상흔이 남아 있었고 쇄골이 드러난 어깨에는 비에 젖은 모정이 있었으며 납작하게 붙어버린 뱃가죽은 가족을 위하여 본인의 굶주림을 견뎌낸 처연한 사랑이 있었다.

엄마와 무게가 다르고 짊어진 짐의 종류도 다르지만 그렇게 엄마는 나의 거울이었다.

반사-

거울은 비춰지는 것을 반사할 뿐 스스로 다른 모습을 내보일 순 없다.

엄마랑 사는 시대가 다르고 환경이 다르니 나 또한 엄마와 같은 빛으로 반사할 수도 없다. 그렇지만 내 안에 부모의 모습이 반사되듯 내가 새로이 만들어 간 가족 안에 나도 어떤 모습으로든 반사되고 있을 것이다. 가족이라는 이름으로 관계가 이루어지는 순간 삶의 여정을 함께하며 서로에게 반사되는 거울로 존재하고 있으니까.

그러니

조금은 반짝이는 모습으로 비춰질 수 있기를.

내가 반사하는 모든 것들은 앞서 살아온 그 누군가의 얼굴일 수도, 혹은 지금을 살아가는 내 얼굴일 수도, 아니면 앞으로 살아갈 새 얼굴일 수도 있으므로.

거울은 또 그렇게 계속 반사되어 갈 것이므로.

화장실 추억이 그리운 건

어릴 때 우리 집 화장실은 참 독특하였다.

물론 재래식이었고 우린 아래에 쌓여 있는 오물들을 바라보며 볼 일을 보곤 하였다.

그 시절 대개 그랬듯이 화장실은 대문 입구께 있었다. 우리 집 화장실이 독특한 건 무슨 연유인지 엄청 넓었다는 사실이었다. 그러니까 가운데 사각형 구멍이 뚫린 중심 부분을 제외하고는 나머지가 나무판자로 되어 있었는데 거의 창고만 한 크기라 볼일 보는 사람이 쪼그려 앉고도 웬만한 마루 크기만큼의 널따란 공간이 남았다. 단 전기가 들어오지 않아 밤만 되면 화장실 가는 일이 당연히 무서운 일이었다. 그 넓은 바닥의 나무판자가 쿵쿵거리는 울림은 더욱 그랬다.

딸 여섯인 우리는 위의 세 명이 연년생이었고 나이 차이가 조금 있는 밑의 동생들과도 한 몸처럼 살았던 터라 누구 한 사람이라도 밤에 화장실을 간다 하면 어린 막내를 빼고 다 화장실로 출동을 했다.

누가 되든 그날의 주인공이 볼일을 보는 동안 우리는 그 주변을 동그랗게 둘러앉아 쉴 새 없이 조잘대며 무서움을 이겨내었다. 대개는 어둠을 밝히느라 화장실 문을 살짝 열어두고 떠들썩하게 볼일을 봤지만 아무 빛도 스며들지 않는 날은 신문지를 한 보따리 가져가서 계속 불을 붙여댔다. 불이 꺼지려고 하면 계속 다음 신문지를 돌돌 말아 쥔 동생들이 대기하고 있어서 누가 뭐라고 할 것도 없이 신문지 불은 볼일을 마칠 때까지 잘 밝혀지고 있었다.

내가 볼일을 보는 날은 동생들에게 이야기를 선물했다.

내용이 기억나지 않는 이유는 모두 그때마다 즉석에서 떠오르는 대로 지어냈기 때문이다. 그러니 이야기의 방향은 어디로 흘러갈지 모르지만 동생들의 반응을 보고 다이내믹하게 혹은 구슬프게 마음대로 감정을 움직여 상상의 세계를 누볐다.

동생들은 그런 나의 이야기를 좋아하여 내가 밤에 볼일 보러 가자고 하면 모두 불편함을 잊은 채 쪼그리고 앉아 열심히 이야기를 들었다.

신문지 불이 꺼지지 않게 조심하며.

무서운 이야기에 그 애들은 "으악." 하고 괴성을 지르면서도 여전히 화장실에서 듣는 이야기를 좋아하였으니 우리에겐 냄새도 무서움도 없었다.

지금 생각하니 내 이야기의 마력이 아니었다.

거울은 또 그렇게 반사되어 간다

그 애들과 내가 화장실 안에 둘러앉아 나누었던 것은 이야기가 아니라 우리의 우애였다.

자매라는 이름이 주는 그 이상한 동질감. 끈끈함. 그리고 뭉클함.

'함께'라는 집단감성이 주는 안정감.

지금은 이런저런 질병으로 동생 두 명이 먼저 떠나고 네 명만 남았다.

게다가 몇십 년의 시간은 삶의 방향과 가치와 운명을 다르게 만들었다. 어렸을 때 화장실 안의 냄새도 인식 못 할 만큼 단단했던 공동의 머릿속 회로들은 조금씩 헝클어졌고 한 줄기였던 집단감성은 기억 속에서만 존재하며 여러 갈래가 되었다.

그 널따랗고 커다란 화장실에 막내를 빼고 다섯 명이 둘러앉아 누렸던 것은 각자의 시원하고 안정된 배변이 아니라 따뜻한 사랑이었다.

불씨가 꺼지지 않게 계속 서로의 불에 신문지를 들이대던 따뜻한 사랑.

늙어가면서 각자 바쁘고 사는 방식이 다르고 두 명의 동생을 먼저 보내면서 갖게 된 상실감이 더해져 자꾸 조금씩 멀어져 가는 지금.

기억 속에서만 빛나고 있는 밝고 따뜻했던 신문지 불을 다시 밝힐 수 있을지.

그 화장실에서 내 맘대로 이어가던 각본 없는 이야기는 지금 손자들과 침대에서 하고 있는데.

여전히.

사랑은 움직이는 것일까.

물처럼 밑으로만 계속 밑으로만 하염없이 옮겨가야 하는 것일까.

문득 그때 화장실 냄새가 나는 것 같다.

잊고 있던 그 냄새.

그리움.

점점 각자의 삶 속에서 데면데면해지고 멀어지고 떨어져 가는 조각들.

그걸 다시 이을 수 있으려나.

서로에게 끝까지 불을 밝혀주는 존재로 남을 수 있으려나.

예전으로 거슬러 올라가기.

복잡하게 생각하지 말고.

다시 그리움.

거울은 또 그렇게 반사되어 간다

수능과 딸

수능 며칠 전부터 당연하게 잠이 오지 않았다.

딸이 아니라 내가.

12년의 학업을 하루에 평가하는 것이니 별별 생각이 다 났다.

OMR 카드 마킹을 실수하지 않을까 수험번호를 빼먹지 않을까 행여 너무 긴장하여 1번 문제에서 머리가 하얗게 텅 비지 않을까 심지어 뭘 잘못 만져 부정행위로 아예 시험을 못 치르는 건 아닐까.

이런 생각들이 꼬리를 무니 잠이 올 턱이 없었다.

혹시 시험 며칠 앞두고 밤샘이라도 하고 있나 싶어 밤마다 딸아이 방을 살펴봤지만 못 자는 건 딸이 아니고 나였을 뿐이었다. 어찌 그리 신생아처럼 잘 자고 있는지 공부하지 말고 푹 자라고 말하려던 내가 머쓱해지곤 했다.

수능일 아침.

도시락을 싸는데 손이 덜덜 떨렸다.

많은 사람들의 조언대로 간편한 죽과 부드러운 반찬 두어 가지를 (무엇이었는지 기억이 안 나지만) 넣고 물과 국도 챙겨서 넣었다. 그저 실수만 하지 말고 실력대로 무탈하게 시험을 마칠 수 있기만 빌고 또 빌었다.

평소 나는 시간 약속을 너무 잘 지키는 편이라 약속 시간보다 거의 20분은 먼저 도착하고 평생 아침 교실 문을 내가 열었으며 강의실에도 언제나 1등으로 들어섰다. 달리기는 단 한 번도 1등으로 도착한 적이 없어도 교실과 강의실 도착은 늘 1등이었다.

그 버릇이 어디 갈 리 없다.

수능일 아침도 딸아이를 일찍 깨우고 수험표랑 준비물을 열 번도 더 체크한 다음 그리 멀지 않은 거리를 차에 태워 갔다.

코로나로 작년부터 없어진 풍경이지만 정말 당시 수능시험장 앞 풍경은 대단했다. 후배 아이들이 갖가지 플래카드로 선배들의 고득점과 무사 응시를 기원하고 각종 부녀회나 어머니회 등 별별 단체들이 다 나와서 따뜻한 차를 따라주고 격려의 함성을 질러댔다. 꽹과리니 북 등을 동원하여 흥을 잔뜩 북돋움으로써 수험생들의 긴장감을 없애고 축제 같은 분위기를 만들기도 했다. 한마디로 진짜 축제 현장을 온 것 같이 시끌벅적했다.

"들어가서 마음 편히 갖고 실수만 하지 마. 그냥 평소대로 최선만 다해. 제출하기 전에 빠뜨린 거 없나 꼭 한 번 더 확인하고."

너무 시끄럽고 어수선한 분위기가 마음에 걸려 딸아이가 얼른 들어가서 차분해지기를 바랐다.

딸아이는 아무런 말없이 갑자기 시계를 들여다보았다.

"어? 입실 40분 남았네. 엄마, 나 좀 잘게. 30분 뒤에 깨워줘."

그리고는 뒷좌석에 벌렁 누웠다.

아니 이게 무슨 상황?

밖은 사람들 물결과 함성, 악기 소리로 정신이 없고 평생에 한 번인 시험을 앞두고 모두가 떨고 있는데 여기서 저 소리를 들으며 잠을 잔다고?

기가 막힌 일이었다.

하지만 그날은 뭐라 할 수가 없었다.

수험생이 왕이지 않은가.

가슴이 답답해졌지만 애꿎은 나의 두 손만 주무르며 뒷자리에 눈을 편안하게 감고 있는 딸아이를 수시로 고개를 돌려 지켜볼 수밖에 없었다.

그 30분은 내 인생에 가장 긴 조바심의 터널이었다.

시계 보고 딸아이 얼굴 보고 또 시계 보고 얼굴 보고.

세상 근심 걱정 잊은 듯 정말 믿을 수 없게 편하게 잠든 모습.

기억의 그림 속에 몇 안 되는 레전드 장면.

29분이 딱 되자 깨웠다.

그 1분을 불안해서 채울 수가 없었으니까.

"엉? 벌써 30분 됐어?"

딸아이는 시익 웃었다.

진짜 쪽잠을 푹 잔 것인지 얼굴이 말갰다.

"엄마, 시험 잘 치고 올게. 걱정하지 말고 기다려."

드디어 딸아이는 교문 앞 양쪽에 늘어서 있는 응원단 물결과 함성을 뚫고 나풀나풀 나비처럼 뛰어 들어갔다.

그 걸음걸이 따라 나비처럼 흔들거리던 검은 보온도시락 가방의 잔영.

흔들흔들.

다시 또 흔들흔들.

딸아이 수능성적은 어땠느냐고?

결론부터 말하자면 딱 평소실력 그대로였다.

고사장 앞에서 30분을 더 잤다고 망치지도 않았고 나의 간절한 기도처럼 요행도 없었다. 모르는 문제는 찍기라도 잘해서 몇 점 더 보탰으면 하는 희망도 당연히 뭉갰고 시험 직전까지 잠을 잤으니 행여 생각이 멍해져서 망칠까 노심초사했던 근심도 날려버린 채.

그러니 긍정적으로 보자면 그 쪽잠이 실수는 차단했고 요행은 정말 요행으로 남겨두었을지도.

그리고 또 하나.

그 수능 결과대로 딸아이는 원래 예상했고 희망 순위 그룹에 있었던 딱 그 점수에 맞는 대학에 들어갔다.

딸아이는 지금도 그리 산다.

잠은 그 애의 루틴 중 가장 중요한 부분이고 근심 걱정이라는 뇌 속 요소는 인사이드 아웃으로 만들어 버린 아이. 다 잘될 거라는 믿음을 인생 전반에 깔아놓고 사는 아이지만 맏이인 나의 삶을 간접 경험으로 보태 다른 사람의 이야기를 잘 들어주고 컨설팅도 곧잘 한다. 비록 저 자신은 외동딸이지만 다섯 명의 고모와 삼촌, 다섯 명의 이모들 존재 자체가 만들어 준 울타리에서 사랑받고 자랐고 다양한 경험을 했다. 그러니 그 애의 주변엔 늘 사람이 북적이고 누구든지 진심으로 사랑해 주는 것 같다.

사위는 나만 보면 딸아이의 그런 점을 자랑하기 바쁘다.
"어머니, 지연이는 진짜 특이해요. 사람들이 너무 좋아하고 서로 만나려고 해서 남편인 저도 만나려면 번호표 뽑아야 해요."
내가 그거 모를 리가 없다.
내 딸인데.

그 말을 들을 때마다 문득 떠오르는 수능일 아침 차 안에서 곤히 자던 딸아이의 얼굴.
세상은 결국 우연이나 기적의 크기보다 자신이 가진 실력과 품성 그대로 살아가는 게 가장 행복일 수 있다는 단순한 진리대로 사는 아이.
그 애가 가진 성정 그대로 세상을 평온하게 보되 혼자가 아닌 더불어 살아가는 마음이 즐거운 아이.
동생이 다섯이나 있어 마음고생을 좀 했던 나보다 좀 더 착하고 좀 더 사랑스럽고 좀 더 맑고 좀 더 너그러운 아이.

그 아이도 이제 40의 중년이 되었다.

2021년 올해도 코로나 속에서 대면 수업도 제대로 못 한 채 수능일은 다가왔고 역대급 불수능이라 만점자는 한 명 밖에 나오지 않았으며 생명과학 한 문제는 오류가 있어 공란 처리되는 시끄러운 수능이 되었다.

딸아이는 이런 수능을 어떻게 바라볼까.

아마 이럴 것 같다.

'헤헤. 난 지금 안 태어나고 그때 수능 치른 게 정말 다행이야.'

어쩌면 그 애는 원하는 걸 얻기 위해 아등바등 불확실한 헛된 시간을 보내는 것보다 자신에게 딱 필요한 것만 충족함으로써 행복하게 사는 길에 서 있는지도.

필요한 것만 충족하기.

그 애는 어떻게 그리 빨리 깨달았을까.

시간을 낭비하지 않고 행복으로 가는 길을.

넘치지 않아도 충분히 아름다운 길을.

뛰지 않고 나풀나풀 걸어가도 웃으며 갈 수 있는 길을.

나도 찾지 못한 그 길을.

코로나의 강 한가운데를 건너며

백신을 시작한 지 몇 달이나 지나도 우린 완강했다.

부작용에 대한 의심이 끝도 없이 확장되었고 무엇보다 정부가 백신을 제때 수급하지 못하여 이곳저곳에서 몇십만 명분씩 자투리를 끌어 모아 오는 게 영 마땅치 않았다. 거기에 더해 나를 머뭇거리게 한 건 혈전이 생길 수 있다는 부작용이었다.

나는 혈전이 무서웠다.

엄마 아빠가 뇌출혈과 뇌경색을 겪었고 나 역시 이미 혈압약을 먹고 있으니 혈전이 생길 위험은 더더욱 높은 데다 처음 고령층에 배당된 것은 전부 혈전 위험이 있다는 백신이었다.

동료들과 친구들이 다 맞고 나서도 나는 끝까지 미접종자로 남아서 계속 집안 내력과 혈전의 위험을 핑계 대며 맞지 않겠다고 버텼다. 그런데 어느 순간부터 내가 부작용 때문에 맞지 못한다고 할 때 수긍하던 사람들도 확진자가 늘어나니 나랑 만날 때마다 미묘한 눈치를 보이기 시작했다.

사회 구성원의 분위기는 스스로의 안전보다 상당한 압박 요소였다.
결국 혈전 위험이 적은 잔여 백신을 노려보기로 했다.
그건 백신 선택이 가능하니까.
며칠 손가락 검색을 시도한 끝에 마침내 둘 다 당일 잔여 백신을 접종할 수 있었다. 그래도 접종이 두려운 나는 꼼꼼하게 확인했다.
"이거 ○○백신 맞지요?"
"이거 유통기한 남은 거 확실하죠?"
생각보다 후유증이 적었다.
주사를 맞은 왼쪽 팔만 욱신거리고 미열이 있었지만 안정을 취하라는 질병청의 지침을 무시한 채 저녁 먹고 평소 하던 걷기 운동도 할 만큼 생생했다.

사람이 살아가는 모든 것의 기준은 자기 자신이다.
백신 접종을 2차까지 마치고 나니 지금까지 다른 사람이 그랬던 것처럼 미접종자에 대한 생각이 조금씩 부정적이 되는 것이었다.
그것은 딸아이와 사위한테도 그랬다.
"엄마, 혈전 무서우면 맞지 마. 차라리 조심하면서 다니든지 밖에 나가지 마. 뇌출혈 같은 거 오면 어떻게 해."
"그래. 접종은 누가 왈가왈부할 수 없는 거야. 너도 백신이 심근염 인지 심근경색인지 그런 거 높다고 하니 접종하기 싫으면 하지 마.

거울은 또 그렇게 반사되어 간다

설마 걸리겠어?"

"바이러스 요리조리 잘 피해 다닐게."

"아니야. 너는 뚱뚱해서 못 피할걸? 하하."

같이 접종하지 않겠다고 할 때는 그렇게 뽕짝이 잘 맞았는데 내가 접종하고 나니 생각이 달라진 것이다.

"너희도 접종해. 아무렇지도 않네."

"엄마, 내가 아는 사람이 백신 맞고 하혈 엄청나게 했대. 무서워. 안 할 거야."

긍정 멘탈로 하면 뭐든 만렙인 아이가 백신만큼은 엄청나게 겁을 냈다. 몇 번이나 접종을 해야 된다고 부추겼지만 요지부동이었다.

그러더니 확진자가 사흘째 7천 명을 넘어서던 날 딸아이와 큰손자가 결국 걸리고 말았다.

다행히 심각한 증세도 없고 딸아이는 후각을 상실한 거 말고는 괜찮다고 했다. 큰손자는 코가 약간 막혔을 뿐 아무런 증세 없이 평소와 다름없다고 해서 그 정도로 항체나 생기면 백신 두려움에서 벗어나고 오히려 낫지 않겠나 하는 생각도 들었다.

하지만 복병은 딴 데 있었다.

처음에 검사할 때 음성이었던 사위와 둘째 손자가 3일 만에 양성으로 된 것이다. 둘째 손자는 다행히 별 특이한 증상이 없어 격리생활 외에는 불편한 것이 없었다. 사위를 제외하고는 모두 밥도 잘 먹고 열도 없고 두통 같은 것도 없었다. 딸아이 후각도 이내 돌아와서 다시 식욕이 돈다고 했다.

그 기회에 살 좀 빼라고 할 작정이었는데.

사위가 많이 아프기 시작했다.

전형적인 코로나 증세를 따라가기 시작하더니 고열에 근육통에 마침내 산소포화도가 떨어지기 시작했다.

사위가 워낙 건강한 체질이라 그런 증상을 다들 처음 겪는 일이다 보니 꽤나 무서웠던 모양이다.

딸아이는 울고불고 보건소를 다그쳤고 입원 대기자가 천 명 가까이 된다는 뉴스가 나온 날 119 구급대원들이 방호복을 입은 채 산소통을 들고 집으로 왔다고 한다. 아이들이 그 광경을 보고 충격이 컸던 것은 당연하고. 커다란 산소통에 온통 방호복으로 감싼 구급대원들이 영화 속에나 나올법한 모습으로 방 안에 들어왔으니.

아이들도 마치 전쟁터에 아빠를 보내듯이 매달리며 난리를 쳤다고 하는데 안 봐도 손자들 모습이 눈에 선했다. 특히 둘째 녀석은 늘 아빠 옆에 붙어 있는 껌딱지 중의 껌딱지이니.

그렇게 사위가 입원을 했다.

일단은 병원에 있으므로 수시로 열 체크도 하고 산소 호흡기도 착용했으니 안심이 되었다. 더구나 평소 지병 없이 건강하니까 금방 치료받고 퇴원하겠지 하는 믿음으로 아주 안심한 상태였다.

그런데 생각보다 코로나는 질긴 놈이었다.

열도 내렸다 오르기를 반복하고 산소포화도도 수시로 떨어졌다. 게다가 코로나의 전형적인 순서대로 발열, 근육통, 산소포화도 감소, 호흡곤란, 마지막 설사까지 증상이 되풀이되었고 일주일이 넘어가도 차도가 없었다. 병원 측도 걱정하기 시작하고.

그제야 '아! 이게 심각할 수 있겠다.' 싶었다.

갑자기 온갖 불길한 생각이 꼬리를 물고 젊은 사람이 사망하기도 하는 기사들이 자꾸 눈에 들어왔다. 사이토카인지 뭔지 하는 증상도 생각났다.

무섭도록 불안한 마음이 나를 감싸고 놓지 않았다.

아이들을 보면 그저 좋아서 입꼬리가 올라가고 딸아이만 보면 눈에 사랑이 철철 넘치던 사위의 모습이 자꾸 눈에 밟혔다. 덩치만 컸지 여리고 눈물도 많고 아주 작은 사랑에도 폭풍 감동하는 손자들과 똑같은 감성을 가진 사위.

혼자 병실에 격리되어 얼마나 가족이 보고 싶을까. 아이들은 얼마나 그리울까. 그저 평범하게 도란도란 밥 먹고 잔소리하고 안아주던 그 일상을 유독 미치도록 그리워할 사위.

머리를 감지 못해 떡이 진 머리로 멍하니 격리된 채 매일 가족사진만 검색하고 있을 사위.

밥을 먹으면 자꾸 설사를 하니 죽이라도 열심히 먹고 또 먹으며 빨리 퇴원하여 가족 옆으로 오고자 안간힘을 쓰는 사위.

덩달아 몸도 마음도 허기진 사위가 안쓰럽고 신경 쓰여서 나는 안절부절못하고.

가슴에 전해지는 커다란 덩치 안에 갇혀 있는 그 여린 마음은 자꾸 울컥거리게 만들고.

코로나는 사위가 정말 나의 가족임을 절감하게 했다.

누가 백년손님이라고 했던가.

사위는 백년손님이 아니었다.

나의 손가락에 덧대어 낀 장갑의 손가락 하나가 아니었다.

함께 여생을 열어가는 나의 열 손가락과 똑같이 아픈 한 손가락이었다.

우리가 살아가는 매일이 사랑이었다면 내일도 분명 사랑일 것이다.

우리가 매일 행복을 느끼며 살아간다면 내일도 분명 행복한 날일 것이다.

아니 매일 행복하기는 어렵지만 그저 매일이 온전하고 평온한 날이었음 좋겠다.

그래서 기다린다.

사위가 퇴원하는 날.

아주 평범한 일상이지만 나는 그 하루가 사랑이고 행복일 것이다.

그리고 감사할 것이다.

이 차가운 코로나의 강 한가운데서 비로소.

가족이라는 이름을 곱씹을 수 있는 순간.

덧붙인 가족 같아서 '김 서방'이라 절대 부르지 않는 나는.

의경이라는 예쁘고 정다운 이름으로 부르는 나는.

처음 만난 이 코로나의 강을 건너는

그 순간.

안아줄까 손을 잡아줄까.

툭툭 어깨를 두드려 줄까.

막내이모가 보고 싶다

   이모 중에 가장 긍정적이고 명랑한 분이었다.

   좀 게으르고 신경질적인 이모부를 만나 평생 가족들을 먹여 살리느라 고생했지만 이모는 웃음과 유머를 잃은 적이 없다.

   우리가 무슨 말을 해도 반사적으로 나오는 모든 언어는 비유나 은유로 버무린 유머가 가득해서 우린 막내이모만 보면 늘 웃었다. 그 언어들을 기록해 두었다면 지금 쓰는 추억담이 훨씬 더 즐겁고 풍요로웠을 텐데 아쉽다.

   혼자서 온갖 일을 다 하면서도 자식들을 최선을 다해 키웠고 마지막 여생은 손자들을 키우며 보냈다. 손자 둘은 당연히 할머니가 세상에서 가장 사랑하는 존재이다.

   두 번의 뇌출혈 수술을 하고도 후유증 없이 오뚝이처럼 일어나 손자들을 지극정성으로 키우는 걸 보며 우리들은 매번 〈인간극장〉 한 번 나가라고 말하곤 했다. 수술 후 얼마 되지도 않았을 때 병문안차 들렀다가 이모가 해놓은 손자들 반찬을 보고 우리는 기겁할 정도로 놀랐다. 한정식집을 옮겨놓았나 할 정도였으니.

그것도 방금 퇴원한 환자가.

막내이모지만 나랑 나이가 여섯 살밖에 차이가 나지 않아 어릴 때부터 친구처럼 지냈다.

아빠가 당시 교통부 소속이던 공항에 근무하고 계셨는데, 그때만 해도 항공기를 이용하는 사람은 특별한 사람들이었고 하루에 몇 회밖에 운행하지 않았다.

그래서 연예인들이 항공기를 타고 오는 날은 아빠가 항상 우리에게 소식을 알려주었고 우리는 별 제재 없이 아빠 찬스로 마음껏 연예인을 볼 수 있는 특권을 누렸다. 지금처럼 경호원도 없었으니 아주 지근거리에서 촌스러운 초딩과 막 아가씨가 된 이모는 눈이 뚫어져라 배우들의 실물을 원 없이 바라보곤 했다.

김지미, 신성일, 문희, 전계현 등 당대의 톱스타들을.

어느 날 아빠의 소식이 날아왔다.

신성일이 온다는.

공항 바로 앞에 살았던 우리는 길만 건너면 공항 정문이었고 정문 경비에게 아빠 딸들은 프리패스였다.

대합실 대리석 바닥을 놀이터 삼아 뛰어다니고 있을 때 마침내 출구 문이 열리고 신성일이 나왔다. 어린 나는 잘생김에 대한 안목이 형성되기 전이라 그저 뭔가 보통 사람과 다른 환한 광채만 느끼고 있었는데 이모가 재빨리 출구 쪽 줄이 쳐진 라인 앞으로 달려갔다.

그리고는 순식간에 이모 팔은 신성일 팔을 스쳐 지나갔다.

"명희야, 와하하. 성공했다. 이 팔이 신성일 팔과 부딪혔다."

"?????"

"봤제? 난 이 팔 평생 안 씻을 거다."

"이모, 그래서 뛰어간 거야?"

"세상에…. 저건 사람이 아니다. 신이 만든 얼굴이지. 내 팔이 아직도 찌릿찌릿하다."

"…."

"내 진짜 번개같이 갔제? 악수하고 싶었지만 그건 안 해줄 것 같고 팔이라도 부딪혔으니 소원 풀었네. 으히히히."

막내이모는 그랬다.

긍정적이고 또 긍정적인 사람.

그랬던 이모도 마지막 뇌종양은 이겨내지 못했다.

무슨 뇌가 그렇게 말썽인지 두 번의 뇌출혈을 겪고 또 뇌종양이라니.

이제 손자들도 거의 다 크고 착하디착한 딸내미 효도 받고 행복하게 살면 될 것이었는데.

이모가 얼마 남지 않은 것 같아서 마지막 병문안을 갔다.

앙상한 몸을 보고 있으니 친구처럼 함께했던 시간들이 떠올라 눈물을 참을 수가 없었다. 내 눈과는 반대로 이모는 활짝 웃고 있었다.

"내 믹스 커피 한 잔만 타주라."

"먹으면 안 되잖아."

"괜찮다. 어차피 시간이 얼마 안 남았는데 마시고 싶다."

커피를 타서 이모 손에 쥐어주었다.

"아! 진짜 맛있다. 얼마나 먹고 싶었는지."

"빨리 나아서 집에 가서 매일 마시면 되지. 이모."

"명희야, 이 맛있는 커피 나 하늘나라 가서 우리 언니하고 수다 떨며 마실 거야. 우리 언니도 믹스 커피 제일 좋아한다 아이가."

"맞아. 좋아해."

"언니랑 시끄럽게 떠들며 마셔야 더 향이 난다 아이가. 그러니 느거는 내가 언니들 만나러 가는 거 손 흔들어 주라. 섭섭해하지 말고 알겠제? 언니들이랑 실컷 놀아야지."

그리고 농담처럼 불쑥 말을 또 던졌다.

"인자 우리 영주랑 영민이 고아가 되네. 하이고. 느거 구박하면 내가 하늘나라 가서도 가만 안 둔다. 꼭 살펴봐레이."

웃고 있었다. 내 손을 꼭 잡고.

임종을 앞둔 사람의 목소리건만 더없이 청량했고 웃음소리도 호탕했다. 뭐라고 마지막 유머를 또 불쑥 던져서 우리가 잠시 웃었는데 지금은 왜 생각이 나지 않는지. 유머의 원천이 즐거움이 아니라 슬픔도 될 수 있다는 것을 그날 알았는데.

그때 메모해 둘걸.

거울은 또 그렇게 반사되어 간다

이틀 뒤 막내이모는 언니랑 수다 떨고 커피를 마시기 위해 인생의
마지막 다리를 건넜다.

이모가 가장 커피를 같이 마시고 싶어 했던 그 언니.
늘 머리맡에 포트랑 믹스 커피 상자가 있었던.
자매 중 얼굴도 가장 닮았던.
그 언니 우리 엄마.

이모 장례식에 간 그날.
난 소망했다.
훗날 우리 막냇동생도 꼭 나보다 오래 살아서 내가 먼저 떠나고
난 뒤 저렇게 웃으며 아메리카노 한 잔 들고 오길.
울지 말고 슬퍼하지도 말고 나대신 우리 딸 손 잡아주고 있다가
먼저 간 내게 사뿐사뿐 걸어오길.
꼭 아메리카노 한 잔 들고.

막내이모가 보고 싶다.
그리고 알겠다.
막내이모가 보고 싶은 건 나에게 막냇동생이 보고 싶은 것의 또
다른 언어임을.
그 소망이 지금은 이룰 수 없는 것이기에.

누군가를 보냈다.
봄이 오는 소리가 들리는 날에

응급실이라고 낯선 사람의 전화를 받은 것은 2월의 셋째 주 토요일 새벽이었다. 꽃샘추위가 기승을 부려 2월에 입기에는 다소 두꺼운 패딩을 걸쳐 입고 병원으로 달려갔다.

응급실 문을 열고 들어가는 순간 몇몇 응급실 환자 속에서 단박에 찾아낼 수 있었던 것은 노랗디노란 그 애의 온몸 때문이었다.

황달.

예견했던 일이라 딱히 놀라거나 할 말이 없었다.

본인은 인정하지 못했을지라도 난 작년에 전이된 간의 3분의 2를 절제하고도 타인의 도움을 철저히 거절하며 혼자 암세포와 싸우던 그 애를 보며 1년을 넘기지 못할 거라고 생각했다.

정확히 간암 전이 후 1년하고 5일.

첫 유방암 발병 후론 2년하고 6개월 만에 떠났다.

소풍 가듯이.

한껏 들뜬 초등학생이 소풍가방 싸듯이 주변을 정리하며.

의사들은 늘 있는 일이라 그런지 참 냉정했다.

응급실 내원 첫날 건조한 음성으로 책 읽듯이 말했다.

치료가 불가능하니 호스피스 병원을 생각해 보라고.

그래도 5일간은 대학병원에서 뭉갰다.

호스피스로 가는 순간 모든 게 끝날 것 같은 예감과 아무리 그래도 여긴 대학병원이니 응급상황은 늘 넘어가게 해줄 거라는 믿음. 무엇보다 내가 마음의 준비를 할 수가 없어서였다. 예상했던 일이라는 것과 마음의 준비를 하는 것은 다른 것이었기에.

치료 불가라는 의사의 선고가 떨어진 순간 나는 그 애의 등에 기대어 흐느꼈다.

내 눈물이 그 애의 등을 적시는 걸 보며 작은 목소리로 물었다.

"무섭제?"

어깨 너머로 보니 그 애의 두 눈에서 눈물이 주르륵 줄기를 만들며 흘러내렸다.

"아니."

"난 무섭다."

짤막했던 대화.

그리고 각자 앞일을 생각하며 흐른 긴 침묵의 시간.

그 애는 두 줄기 눈물을 제외하고 더 이상 울지도 동요하지도 않았다.

호스피스로 옮기기 전날 그 애는 두 장의 메모를 썼다.

하나는 나에게 하나는 딸에게.

딸에게 줄 메모는 죽고 나서 주라고 하며 병실 서랍에 밀어 넣고 나에게는 바로 메모를 주었다.

간단했다.

약간은 서운할 정도로.

아무런 부탁이나 문구 하나 없이 내가 처리해야 할 목록과 전화번호만 나열되어 있었다. 폐기물 처리와 정수기 해지 그리고 집 정리, 보험정리, 은행 비밀번호 등.

그 애는 이미 오래전부터 자신의 죽음을 준비하고 있었다.

그렇게.

온몸의 통증으로 진통제 약을 자꾸 늘려가다 보니 어느 순간은 스스로 기분이 붕 뜨는 순간이 있는듯했다.

"언니야, 내가 얼마 전에 산 옷이 있는데 그거 언니한테 어울릴 거다. 그건 언니가 가져가라."

"언니야, 쌀은 넷째 언니 밥 많이 먹으니 거기 주고 멸치랑 다시마 같은 거는 셋째 언니 요리 잘하니 가져가라 해라."

"내가 죽기 전에 짐 정리를 마쳐야 하니 미리 언니들이 가서 가져갈 거 챙기고 폐기물 아저씨 불러라."

한 번도 슬프거나 우울한 표정을 짓지 않았다. 정말 소풍 가는 아이가 가방 싸듯이 하나하나 생각하고 정리하고 그랬다.

그 애는 정리정돈을 너무 잘해서 무얼 찾는 건 어렵지 않았다. 가지런한 옷들과 지갑들. 좋아하는 소품들 심지어 양념들까지.

그 애가 아깝게 생각하는 것들을 우리가 챙겨가지 못할까 봐 심지어 호스피스 병원에서 영상통화까지 하며 "언니야, 그것도 챙겨라, 싱크대도 열어봐라." 흥분한 목소리로 잔소리를 했다. 모두가 가라앉은 우울한 기분인데 혼자만 우리에게 무언가를 나눠주는 것에 신나 했다. 참 특이하고 이상한 아이였다.

이상하긴 나도 마찬가지였다.
임종이 다가오던 순간.
병원에서 마지막일 것 같다고 전날 밤에 전화를 연결해 주었다.
그 애의 숨이 가빠서 말이 제대로 전달되지 않았다.
난 왜.
"숨 크게 쉬어봐. 크게 들이마시고. 길게 내뱉어 봐."
그 말을 그 순간에.
아니 왜 그 말밖에.
"사랑해."
이 말을 해야 하는데.
왜 사랑한다는 말을 못 하고 그 귀하고 짧은 몇 분을 숨 쉬어보란 말로 보냈는지.
평소에 사랑이 가득 차 있지 않아서인지.
반사적으로 사랑한다는 말이 나오지 않는 부족한 사람이어서인지.
나보다 그 애를 먼저 보낸다는 것이 수긍이 안 되어서인지.
사랑이 준비되지 않았던 자의 변명.
되돌릴 수 없는 시간.

코로나로 한 사람만 대면이 가능해서 임종은 딸아이만 지켜봤다.

마지막 모습은 평화로웠다. 온몸이 개나리보다 더 노란 것만 빼고는.

짧았지만 힘들고 지난했고 버거웠던 그 애의 선택된 인생은 그렇게 끝났다. 부모님 때도 친척들일 때도 그랬지만 죽음은 순간이고 싱겁기도 했다. 영화처럼 마지막 말을 남기지도 않았고 사랑하는 표정 같은 거는 보여주지도 않은 채 호흡기 안에서 힘겹게 마지막 숨을 몰아쉬다가 어느 순간 스르르 끝이 났다.

정말 스르르.

모니터에 한 줄이 나오는 순간.

그 애의 항변이 들리는 것 같았다.

나는 최선을 다해 살았지만 삶은 녹록지 않았고 잘 선택을 했다고 생각된 순간에도 언제나 다시 비슷한 삶으로 도돌이표가 그려졌다고. 암은 내가 생각조차 한 것이 아니었다고. 이제야 알겠다고. 이 힘든 암과의 투쟁을 그만두라고 신이 나의 인생 오선지 위에 도돌이표가 아닌 끝마침을 위한 겹세로줄을 긋는다고.

장례를 치르고 문득 딸에게 남긴 쪽지가 궁금해졌다. 서랍에 넣어둔 그냥 아무렇게나 접은 쪽지라서 버리지 않았나 싶기도 했다. 다행히 조카가 잘 챙겨둔 쪽지는 유언 같은 유언 아닌 몇 문장의 간단한 메모가 있었다.

"좋은 환경에서 바르고 예쁘게 자라게 했어야 하는데 그런 엄마

가 되어주지 못하고 끝내 너에게 죄를 짓고 가는구나. 그래도 요즘
은 예쁘고 철도 들고 해서 덜 걱정이네. 늘 그랬듯이 혼자서도 씩씩
하게 밝고 긍정적으로 살아야 한다.

　나머진 큰이모한테 이야기해 놨다.

　길게 써봐야 구차하다.

　사랑한다. 내 딸."

　그 애다웠다.

　길게 써봐야 구차하다.

　그 말에 그 애의 삶이 다 담겨 있었다.

　이미 구차해진 삶이 길게 산다고 무엇이 달라질까 생각했을 것이
다. 슬프지 않았다면 그건 거짓말이겠지만 적어도 담담한 마음으로
멜로디와 박자가 뒤죽박죽인 인생 오선지 위에 마감 줄을 그었을
것이다.

　남편을 보내고 아무리 인생의 교차로마다 희망을 갖고 선택을 해
보아도 스스로의 눈에는 구차했고 힘들었고 짧고 슬펐던 삶 위에.

　장례를 치른 지 일주일-

　난 줄곧 생각하고 있다.

　난 참 구질구질하게 딸에게 남길 글을 쓸 것 같다고.

　구구절절. 쓸데없이. 반복해서.

　행여 빠진 말이 없나 보고 또 보며 끼워 넣고 끼워 넣을 것이다.

　충분히 살아도 아쉽고도 아쉽다고 생각할 것이다.

　난 그 애와 너무 다르니까.

깔끔하지 못하고 미적지근하며 무에 그리 미련이나 아쉬움 같은 게 정말 많은지.

산길을 걸으니 막 봄꽃들이 올라오기 시작했다. 메마른 풀숲 사이에서 뾰족이 솟아오른 쑥이랑 이름 모를 보랏빛 앙증맞은 꽃들.

매일 가는 그 길도 봄을 맞이하느라 달라져 있었다. 작년에 먼저 봉오리를 내밀었던 벚꽃이 올해는 다른 가지에서 올라왔다.

사람은 떠나도 봄은 여전히 화사하고 따뜻했고 삶의 역동성이 곳곳에 꿈틀대고 있었으며 그것들은 알아서 조화롭게 어울리고 있었다.

살아 있으니까.

그랬다.

어쩌면 내게 조금은 많았던 짐들을 메고 걸을 수 있었던 건 살아 있기 때문이었다.

살아 있으니까.

그리고 죽어도 못 할 일은 아니었으니까.

때로 버거워도 할만했지 아니한가.

쪼그리고 앉아 매년 봄이면 마른 풀숲을 헤치고 올라오는 그 보라색 앙증맞은 꽃을 어루만졌다. 사진 속에서 너무 곱고 예쁜 모습으로 웃고 있던 그 애 얼굴을 쓰다듬듯이.

맞구나.

내가 전생에 나라를 구한 거야. 팔아먹은 게 아니라.

그 수많은 힘든 일들을 내가 아니면 누가 척척 했겠는가.

거울은 또 그렇게 반사되어 간다

스스로에 대한 그런 자긍심도 분명 있었고 힘들어도 처리해 내는 순간순간 존재가치가 넘치지 않았던가.

그리고 내가 먼저 떠났다면 기회조차 없이 하지 못했을 일이 아닌가.

그러니 어쩌면 전생에 나라를 구한 건 나였다.

다른 누구도 아닌.

인생의 돌부리가 조금은 많았던 그 길에서 존재가치를 느낀.

교만의 동의어 같은 그 존재가치.

비로소 평온한 마음으로 그 애를 보냈다.

봄이 오는 소리가 들리는 날에.

그날 못 한 '사랑해.'라는 말을 수십 번 수백 번 되뇌며.

내가 먼저 떠나고 그 길을 막내가 환하게 웃으며 아메리카노 한 잔 들고 오는 모습은 이루지 못할 소망으로 남겨둔 채.

아니면 간절함으로 남겨둔 채.

사랑을 표현하지 못한 못난 언니가 갖는 그저 무한대의 아쉬움.

너무 보고 싶어서.

손자(1)

피부가 너무 하얗고 뽀얘서 태어날 때 눈이 부셨던 아이.

사는 곳 근처에 어린이집이 없어 오랫동안 엄마 아빠 품에서 더 많이 놀았던 아이.

그게 그 애에게 기회였던 아이.

세상 모든 것을 이타적으로 바라보는 맑고 착한 눈을 가진 아이.

낙엽이 떨어져 굴러가는 것을 보고 "저 생명이 저렇게 사람들에 밟히는 것으로 끝난다면 그건 너무 슬퍼. 엄마, 뭔가 다른 방법이 있을 거야."라고 네 살 때 말하던 아이.

동생이 태어나자 엄마의 산후조리를 위해 부산으로 강제분리 되어 와서는 백설 공주 한 편을 다 외워 아빠에게 전화로 긴 시간 이야기하던 아이. 그렇게 전화기를 붙들고 아빠와 대화를 하는 것으로

거울은 또 그렇게 반사되어 간다

스스로의 분리불안을 참아내던 아이. 그러려고 백설 공주 긴 이야기를 외우고 말았던 아이. 그때 세 살이었던 아이.

생각이 너무 깊어 어린아이답지 않은 철학과 관념의 세계를 갖고 있지만 생활 속에서 친할머니의 병약함을 챙기고 친구들의 갈등을 언어로 중재하며 누구에게나 기분 좋은 립 서비스를 하는 아이.

그게 진심인 아이.

'레고'로 무언가를 만들다가 내가 만든 걸 가만히 보더니

"할머니, 할머니 나름대로는 의미 있게 만드셨겠지만 다른 사람들이 보기에는 그 모습 같지 않으니 제가 좀 고쳐볼게요."

아무리 보아도 공룡 같지 않은 내 '레고'를 기분 상하지 않게 잘 매만져 준 아이.

그때 네 살이었던 아이.

감동을 잘하고 언어를 자신만의 감성으로 골라내며 이야기의 세계에 실제처럼 빠져들고 책 속에서 진정한 주인공이 되는 아이.

생명을 소중히 여기고 곤충을 좋아하며 키우고 보살피는 것을 좋아하는 아이.

그래서 곤충학자가 되면 둘째가 마트를 해서 연구비를 대주겠다는 말에 빙긋이 웃고만 마는 성향이 확실히 다른 아이.

남의 기분을 배려하는 데 최선인지라 어쩌면 가끔 자신의 본 모습을 잃어버릴까 염려스러운 아이.

상상 속에서 언제나 남을 돕는 사람이 될 때 가장 신나는 아이.

친구들과 말싸움으로 편 가르기가 시작되자 선택을 못 하고 혼자 남은 아이한테 "지금 네가 선택을 하면 다시 새로운 편이 생기는 거야. 그러니 다시 제자리로 돌아가서 각자 자리에 앉아 생각을 해보자. 자, 이제 우리는 각자 하나의 존재들이야. 우리 반 모두가 하나의 점이야."라며 고차원적인 중재를 했던 아이.

그때 다섯 살 유치원생이었던 아이.

증조할아버지가 돌아가셨을 때

"엄마, 할아버지를 머리로 기억하고 가슴으로 추억할게."

그때도 다섯 살이었던 아이.

거짓말같이 우리를 언어로 감동시키던 아이.

"불가능을 가능하게 하려면 그 가능성을 조절해 주어야 한다."고 말하던 아이. 그때 여섯 살이었던 아이.

말이 통하지 않는 친구를 보며 "그 애는 벽 같은 존재야. 내가 두드릴 순 있지만 뚫을 수는 없어."라며 슬퍼하던 아이.

그때 일곱 살이었던 아이.

할머니 반찬이 가장 맛있다고 생각하는 아이.

그래서 홍대에서 외식을 하다 문득 할머니가 식당을 하면 맛있어서 손님이 엄청 많을 거라는 아이. 엄마가 "너니까 해주는 거야."라고 하자 "아! 식당 이름을 '너니까 해주는 거야'라고 지으면 되겠다!"

참 창의적인 아이.

언어의 깊이가 더해질수록 혹여 이 험한 세상에서 상처를 더 많이 입을까 걱정스러운 아이.

때로 동생의 재빠른 말대답과 귀여움으로 무장한 행동이 우리의 사랑을 더 많이 받는 것 같이 느껴져도 내색하지 않고 스스로의 길을 묵묵히 가는 아이.

그냥 다름을 인정하는 아이.

타고난 어휘력에 비해 구구셈을 늦게 외우고 문자도 해득이 늦었지만 스스로의 방법으로 끝내 길을 만들고 답을 잘 찾는 아이.

빠른 길이 아니라 옳은 길과 자신이 할 수 있는 길을 찾는 아이.

믿음을 만드는 능력이 살아 있는 사랑스러운 아이.

영재원 시험을 치르고 나더니 "떨어지면 심사위원들이 내 생각을 읽지 못한 거야. 난 괜찮아. 심사위원들이 나를 놓친 거야."라고 말할 때 수능일의 딸을 생각나게 하는 아이. 결국 합격한 아이.

반장 선거를 하고 당선된 결과를 미리 말하지 않고 말없이 현관문을 열고 들어온 아이. 엄마와 동생이 "어떻게 됐어?" 묻자 "어떻게 됐을 것 같아?"라고 무심한 표정으로 되묻는 참 묵직한 아이.

임명장도 아주 늦게 꺼낸 아이.

친할머니가 병원에 입원을 하자 의사 선생님께 배꼽인사를 하며 "선생님, 우리 할머니 몸이 약하신데 꼭 좀 낫게 해주세요. 부탁합니다."

의사 선생님도 머리를 쓰다듬게 만든 아이.

기쁨을 절제하고 제어할 줄 알지만 슬픔은 숨기지 못하는 아이.

어느 시점 혹은 어디 지점에선가 아주 작게 나를 만나게 되는 아이.

또 어느 순간 진중한 얼굴과 행동에서 문득 친할아버지도 만나게 되는 아이.

미래가 몹시 궁금해지는 그래서 자꾸 기대가 되는 아이.

서울에 있으니 늘 그리운 그 아이.

늘.

손자(2)

자기 마음에 너무 솔직해서 가끔 민망하기도 한 아이.

길 가다 담배꽁초를 버리는 아저씨를 보면 "참 나쁜 아저씨야. 그치?"라고 들리도록 말하는 철없는 아이.

사돈이라는 관계가 얼마나 애매하고 조심스러운지 모르는 아이.

부산서 회를 먹고 가서 맛있다고 노래를 부르다 횟집에 데리고 간 친할머니에게 "여기 회는 부산에서 먹은 것처럼 자연산이 아니라 맛이 없어요." 하는 아이.

부산 할머니 멸치 육수가 맛있다고 하도 떠드니 온갖 재료를 넣어 정성으로 끓여준 육수인데도 슬쩍 밀어내고는 "난 부산 할머니가 해준 멸치 국물만 먹는단 말이에요."

엄마가 허벅지를 발로 차도 거짓말을 못 하는 아이.

정말 서울 할머니 육수가 맛이 없는 게 아니라 단지 그 아이가 처음 먹어본 맛이 강렬하게 꽂힌 거지만 그 솔직함이 우리를 민망하게 하는 아이.

하도 손가락으로 콧구멍을 후벼서 손가락으로 자꾸 콧구멍 후비면 염증 생기고 콧구멍 커져서 보기 싫다고 했더니 발가락으로 콧구멍을 후비는 대안을 찾는 아이.

자동차 앞 유리에 빗방울이 흘러내리는 모습을 보고
"엄마, 저기 반짝반짝 별이가 있어."
그때 세 살이었던 아이.
형아하고 다른 언어적 감성이 창의적인 아이.

뭔가 필을 받으면 이유 불문이고 결과는 노답인 아이.
송민호에 꽂혀 기어이 송민호 머리를 하고 옷도 비슷하게 입고 다니지만 아무리 봐도 비슷하지 않은 게 몸매 비율 때문이라고는 차마 말 못 하게 만드는 아이. 그래서 스스로에 진심인지 나르시스인지 모를 아이.
호불호가 너무 확실해서 엄마가 좋아 아빠가 좋아 질문은 미처 끝나기도 전에 "아빠."라고 단호하게 답하는 아이.

1학년이지만 성선설을 굳게 믿고 사람은 결코 태어날 때부터 나쁠 수 없다는 논리에 열변을 토하는 아이.
수리 계산을 머릿속에서 어떻게 하는지 알 수 없지만 만 단위까지 암산하고 코딩의 원리를 저만의 방법으로 이해하고 만들어 가는 희한한 아이.

기억력이 뛰어나서 우리가 한번 뱉은 말은 절대 잊어버리지 않으니 함부로 약속을 할 수 없는 아이.

몸이 유연해서 다리 찢기는 물론 수직 들어올리기도 말랑말랑하게 해내는 아이. 운동을 좋아하고 잘하니 자다가도 축구선수가 되는 잠꼬대를 하는 아이.

"엄마, 나 축구선수도 되고 싶고 아이돌처럼 연예인도 되고 싶은데 고민이 있어."

"무슨 고민?"

"내가 머리도 좋고 공부도 좀 잘하는 것 같거든. 그래서 뭘 해야 될지 모르겠어."

우리를 미소 짓게 만드는 아이.

친구들도 좋아하는 아이.

며칠 밤을 새고 퉁퉁 부은 얼굴과 떡이 진 머리로 일어난 엄마를 보고 "엄마, 너무 못생겼어." 큭큭 웃자 사위가 "아빠는 예쁜데? 사랑하면 다 예쁘게 보이는 거야."

요리조리 엄마를 보더니 눈물이 그렁그렁 한 채로 울먹이며 "난 엄마를 사랑하지 않는가 봐. 아무리 봐도 안 예뻐."

가족 모두 안아주고만 아이.

휴대폰을 처음 가지게 되자 엄마에게 매일 교문 앞에 있지 말고 모르는 곳에서 기다리라고 하는 아이.

"엄마, 오늘은 어디에 있어? 내가 어디로 엄마 찾아가면 돼?"

딱 두 문장.

전화로 이 말을 하고 싶어 휴대폰이 갖고 싶은 아이.

반장 선거를 마치고 당선의 기쁨을 엄마한테 전화로 빨리 말하고 싶어 숨도 돌리지 못하는 아이.
"엄마, 어떤 아이 표가 하나 나오고 내 표가 세 개 나오는 거야. 그러더니 다음에 어떤 아이 표가 하나 나오고 또 내 표가 세 개 나오는 거야."
그 표정을 상상만 해도 미치도록 사랑스러운 아이.
형과는 그렇게 다른 아이.

크면 형아 집에 얹혀서 같이 살 거라고 해맑게 말하는 아이.
운전도 배우지 않고 형아 차를 타고 다닐 거라고 당당하게 말하는 아이.
그게 저만의 '형아 사랑법'임을 우리가 다 알게 만드는 아이.
사랑이 표정에 나타나는 아이.

어릴 때 내 딸의 모습이 보이는 그 아이.
너무 사랑스러워 자라지 말고 그대로 멈췄으면 하는 엉뚱한 욕심을 갖게 하는 아이.
어쩐지 미래의 모습이 그려지며 우리조차 행복하게 해주는 아이.
그냥 마냥 예쁜 그 아이.

서울에 가고 싶게 만드는 사랑스러운 아이.

거울은 또 그렇게 반사되어 간다

그녀는 예뻤다

제목만 보고 여느 미인을 상상하지 말길.

미리 말해두고 시작.

뽀얀 살결이 얼마나 희고 고왔는지 피부가 한몫하여 딸아이를 데리고 버스를 타면 많은 사람들이 손이랑 볼을 만지작거렸다.

"하이고야 아가 우째 이리 하얗노? 얼굴이 백새네. 백새."

"아따 아가(아이가) 억수로 이쁘네. 뽀야이(뽀얀 것이)."

이목구비가 아니라 피부가 예뻤던.

로마 교황이 부산을 방문한다고 했다.

혹시나 숭고하신 교황님의 눈 맞춤이라도 얻어걸리면 내게도 신이 축복을 주실 것 같은 기분이 들어 가장 예상되는 길목에 아침부터 일찍 자리를 잡고 기다렸다. 수영공항은 어릴 때부터 살던 곳이니 동선을 나름대로 알 수 있을 것 같았으니까.

시간이 지나자 내가 예측한 그곳은 사람들이 너무 많이 몰려들어 자칫하면 눈 맞춤은커녕 딸아이가 파묻힐 지경이었다.

모자가 잘 어울리는 딸아이에게 그날 하늘색으로 모자와 옷은 물론 신발까지 맞춤으로 통일하였더니 어디서든지 눈에 띄긴 하였다.

만구 엄마만의 생각이지만.

누군가 외치는 소리가 들렸다.

"교황님 오신대요."

하지만 나도 키가 작은 데다 세 살 딸아이는 이미 인파 속에 파묻혀 거룩한 교황님의 머리끝조차 볼 수 없을 것 같았다.

그때 기적 같은 일이 일어났다.

사람들이 자리를 조금씩 비키더니 딸아이를 제일 앞쪽으로 밀고 옆을 틔워 마치 딸아이 혼자 동그란 서클 안에 있는 모습을 연출한 것이다.

"보소. 요 천사 같은 아가(아이가) 교황님 보구로 다들 좀 물러서 이소."

"아따라 고놈 참 예쁘네."

부산의 독특한 문화다.

야구장에서 홈런 볼이 나와 어른이 잡으면 백 퍼센트 소리들을 지른다.

"아 주라. 아 주라."

아이한테 주라는 말이다.

거울은 또 그렇게 반사되어 간다

그 볼을 잡은 어른은 차마 가져갈 수가 없다.

부산 사람들만의 끈끈한 정.

그래서 그날의 작은 기적은 부산만의 기적으로 딸아이가 교황의 얼굴을 볼 수 있는 순간을 만들었다.

하지만 나는 내내 그날의 기억을 이렇게 말한다.

"우리 딸이 너무 예뻐서 눈부셨으니까."

지금의 딸아이를 아는 사람들은 오해가 없기를.

그때는 정말 예뻐 보였고

나는 엄마였으니까.

글쓰기를 잘했다.

저만의 독특한 마인드맵을 가지고 있었다. 그래서 그 줄기가 어떤 가치나 세계관으로 뻗어갈지 알 수 없었다. 지금의 첫째 손자랑 비슷하게.

그 애 글의 바탕은 예쁘고 착하고 사랑스러운 언어들의 놀이터였다.

매일 보는 산이 시시각각으로 변하는 모습을 "산에는 얼굴이 있다."라고 표현을 하고 《윌리엄 텔》을 읽고 "아빠가 마음 놓고 활을 쏠 수 있었던 건 아들이 아빠를 믿었기 때문."이라고 항변했다. 다른 모든 아이들이 아들 머리 위의 사과를 쏜 아빠의 용기를 칭찬했을 때 혼자 아들의 믿음이 주는 용기를 보았던 아이다.

지금도 그 애의 글은 재미있고 귀엽고 독특하며 행복하다.

사람은 자신의 직접경험과 간접경험을 버무려 인생관을 만들어 간다.

딸아이는 아직까지 기억날 만큼 힘들거나 불행을 겪지 않았으니 그럴 수밖에 없다.

사위와 손자들이 남을 배려하는 마음이 너무 깊어 타고나지 않으면 저렇게 할 수 없다고 했더니 "엄마, 나는 나를 배려해. 우하하." 라고 유쾌하게 웃는 딸.

나는 자꾸 신파가 되지만 딸아이는 어느 플랫폼을 타고 어디로 갈지 모르는 즐겁고 흥분되는 메타버스 안에 있는지도.

상상하는 대로 살아지는.

아니면 꿈꾸는 대로 만들어지는.

그 애가 행복한 게 좋다.

내가 갖고 있는 열 개가 훨씬 넘는 손가락이 신파투성이라 해도 유일하게 걱정을 안 하는 손가락인지라.

그 애랑 이야기를 하면 대부분 즐겁다.

그 애가 이야기하는 미래는 늘 희망적이고 푸른색이다.

언제든 건널 수 있는 푸른 신호등.

그 근자감은 무엇인지 모르겠으나.

그 애의 엄마로 산 것은 정말 행운이었다.

그 애가 부르는 엄마 소리가 가장 명징했으니까.

그 애의 뒤에 멍하니 혹은 우두커니 서 있을 수 있기만 해도 행복이었던 것은 언제든지 그 애가 뒤돌아보면 미소로 답할 수 있으니까.

거울은 또 그렇게 반사되어 간다

손사래를 치는 게 아니라 두 손 벌려 안아줄 준비가 되어 있으니까.

그 애와 같이 걸을 수 있었던 길들은 아름다웠다.

대부분의 보폭은 잘 맞았고 흔들릴 땐 누가 먼저랄 것도 없이 맞출 줄 알았으니까.

그 길의 아름다운 것들을 같은 시선으로 아름답게 바라볼 수 있었으므로.

긍정적이고 사랑이 가득한 큰 줄기.

부정적 시선이나 배배 꼬인 관념은 애당초 없고.

어쩌면 스스로를 가장 사랑하는 딸.

자신을 사랑하기에 다른 사람도 더 사랑할 줄 아는.

예뻤고 예쁠 것이다.

행복한 마인드맵으로 하나씩 줄기를 덧대어 그려가는 그녀의 세상 안에서.

그러므로

그리고

단언컨대

그녀는 예뻤다.

지금도 예쁘다.

앞으로도 예쁠 것이다.

외모가 아닌 다른 많은 것들이.

조금 풍만해진 체형을 굳이 두 아들과 살림과 업무에 치어 부은 것이라고 변명하지 않더라도.

조금 어질러진 집이 세 남자 때문이라고 핑계 대지 않더라도.

바쁜 일상으로 배달 앱을 이용하는 일이 더 늘어나더라도.

그녀는 늘 예쁠 것이다.

다시 한번 단언컨대.

시어머니라 부르는
그분이 그립다

처음 봤을 때 조금 무서웠다.

우선 체격이 너무 컸고 목소리가 우렁찼으며 말씀하시는데 너무 거침이 없었다. 맞선이라고 처음 만나는 자리에서 당신들은 이미 다 결정한 것처럼 결혼할 달은 2월이 좋겠다는 말씀까지 하셨다. 그러니 나의 의사와는 상관없이 왠지 어머님의 플랜대로 끌려갈 것 같은 불안한 느낌까지 들었다.

결혼에 대한 확신도 안 서고 맞선보고 몇 번 만난 남자한테 사랑이 싹트지도 않았고 어머님도 무서운 데다 육 남매의 장남인 맏며느리 역할은 지레 겁이 났다. 하지만 어머님은 한 가정을 소신과 희생 하나로 이끌어 오신 분이다 보니 나를 며느리 삼고자 하신 목표가 너무 뚜렷했던 듯하다.

나에 대한 모든 정보는 당연히 다 체크하셨다. 누군가가 전해준 '키 작은 거 빼고는 버릴 데 없다.'는 정보를 입수하고는 내가 퇴근할 때 옆에 서서 같이 걸어보셨다고 하니 그 노력으로 내가 남편과 결혼하게 되었는지도 모르겠다.

그렇게 결혼했다.
몇 번의 우여곡절을 겪으면서도 추진력 갑인 어머님의 뜻대로.

결혼이라는 단 한 번의 큰일을 그렇게 어머님의 뜻대로 끌려갔다면 나는 도대체 결혼관, 인생관, 가치관도 없는 사람이었던가.
그건 위에 우여곡절을 겪었다는 말로 대신하겠다.
신파 같은 우여곡절을 다시 헤집어 보기도 싫고 그 시간들로 다시 돌아간다 해도 다른 조건이 내게 주어지지 않는다면 나에게 주어진 다리는 그것뿐이었다. 사랑도 없는데 정말 이게 최선인가 하는 망설임으로 발걸음 떼기를 미적거리고 있을 때 어머님이 세차게 끌어당겼을 뿐이다.
결혼하면 아이 키워주고 살림 다 맡아주고 내가 하고 싶은 대로 하게 뒷바라지해 줄 테니 더 하고 싶은 공부 있으면 하라고.
거기에 혹했다.
공부를 더 하라는 나의 지적 욕구를 건드린 그 한마디에.

여걸이란 표현이 딱 적절했다.
결혼 직후에 미혼인 시누이 셋이랑 나중에 제대하고 온 시동생과 우리 딸까지 합쳐 아홉 식구가 살았는데 거의 모든 일은 어머님 혼자 다 하셨다. 집안일뿐만 아니라 대외적인 일까지도.

나는 그 많은 일거리가 가득한 집에 들어가기 싫어 날마다 퇴근할 때 버스 정류장을 지나쳐 가서 일부러 걸어가곤 했다. 어머님은 약속대로 나에게 집안일로 인한 시간은 빼앗지 않으셨다. 그러나 그 일을 감당하는 어머님을 바라보는 것이 고역이었다. 매끼 설거지는 산더미였고 빨래도 매일 산더미고 어린 딸아이 빼고 여덟 식구 밥을 하는 것도 산더미였다.

어머니는 그래도 묵묵히 하셨다.

3년을 같이 살면서 강인하지 못했던 난 걸핏하면 친정으로 핑계를 대서 도망쳤다.

그러다 어느 날 내가 소개해 준 미장원에서 파마를 한 시누이 둘이 파마약이 나쁜 것 같다고 하는 말을 우연히 엿들었다.

나쁜 약 때문에 머릿결이 나빠졌다고.

그날 나는 완전한 가출을 했다.

사실 그때까지도 신혼인지라 나는 일을 척척 거들지는 못해도 시부모랑 시누이들한테 잘하고 싶은 마음이 있었다. 그래서 지인이 하는 미장원을 소개해 주기로 하고 나는 전날 미리 가서 금액을 지불했다. 그리고 워낙에 알뜰한 시누이들인지라 비싼 파마 했다고 하면 아까워할 테니 혹시 물으면 제일 싼 거라고 입을 맞추어 놓았다.

내 월급에서 정말 출혈이 심한 파마였는데.

선입견.

선입견은 그렇게 무서운 것이었다.

제일 비싼 파마를 했음에도 제일 싼 거라 생각하니 머릿결이 나빠졌다는 둥 그런 말을 한 것이다.

그러잖아도 도망가고 싶던 차였다.

정말 울고 싶은데 뺨을 때린.

가출이 아니라 탈출을 했다.

완전히 옷을 다 싸 들고.

밤새도록 캐리어에 옷을 다 싸고 이혼날짜 정해서 만나자는 편지 한 장 남긴 채.

지금도 귀에 쟁쟁한 시누이들의 그 말을 뒤로한 채.

"새언니 소개한 미장원에서 싼 거 해주더니 머리 다 상한 거 같다. 언니한테 받은 공짜는 파이(나쁘다는 경상도 사투리)네."

다른 건 몰라도 억울한 건 평생 가는 법이라서.

이혼 편지에 한바탕 식구들이 난리가 난 모양이었다.

물론 아직까지도 시누이들은 그 일을 모른다. 자신들이 한 말을 기억 못 할지도 모르고 내가 그 말을 한 적도 없다. 그리고 평생 비밀일 것이다.

아! 혹시나 시누이들이 이 글을 읽게 될까?

아니겠지.

편지에는 그저 결혼생활이 생각과 다르고 내가 그 집에 맞지 않는 사람 같다고 했다.

남편은 매일 친정으로 찾아왔지만 나는 만나지 않았다. 식구들보고 문도 열어주지 말라 했다. 동생들이 나가 보고 형부가 밖에 아직도 있다는 둥 이제 갔다는 둥 보고를 했다. 내 마음은 아주 단호했다. 다시는 그런 결혼생활을 할 수 없었다. 모든 악조건을 참고 견디고 있는 나에게 시누이들의 그 말은 도저히 용납이 안 되었다.

일주일쯤 되었을 때 그날은 비가 왔다.

"언니야, 형부 비 맞고 서 있다. 들어오라 해라."

아빠가 먼저 나가셨다.

"들어오게."

아빠 앞에 고개를 푹 숙이고 있는 남편에게 아빠는 딱 한 마디 하셨다.

"데리고 가게."

남편은 아무 말 없이 짐을 챙겼고 더 이상 친정도 내게 울타리가 될만한 여력이 없음을 아는 나는 끌려가는 기분으로 그곳으로 다시 돌아갔다.

조금 무서웠다. 시부모님이 뭐라고 하실는지.

대문을 열고 들어서자 어머님이 웃으며 가방을 받아 드셨다.

"밥 묵어야제?"

그리고는 서둘러 김이 나는 밥상을 내오셨다.

그날도 그 이후로도 어머님은 단 한 번도 그 가출에 대해 한마디도 꺼낸 적이 없으셨다.

단 한 번도.

어머님이 워낙에 강하신 분이라 아프신 내색을 안 하시는데 어느 일요일에 교회에 오지 않으신 것이 이상해서 찾아뵈러 갔다. 다른 시누이들도 느낌이 이상했는지 맏이와 막내 시누이가 뒤이어 왔다.

몸이 조금 안 좋아서 쉬었다고 말씀하시며 그저 우리 지연이 좋은 사람 내가 꼭 구해줄 테니 결혼 걱정은 말라고 힘주어 말씀하셨다. 어머님 발이 워낙 넓으시니 나도 그건 믿어보고 싶었다.

그런데 자세히 보니 어머님은 계속 주먹을 꼭 쥔 채 식탁에 앉아 말씀을 하고 계셨다. 말씀도 유난히 많이 하신 편이었지만 주요 화제는 지연이 결혼하는 거 보고 싶다는 것이었다. 그러다 문득 입술 주변에 묻은 갈색 얼룩을 발견했다.

"어머님, 이 얼룩은 뭐예요?"

"아, 내가 아침에 일어나니 숨 쉬는 게 약간 기분이 나빠서 우황청심환 하나 먹었다."

조금 불안한 마음이 들었다. 마침 옆에 혈압계가 있기에 어머님 혈압을 재보았는데 자꾸 에러 메시지가 떴다. 혹시 기계 이상인가 싶어 모두 돌아가며 재보았지만 우리는 다 정상 수치가 나왔다.

아버님이 한마디 하셨다.

"할마시(할머니)가 살키(피부)가 두꺼워서 혈압이 안 나온다."

무식한 우리도 그런가 보다 했다.

그때만 해도 가정용 혈압계가 있는 집이 거의 없었고 지금처럼 건강정보가 쏟아지지 않아 약간 거구인 어머님이 혈압이 안 잡히나 보다 한 것이다.

말씀도 길게 잘하시고 웃기도 하셔서 우린 안심하고 다들 집으로 돌아왔다. 그날따라 어머님은 저녁까지 먹고 가라고 우릴 붙잡았는데 월요일 출근을 해야 해서 모두 일어섰다.

집으로 돌아와서 막 옷을 벗으려는데 전화가 울렸다.

출발한 지 40분.

어머니가 돌아가셨다는 것이다.

믿을 수가 없었다.

방금.

그러니까 40분 전에 식탁에 주먹 쥐고 앉으셔서 지연이 결혼시킬 이야기랑 온갖 이야기를 자세 한번 흐트러짐 없이 꼿꼿하게 하신 분이.

나중에 아버님이 전해주신 마지막 상황은 늘 우리에게 끝없는 죄책감을 갖게 했다.

우리가 다들 가자마자 어머님은 안방 침대로 가서 누우시며 숨 가쁘게 한마디 하셨다고 한다.

"할배, 나 오늘 못 넘기요. 곧 갈기요."

아버님이 119에 전화를 하고 구급대원들이 어머님을 부축하여 엘리베이터에 태운 순간 숨을 거두셨다고 했다.

도대체 어머님은 무슨 정신력으로 그렇게 꼿꼿하게 우리 앞에서 두어 시간을 버텼으며 여섯 명의 자식, 며느리, 사위들은 그날 아무도 그 상태를 눈치채지 못했을까. 너무나 평소와 다름없었던 어머님이셨다.

직접 듣지 않은 어머님 마지막 말씀은 지금도 실제 들었던 것처럼 귀에 늘 쟁쟁거린다.

"할배, 나 오늘 못 넘기요."

가는 길을 마치 스스로 안락사라도 하듯 군더더기 없이 그렇게 가셨다.

그리고 나중에야 깨달았다.

주먹을 꼭 쥐고 앉아계셨던 것은 마지막 다가오는 고통을 참고 계신 것임을.

강하다는 말로는 표현하기 힘든 어머님.

여걸이라는 표현으로도 부족하고 통이 크고 생각이 넓은 분이라는 말로도 부족한 어머님이다.

맞선 한번 보고 아버님한테 반해서 의성에서 대구까지 처녀의 몸으로 교회주소 하나 갖고 찾아갔던 에피소드도 내겐 늘 존경의 스토리다. 검정 고무신을 신고 갔더니 여름에 아스팔트도 녹인 대구 날씨가 너무 더워 고무신 안 발가락 사이로 시커먼 땟물이 올라왔다고 한다. 그래도 개의치 않고 아버님 집에 도착하자마자 우물로 가서 "제가 발 좀 씻고 마루로 올라 가겠심니더." 했다는 어머님.

그리고 또 뱉으신 말.

"총각이 선을 봤으면 좋다 싫다 답변이 있어야 제가 궁금하지 않을 거 아입니껴. 답을 알고 싶어 왔니더."

아버님은 그 시절에 어머님이 혼자 만나러 왔다는 이야기를 듣고 처녀가 너무 기가 세다며 도망을 가셨고 할머님은 그런 어머님이 자신의 연약한 아들을 보필할 거라 믿어 바로 결혼을 승낙하고 사성을 보냈다는.

뒤에 어머님은 말씀하셨다.

아버님 첫인상이 곱고 순하고 선비 같아서 좋았다고.

어머님의 러브스토리.

그러니 우리도 그렇게 똑같이 사랑하셨을 테고 그래서 절대 자식들에게 짐을 지우지 않으셨고 홀로 모든 걸 감당하셨다.

　신장암 수술을 한 날 링거를 열 개 가까이 꽂은 채 거의 비몽사몽 지경에서도 밤새 자식들 이름 하나하나를 부르며 각자에게 최선인 내용으로 기도를 하신 어머님.

　어머님은 당신이 진 십자가를 한 번도 마다하지 않으셨고 당연하게 흔쾌히 지고 걸으셨다. 신앙의 힘이라고만 하기에는 부족한.

　흔쾌히.

　그래서 힘들다고 생각하지 않으신 것이다.

　내게 맡겨진 짐을 늘 억울해하고 맡지 않을 수만 있다면 피하고 싶어 하던 나는 늘 그러한 상념들에 사로잡혀 쓸데없이 귀한 시간들을 불면으로 소진했고 타인과의 상대적 비교로 내 삶의 빛을 가렸다.

　어리석었다.

　어머님에 비하면.

　늘 귀에 울린다.

　"밥 묵어야제."

　"할배, 나 오늘 못 넘기요."

　시어머니라 부르는 그분이 그립다.

　종지만큼 작은 그릇으로 가출했던 며느리의 그리움이다.

　아주 많이.

　이제야.

그 어머님의 사랑법

어머님은 첫 선을 보고 바로 아버님을 사랑하신 것 같다.

곱상한 선비타입의 아버님은 일본서 대학을 다니셨고 여자들은 공부시키지 않는 시골의 정서로 남동생은 서울대학까지 공부했지만 어머님은 초졸로 남으셨다. 그러니 첫 선을 보고 체격도 크고 건장한 여장부 같은 어머님을 곱디고운 아버님이 먼저 손을 내밀지는 않았을 것이다.

내가 객관적으로 보는 조건에도.

맞선 후 아버님은 전혀 연락을 주지 않았고 이제나저제나 소식만 기다리던 어머님은 마침내 혼자서 대구까지 찾아가셨다.

그 뒤 결혼까지 이야기는 앞에서 이미 말한 대로다. 할머님은 며느리 될 사람이 자신의 온순한 아들을 잘 보필할 생활력 강한 여자로 점찍으셨고 결혼은 일사천리로 진행되었다고 한다. 우리가 몇 번이나 아버님한테 그때 억지로 한 것 아니시냐고 물었지만 웃기만 하셨다.

아니라고도 안 하셨고.

아버님은 고생이라고는 해보지 않으신 데다 여자가 무엇이나 다 해주어야 하는 옛날 분이셨다. 처음 결혼했을 때 아버님은 의성의 시골 고등학교에서 교사 생활을 하셨는데 어머님이 매일 학교 담 너머로 따뜻한 점심을 해서 날랐다고 했다. 당신은 시댁 음식이 입에 맞지 않아서 고추장만 드시면서도 아버님 입맛은 기가 막히게 잘 맞추셨다.

내가 결혼을 하고 어느 날 어머님이 곱창전골을 만들고 계셨다. 아버님이 제일 좋아하는 거라고 하시면서.

연탄불 위 노란 양은냄비 안에서 보글보글 끓어오르는 곱창전골의 냄새가 너무 맛있게 났다. 그런데 가만히 보니 어머님은 간도 보지 않으시는 것이었다.

"어머니, 맛도 안 보시고 하세요?"

"나는 곱창을 안 먹는다."

"그런데 어떻게 만들 줄 아세요? 드셔보시지도 않으시면서."

"감으로 하는 거 아이가. 할배가 어떤 맛을 좋아하는지 내가 아니께. 니가 한번 먹어볼래?"

그런데 갑자기 어머님도 안 드신다는 걸 새댁인 내가 곱창 같은 거 먹는다는 게 살짝 부끄러웠다.

"저도 안 먹어요."

곱창은 너무 맛있는 냄새를 풍기며 익어가고 있었다.

식구들이 다 잠든 그날 밤에 부엌에 물을 가지러 나갔다가 부뚜막에 놓인 곱창 냄비를 보았다. 너무 먹고 싶어졌다. 마침 막 임신을 한 터라 입맛도 변해서 평소 잘 먹지 않던 기름진 음식이 당기기도 했지만 무엇보다 어머님의 그 양념 냄새가 자꾸 식욕을 자극했다.

살금살금 수저통에서 숟가락을 하나 꺼내 냄비 뚜껑을 열고 한 수저 듬뿍 떠서 입에 넣었다.

아! 그 맛이란.

그때 한 수저 먹은 곱창전골의 맛은 평생 잊지 못할 맛이었다. 쫄 깃한 곱창이 터지면서 대파랑 양념들이 기막히게 어우러진 맛. 식어서 약간 미지근했는데도 입에 착 달라붙던 그 맛.

그건 당신이 먹지 않는 음식도 상대방의 입맛에 딱 맞게 만들어 주는 어머님의 사랑이 빚은 맛이었다.

어머님 부엌은 평생 아버님만을 위한 프라이빗 맛집.

누구도 넘볼 수 없는.

그런데 그날 밤 내가 먹지 못한다고 했던 곱창을 몰래 먹는 것을 누가 보았던 것 같다. 등 뒤로 누군가의 시선이 확실히 느껴졌지만 난 돌아보지 않고 다시 살금살금 방으로 돌아왔다. 입 안에 남아 있는 매콤함과 감칠맛과 기름 맛이 어우러진 곱창의 여운을 머금고.

하지만 그게 누구든 지금까지 말한 적이 없으니 나의 조금은 민망한 비밀을 잘 지켜준 고마운 사람이다. 아마 짐작건대 아버님이었을

지도 모르겠지만.

가장 추론되는.

어쩌면 시집살이하면서 입덧으로 고생하는 며느리가 곱창 한 수저 몰래 퍼 먹는 모습이 짠했을 수도.

난 또 왜 그렇게 몰래 먹는 곱창이 맛있었을까?

콜레스테롤 걱정으로 지금은 아예 쳐다보지도 않는데.

"부산으로 가입시더."

뭐든 결정을 내리실 때면 주저함이 없는 어머님이 어느 날 다짜고짜 부산으로 이사를 가자고 하셨다. 결혼한 지 4년 정도 되었을 때라고 한다.

"왜 갑자기 부산으로 가자카노?"

"당신이 몸도 허약하고 폐도 안 좋은 것 같은데 얼라들(아이들) 갈치느라(가르치느라) 분필가루 마시는 게 너무 싫니더. 부산에 아버님이 쪼맨한 공장을 하고 계시다 카이 거(거기) 가서 일을 같이 하믄 입에 풀칠은 안 하겠니껴. 내가 다른 부업을 해가(해서) 거들믄 되니더."

그렇게 두 분은 부산으로 오셨다.

오직 아버님을 분필가루에서 해방시켜 드리고자 결정한 어머님의 여정이었다.

그때부터 어머님의 억척 인생이 시작되었던 것 같은데 돌아가시는 날까지 그 공장 일을 이끌어 가던 시절이 가장 역동적으로 살아 있었던 시절이라고 했다.

공장은 번창했고 일하는 사람도 많았으며 어머님은 시부모까지 모시고 주로 가족과 종업원들의 식사를 담당하시느라 일이 많았지만 돈이 자꾸 쌓이는 재미에 한 번도 힘들다는 것을 못 느꼈다고.

눈 뜨면 돌아가는 기계소리.

어머님은 암으로 그만둔 마지막 몇 년을 제외하고는 평생을 그 기계소리와 함께하셨다.

그만두신 이후에도 그러셨다.

"기계소리가 자꾸 덜덜덜거린데이. 너무 조용하마 어지럽다. 기계가 돌아가야 재미가 있는데…."

김장을 150포기 혼자 하시고 그 수많은 식솔의 끼니를 챙기면서도 아버님만을 위한 맛있는 음식을 평생 따로 준비하여 아버님의 건강을 지켜내셨다.

그 사랑법이 통해서 어머님 돌아가시고도 아버님은 10여 년을 더 장수하셨는지도.

분필가루에서 해방되고 큰 질병 없이 93세까지.

공장이 평생 잘되었으면 좋으련만 중간에 부도가 났다.

들기로는 직원 중의 하나가 배달을 가다가 사고로 죽은 다음부터 내리막길을 걸었다고 했다. 죽은 직원의 가족들이 보상 문제로 집안에 진을 치고 살아서 마음 여리시고 고운 아버님은 도저히 일을 하실 수가 없었다고.

그래서 결국 부도가 났다.

집 안 곳곳에는 소위 빨간딱지가 붙었고 경찰이 하루가 멀다 하고 아버님을 소환하기 시작했다.

어머님은 딱지가 붙지 않은 몇몇 패물들과 귀중품을 정리하여 얼마간의 비용을 마련하셨다.

"당신 이거 갖고 몇 달 전국 여행이나 다녀오소. 자꾸 경찰이 부르면 아이들한테도 안 좋니더. 여기 일은 내가 알아서 하니더."

"우짤라고?"

아버님은 걱정이 되면서도 더 이상 묻지 않고 길을 떠나셨다.

어쩌면 처음 본 아버님을 달랑 주소 하나 들고 찾아왔던 그날의 어머님 용기와 사랑에 혹은 오직 아버님의 건강을 위하여 시부모 밑으로 자청해서 들어왔던 그날의 생활력에 의지했는지도 모른다. 세파와 싸우기에는 너무 온실 속의 화초 같은 분이시라.

아버님이 몇 달 발길 닿는 대로 물 좋고 산 좋은 곳을 유유히 다니시는 동안 어머님은 스스로 경찰서에 가셨다. 그리고 모든 경영은 자신이 했고 남편은 소식 불명이니 법적으로 처리할 일이나 구속할 일이 있으면 자신을 구속하라고 하셨다.

다 전해 들은 이야기지만 그 당시 여자들은 집에서 살림만 겨우 하던 시대에 경찰서에 스스로 찾아가 나를 구속하라고 하면서 떡하니 앉아 있으니 경찰도 아주 난감하였을 것이다. 아무튼, 몇 날 며칠 동안 어머님은 경찰서에 버티고 앉아 나오시지 않으셨고 그동안 거액을 요구하던 직원도 합의를 했다. 그리고 차압된 모든 것들은 그것으로 부도처리가 끝이 나면서 빈손이 되는 것과 동시에 마무리가 되었다.

어머님도 나오셨고 아버님도 돌아오셨다.

당신 스스로 험하고 척박한 곳으로 몸을 내던지며 고운 사람을 고운 모습 그대로 지켜낸 어머님의 사랑법.

마지막 날까지 그러셨다.

당신은 도저히 숨 쉬는 게 이상해서 식사를 할 수 없었을 정도로 괴로웠지만 아침을 정성스레 준비하여 아버님에게 마지막 입맛을 맞추신 어머님.

그러면서도 단 10분도 아버님에게 아프다거나 괴롭다고 하지 않으신 어머님.

마침내 숨 거두기 몇 분 전에야 "할배, 나 오늘 못 넘기요. 곧 갈기요." 그렇게 딱 두 마디 남기시고 가신 어머님.

나는 할 수 없는.

나에게는 이상하게 없는.

무어라 말할 수 없는 어머님의 묵직하고 오래된 사랑법.

그래서 가끔 남편에게 화가 날 때마다 문득 오버랩되는 어머님의 모습.

사랑은 그렇게 하는 것임을.

엄마라 부르는
그 여인도 그립다

진주와 강릉은 정말 옛 시절에 마음먹고 갈 수 있는 거리가 아니었다.

엄마는 그 먼 길을 혈혈단신 혼자서 시집이라는 걸 갔다.

엄마의 친정이 딸 넷에 아들 하나였으니 외할머니는 입이라도 덜 요량으로 엄마를 달라고 조르는 아빠한테 단번에 허락하셨고 엄마는 그저 고래 등 같은 기와집에 쌀이 넉넉히 쌓여 있다는 말을 믿고 인물 좋은 아빠를 따라나섰다.

버스도 타고 달구지도 타고 하루 종일 걸려 해가 어스름해서야 겨우 도착한 강원도 깊은 산골.

작은 마을 사람들의 새색시에 대한 시선이 온통 따가웠던 그날.

엄마는 처음 가본 강원도란 곳에 둥지를 틀었다.

아빠의 모든 말이 엄마를 데려오기 위한 거짓말이었다는 것은 바로 들통이 났다. 아무것도 없이 몸만 오면 된다고 침 튀기며 말했던 것은 모두 거짓이었다. 당장 결혼식 날 당의 안에 입을 한복도 없었고 화장품 하나 없었으며 첫날 덮고 잘 이불도 없었다. 그 당시에도 이불과 상대방 옷은 여자가 혼수로 준비하던 시절이었다고 하던데.

옛날이야기처럼 들려주던 엄마의 결혼식은 상상만으로도 늘 가슴이 아려왔다.

당의 안에는 보이지 않으니 낡은 할머니 한복을 빌려 입고 위에 당의를 걸쳤고 눈썹 그리는 화장품이 없어 성냥을 태워 남은 재로 그렸으며 첫날밤 이불도 이웃집에서 깨끗한 건 빌려주었다고 한다.

그럼에도 불구하고 그 결혼식 흑백사진을 보면 참 앳되고 맑은 눈의 엄마는 얼마나 설레었는지 혼자서 미소 짓고 있었다.

엄마는 초등학교 밖에 안 나왔지만 전교에서 가장 암기력이 뛰어나고 어휘력이 풍부한 학생으로 이름이 나 있었다. 지금의 장학사 제도가 그 당시 일제 강점기에 시작된 듯한데 일본어 교육이 잘되는지 확인차 장학사들이 학교를 방문하곤 했다고 한다. 그들이 확인하는 것은 일본 천황을 외우는 것이었다.

당연히 교사들이 붙박이처럼 지정해서 내세우는 건 엄마.

그 많은 일본 천황들을 순서대로 가장 잘 외워서 학교 교사들을 안심하게 했던 엄마.

일본어도 가장 유창하게 했던 엄마.

난 그 이야기를 들을 때마다 퀴리 부인을 떠올리곤 했지만.

아무튼 그런 엄마가 강원도 첩첩산중에 가서 한글도 모르는 어리디어린 시동생과 시누이들을 보고는 아연실색할 수밖에 없었을 것이다.

엄마의 신혼은 시동생 손등에 덕지덕지 앉은 거북이 등 같은 때를 돌멩이로 미는 것과 한글을 시동생들한테 가르치는 것으로 시작했다.

숟가락 하나, 이불 한 채, 옷 한 벌 없이 입던 옷으로 시집간 엄마가 들고 간 것은 달랑 책 두 권.

심훈의《상록수》와 박계주의《순애보》.

밤이면 기름 닳는다고 호롱불조차 켜지 못하게 하는 산골에서 엄마는 농사일 중간중간 책을 읽었고 시동생들을 가르쳐 한글을 해득하게 했다.

참 감성적인 엄마.

순애보에 빠진 나머지 내 이름을 '명희'라고 지었고 셋째 동생의 야무지고 정열적인 1학년 담임에 빠져 그다음 태어난 동생을 그 선생님 이름으로 '필순'이라고 지었던 감성적인 엄마.

엄마는 그렇게 혼수 하나 없이 시집 왔다는 동네 사람들의 입방아를 죽을힘을 다해 농사일을 하고 시집 식구들을 거두면서 모두 잠재웠다고 하니.

다섯 살쯤 아빠가 서울로 취직이 되어 강원도를 떠나기까지 엄마는 그렇게 철저히 스스로의 지적 능력을 제어하고 강원도 아낙으로 묵묵히 살았다.

시동생들을 그리 가르쳤던 엄마의 교육열은 대단했다.

서울로 가니 엄마도 나도 모르는 치맛바람이 온 학교에 불고 있었다.

어린 나도 느껴지던 그 치맛바람.

1961년 입학 때.

엄마의 촌스러운 쪽머리에 비해 서울 엄마들은 세련된 헤어스타일을 하고 있었고 긴 월남치마라는 엄마의 옷차림에 비해 다리가 보이는 양장이라는 투피스도 많이 입고 있었다.

입학식 날.

수군대는 소리들은 다들 한글을 가르치고 왔다는 것이다.

그 시절에도 그 이야기를 들었으니 뒤에 딸아이하고 한글에 대한 갈등이 있었던 것은 나의 그 경험치가 만들어 낸 것이었을 터.

촌스러운 옷의 엄마는 그런 소리들을 들으면서도 전혀 개의치 않았다.

내가 이름 석 자 겨우 쓰고 한글을 모르는 데도.

딱 일주일.

엄마는 교실 창문 너머로 담임선생님의 교수법을 익혔고 집에 와서 똑같은 교수법으로 날 복습시켰다. 엄마의 신념은 1학년에 미리 학습을 하고 가서 담임과 방식이 다르면 혼동이 올 수 있다는 것이었다.

다시 또 이 주일.

그러니까 첫 일주일 줄긋기와 색칠하기로 보낸 시간 외에 한글을 시작한 지 이 주일 만에 나의 한글해득은 끝났다. 엄마만의 교수법으로.

그런데도 내가 손자의 늦은 한글해득을 걱정할 수밖에 없었던 것은 손자가 나와 다르고 딸이 우리 엄마와 다르며 환경은 미친 속도로 변해 예측 불가능한 시대의 한가운데 서 있었기 때문이었다.

　지금 다시 생각해도 놀라운 엄마만의 교수법이었다.
　엄마는 지피지기면 백전백승.
　나를 가장 잘 알았던 것이다.

　그렇게 어릴 때 엄마는 나의 우상이었고 가장 똑똑했으며 유머 감각이 있었고 책이라면 소설이건 무협지건 닥치는 대로 읽었던 독서광이었다. 무협지를 읽고 우리가 잘못하면 장풍을 쏜다고 하며 두 손을 펼쳐대곤 했던.
　그 시대 어느 누구도 없던 캐릭터.
　동생들이 많이 태어나고 아빠의 공무원 생활 마감 후에 들이닥친 사업실패의 후유증으로 엄마는 그 영특함과 유머러스함과 당찬 리더 역할을 조금씩 잃어갔지만.
　치매로 사람도 기억도 모두 잃어버렸을 때도 사도신경을 토씨 하나 틀리지 않고 외웠던 우리의 퀴리 부인.

　행여 지금 내가 문장의 어법이라도 제대로 쓰고 있다면, 행여 지금 내가 인사말 쪼가리나 편지 하나라도 괜찮게 쓰고 있다면 그건 온전히 엄마가 내게 준 능력과 가르침의 산물일 것이다.

　그래서.

엄마라 부르는 그 여인도 참 그립다.
딸과 오순도순 시간을 보낼 때면 더욱더.
나이 70이 되고 보니 이루 말할 수 없이.

거울은 또 그렇게 반사되어 간다

그 엄마의 사랑법

가끔 어른들의 옛날이야기나 러브스토리를 듣는 걸 좋아했다.

어른들끼리 마실 와서 수다를 떨며 하는 이야기도 훔쳐 들었고 때로는 해달라고 조르기도 했다.

어머님의 러브스토리가 여장부다운 추진력과 직진의 감정이 있었다면 엄마의 러브스토리는 다분히 감성적이고 낭만적이었다.

엄마의 고향은 진주.

앳된 처녀들은 시간이 날 때마다 나들이 가는 곳이 촉석루였고 때마침 공군이던 아빠는 사천공항에 근무 중이라 진주 일대를 누비고 다니셨던 모양이다.

참 내가 사진으로만 봐도 멋진 공군제복.

그리고 잘생김 한도 초과인 아빠의 휜칠함.

남원의 광한루는 아니어도 처녀, 총각 무리들은 촉석루에서 단체로 만났고 몇몇 남녀가 눈길이 오가기 시작했다.

엄마는 수줍음이 많아 표현을 거의 하지 않았는데 친구 중에 하나가 아빠 친구한테 마음을 뺏겨 그때부터 엄마한테 편지를 써달라고 졸랐다.

독서로 다져진 엄마의 문장력은 단번에 그 총각의 마음을 흔들었고 둘 사이는 급진적으로 가까워졌다고 한다.

그 편지를 내내 같이 읽던 아빠 또한 친구더러 엄마에게 쓰는 편지를 대필해 달라고 했고 글에 감동을 잘하는 엄마는 아빠를 그렇게 마음속 남자로 품었다. 다시 말하자면 아빠의 편지와 엄마의 편지는 서로 대필을 했으니 확실히 하자면 지그재그로 펜팔 연애를 했다고 할까.

아무튼 그렇게 마음이 동한 아빠는 똑똑하고 수줍으면서도 조곤조곤 말도 잘하는 엄마에게 딱 꽂혀 어떻게 해서든 강원도로 데려갈 작정을 했다.

온갖 감언이설로 엄마를 꼬드긴 아빠는 고래 등 같은 기와집에 광에는 쌀가마니 가득한 부잣집 며느리 꿈을 그리는 엄마를 데리고 두메산골을 넘었다.

신혼 이야기는 앞에서 언급한 그대로이다.

내가 다섯 살이 되기 전부터 엄마는 우리의 교육을 걱정했다.

산골에서 겨우 의무교육만 시키지 않을 거라는 확고한 믿음이 있었던 엄마는 서울행이라는 원대한 포부를 가지고 아빠에게 여러 가지 취직자리를 알아보며 조언했다.

그리하여 마침내 김포공항 소방관 시험에 합격한 아빠는 그때부터 공무원 생활을 시작하셨고 우리의 서울생활과 엄마의 교육은 그렇게 뿌리를 내리기 시작했다.

엄마는 검소하고 알뜰했다.
부업도 여러 가지 했다. 열심히.
박봉으로 집을 지으려던 목표가 있었고 그 목표를 이루기 위한 모든 희생은 엄마의 몫이었다. 그래도 출근하는 아빠의 옷은 항상 최고로 깨끗하게 다려주었고 맛있는 반찬은 모두 아빠가 우선이었다. 우리에겐 아빠가 남긴 밥과 반찬이 세상에서 가장 맛있었으니까.

부산 수영공항에 소방대장으로 승진하여 오고 난 뒤에도 엄마의 노력은 계속되었다.
아빠의 기관장 품위를 최대한 살리는 사랑법.
그래서 사람들에게 존경받게 하는 것.
그게 엄마의 사랑법이었다.
어머님의 사랑이 아버님을 대신해서 모든 짐을 지고 경찰서까지 드나든 희생적 사랑이었다면 엄마의 사랑은 아빠를 조언하고 우뚝 서게 만드는 조력자 혹은 우정 같은 사랑이었다.

어머님이 아버님의 건강을 위해서 부산으로 이사를 감행하셨다면 엄마는 아빠의 신분 상승을 위해서 서울로 이사를 감행하셨다. 감자

농사나 짓는 남편으로 만들지 않으려고.

두 분 다 사랑하신 거다.
남편을.
각자의 방법으로.

나의 사랑법은 어떤 것일까.
어머님의 사랑은 애틋하고 엄마의 사랑은 존경스러운데 나는 딱
뭐라고 대답할 수가 없다. 나는 조금 이상한 여자인가. 많이 이상한
여자인가.

사랑이 부족한 걸까.
사랑이 없는 걸까.
사랑법을 모르는 걸까.

알게 되면 다시 쓰는 거로.
언제라도
죽기 전에 알게 되면.

톱니바퀴를 바라보며

톱니바퀴를 물끄러미 바라보았다.

맞물려서 잘도 돌아간다. 서로 반대 방향으로.

마주 보며 한 칸씩 또 한 칸씩.

차례차례 서두르지 않고 칸을 넘지도 않으며 제자리를 찾아 꼬박꼬박 맞물리고 있다.

서로 반대 방향이지만 마치 견우직녀 랑데부하듯 반대쪽에서 움직여 오는 게 설레어 보인다.

곧 만날 나의 홈을 위하여.

넷째 동생이 어릴 때부터 좀 우람했다.

먹는 걸 좋아하고 허겁지겁 먹지는 않지만 맛을 즐기며 오랜 시간을 먹었다. 먹는 데 투자하는 시간만큼 양도 늘어났을 것이다.

딸 많은 엄마는 육아가 힘에 부치다 보니 여덟 살 차이가 나는 넷째부터 내 손을 빌리기 시작했다. 밥도 먹이고 세수도 해주고 바깥놀이도 시켜줬다.

문제는 자주 업어달라는 거였다.

그때 엄마는 종이로 조화를 만드는 부업을 하셨는데 그 꽃집에 재료를 받으러 가는 일과 다 만든 알록달록한 꽃들을 가져다주는 심부름이 내 몫이었다. 손재주가 있는 엄마가 만든 수국이랑 패랭이꽃이 너무 예뻐 마치 내 것을 주는 양 아까운 마음으로 늘 그 길을 다녔다. 엄마가 청소를 할 시간도 필요하니 넷째를 데리고 언니 세 명이 모두 나서서 어린 우리에게 다소 멀었던 기나긴 길을 걸어갔었다.

지금도 걷는 걸 싫어하는 넷째는 걸핏하면 가다가 쪼그리고 앉아 업어달라고 떼를 썼다. 내가 맏이라 주로 업긴 했지만 그 애의 몸무게 때문에 조금만 업고 걷다 보면 통통한 엉덩이가 내 두 손 밖으로 밀려 나오곤 했다. 숨은 헉헉 막히고 이제 열 살인 나에게도 너무 힘든 일이었다.

꾀를 냈다.

한 열 걸음 정도 앞으로 가서 등을 대고 기다렸다. 그 애가 신나서 내 등만 바라보며 아장아장 뛰어오는 걸 힐끔 보다가 도착하기 몇 걸음 전에 나는 앉은 채로 살금살금 좀 더 앞으로 나가곤 했다.

한 걸음. 두 걸음.

뭉그적뭉그적.

그 애는 내가 자꾸 앞으로 움직이는 줄도 모르고 통통한 몸으로 계속 아장아장 뛰었다. 몇 번인가 하다가 문득 뒤를 돌아 그 애의 얼굴을 보았다.

그 행복한 표정.

곧 언니 등에 닿을 거라는 희망이 가득한 상기된 모습.

제 딴에는 얼마나 뛰었는지도 모르고 알았으면 절대 하지 않았을 그 거리를 뛰고 또 뛰고 있었다.

우리 언니가 저기 있으니까.

언니가 등을 저렇게 들이밀고 기다리고 있으니까.

아장아장. 뒤뚱뒤뚱.

빨개진 두 볼.

땀과 콧물로 얼룩진.

우람한 체격과 달리 천진하고 귀엽고 애잔한 모습을 보는 순간 먹먹해 오던 가슴.

열 살 언니는 두 번 다시 그렇게 하지 않았다.

아무리 힘들고 숨이 막혀도.

그 애가 체중이 더 늘었어도.

믿음이 있는 설렘.

저기만 가면 다 잘될 거라는 믿음과 희망.

톱니바퀴가 서로를 향해 찰칵찰칵 다가오는 것은 내 이빨이 들어갈 홈이 반드시 있다는 것.

사람을 살아가게 하는 것은 아주 작은 그런 것들이었다.

우리 삶도 서로가 톱니바퀴처럼 이빨이 되기도 홈이 되기도 하며 맞물려야 돌아간다는 것. 서로 반대로 돌다가 홈에 물리는 찰나 딱 한 방향이었다가 다시 반대로 돌아가는 톱니바퀴. 누구나 이빨과 홈을 가지고 있으며 다가오는 상대에 맞게 홈으로 만나기도 하고 이빨로 만나기도 하는 삶의 법칙.

동생한테 했던 것처럼 그런 꼼수를 부리지 말고 살 일이다.

언젠가 내가 그 애 등에 업힐 날도 있을 터이니.

서로 이빨이 되고 홈이 되듯이.

순리대로 돌아가게.

오늘도 모두 서로를 향한 삶은 찰칵찰칵.

그러다 한 번씩 빛을 내며 맞물리는 순간.

딸가닥.

빛나는 찰나의 사랑.

아름다운 삶.

우연을 가장한 행복 찾기

40주년 결혼기념일이다.

오래 살았다 싶었다. 생판 모르는 사람을 만나서.

크게 의미를 두거나 사위처럼 서로에게 이벤트를 하진 않지만 40주년이니 조금은 달라야 할 것 같았다. 39주년하고는 일단 어감이 다르니까.

부산은 이미 벚꽃이 한창이었고 40년 전 결혼식을 마치고 신혼여행을 갔을 때 속리산이랑 온양 온천에도 벚꽃이 막 터지고 있었던 기억을 더듬어 그 근처로 리마인드 여행을 가기로 했다.

그런데 나이가 드니 둘이 하는 여행이 좀 단순하고 건조해지기 시작한 데다 코로나로 손자들이 학교에 못 가면서 장난처럼 우연히 만나는 여행을 몇 번 하고 나서는 거기에 빠져들기 시작했다.

첫 번째 시작은 경주였다.

아이들을 깜짝 놀라게 하는 걸 좋아하는 나는 여행지 주차장에서 우연히 만난 것처럼 딸과 작전을 짜고 미리 가서 숨어 있었다.

"엄마, 저기 아무리 봐도 할아버지 닮은 사람이 있어요. 이상하네. 부산에 계실 텐데…."

잘 숨어 있다가 화장실 가는 길에 남편이 실루엣을 들킨 모양이었다.

아이들은 그럴 리 없는 현실을 계속 수상해하며 얼핏 본 할아버지 찾기에 전력을 다하고 있었다. 숨어서 지켜보던 우리가 웃음을 참지 못하고 짠하고 나타났을 때 그렇게 놀라면서도 반가워하던 아이들의 표정.

"진짜였어. 할아버지 할머니가 여기 오신 게."

"어떻게 여기서 만났지?"

아이들의 놀람과 신기해하던 표정에 아뿔싸 그 가짜 우연은 나의 중독을 불렀다.

그래서 두어 번 더 대관령이랑 여수에서 우연을 가장하고 만났다.

몇 번 하다 보니 아이들이 "다 계획하고 우연히 만난 것처럼 하는 거죠?" 하면서도 출발하는 순간에 혹시나 하고 우연을 기대하는 게 우린 또 즐거웠다.

이번엔 네 번째니 의심을 피하기 위해 좀 더 우연스러워야 했다.

주차장이나 관광지도 아니어야 하고 도착하자마자 만나는 것도 안 되고 정말 저희들끼리 여행 온 것 같은 시간을 충분히 주어야 했다.

호텔을 정하고 우리가 먼저 도착한 후 먼저 입실을 하고 딸아이는 자연스럽게 프런트에서 저희들끼리 여행 온 것처럼 키를 받아 들어가라고 했다. 각자 짐을 풀고 사우나에 가서 온천욕도 했다. 손자들도 이번에는 진짜 저희들끼리 여행을 온 거라고 믿었다. 전에는 도착하고 주로 주차장에서 "어? 너희가 웬일이야?" 하면서 어설픈 연기를 하곤 했지만 이번에는 짐 풀고 온천까지 각자 하고 나니 아이들도 의심은 물론 혹시나 하는 기대도 접었던 모양이다.

같은 층에 두 개 건너 룸에 있던 우리는 저녁 식사를 하러 가면서 동시에 문을 열기로 했다.

문을 열고 복도로 나서는 순간 우리를 본 아이들의 표정이 얼음이 되었다.

"어… 엄마…. 하, 할머니?"

웃음이 나오는 걸 참았다. 너무 놀란 손자들 표정 때문에.

"어? 너희도 여행 왔어?"

아이들이 모를 리 없었다.

다만 이번이 가장 극적이긴 했다.

"할머니, 진짜 놀랐어요. 거기서 문을 열고 나오시다니."

"다 계획하고 우리 놀리는 거 알아요."

아이들은 매번 긴가민가 의심을 하면서도 재미있어했다.

꿩 요리도 먹고 '활옥동굴'이라는 곳도 처음 가서 동굴 안의 보트도 탔다. 노를 젓는 것이 남편보다 이제 4학년이 된 큰손자가 훨씬 나아서 이렇게 우린 늙고 세대교체가 되어가는구나 싶었다.

작은손자의 최애 음식인 돼지갈비도 빠뜨리지 않고 먹고 충주시가 보이는 어느 카페에서 커피 한잔하고 헤어진 단순한 40주년 여행이었지만 손자들이 있어 의미 있고 가치 있던 여행이었다.

헤어지면서 손자들은 또 어김없이 손을 흔들며 말한다.

"할머니 할아버지, 또 다음에 우연히 만나요."

이제 저희들도 좋아하는 거다.

우연을 가장한 계획을.

우연히.

기대하지 않았던.

다분히 운명이 개입하는.

몰라서 놀라고 몰라서 설레는.

몰랐기 때문에 결과가 더 커다랗게 다가오는.

큰손자는 그 우연을 멋있는 우연이라나.

그렇게 우연을 가장한 행복 찾기.

어쩌면 미리 알 수 없었던 찰나의 즐거움과 찰나의 로또 같은 행복감을 그 우연을 가장한 계획에 기대어 있는 것일지도.

감자를 깎으며

　어렸을 때 강원도 산골에서 살았던 나는 그 다섯 살까지의 기억이 비록 단편적이긴 해도 꽤 많이 남아 있다.
　그중의 하나가 감자이다.

　산골의 척박한 땅에 심어만 두면 잘 자란 것이 감자였던 모양이다. 지금은 아이러니하게 강원도 감자가 최고의 감자로 자리 잡았지만 그때는 그저 우리의 끼니를 이어주는 귀중하고도 귀중한 식량이었다. 산골이라 놀이를 할 것도 또 친구들도 없던 곳이니 어른들의 뒤를 졸졸 따라다니며 시시콜콜 잡담 같은 것들을 귀동냥하며 자랐다. 나를 일찍 애어른이 되게 만든 요인 중 하나이다.

　어스름한 새벽에 눈을 뜨면 고모들이 커다란 광주리에 감자를 가득 담아 정짓간(부엌)으로 나왔고 여자들 모두가 둘러앉아 감자를 깎기 시작하였다. 수저로 긁어가며 껍질을 벗기는 할머니와 고모들의 손놀림은 거의 팽이가 돌아가는 것처럼 빨라 수저가 보이지 않았다. 오랜 세월 감자 깎기에 동원된 수저들은 앞이 닳아 절반밖에 남아 있지 않은 반달 모양의 수저가 되어 있었다. 나는 그게 신기해서 그 반달 같은 놋수저로 밥 먹는 걸 좋아했다. 지금 생각하면 유아용 수저가 없었을 테니 아마 그게 작은 내 입에 딱 맞았는지도 모르겠지만.

잠에서 깬 내가 부엌으로 가보면 커다란 함지박 가득히 깎은 감자는 모두 가마솥 안으로 들어가고 가운데 약간의 하얀 쌀이 대접만큼 들어 있었다. 불을 때면서 매운 연기가 집 안에 가득해지면 이어서 감자가 익어가는 구수한 냄새가 산바람에 묻혀 날아오곤 했다.

가장 신기했던 건 밥을 푸는 고모나 할머니의 예술 같은 솜씨였다.

가운데 쌀밥을 조심스레 할아버지 밥그릇에 담고 나면 주걱으로 감자를 비스듬히 탁탁 치기 시작했다. 그러면 감자에서 눈부시게 반짝거리는 하얀 녹말이 나와 약간 남아 있는 쌀밥과 섞이면서 감자와 쌀밥의 경계가 사라진 감자밥이 만들어지는 것이었다. 오랜 세월 감자를 탁탁 친 주걱 역시 반달 모양으로 닳아 있었고 나는 그 감자밥도 맛있었다.

단 한 알의 감자도 허투루 하지 않던 가족들은 먹을 수 없는 썩은 감자들을 물에 담가두었다. 자세한 방법은 모르지만 그렇게 하면 밑에 녹말분이 가라앉았고 그것을 여러 번 헹구고 말려 가루로 만들었다.

거울은 또 그렇게 반사되어 간다

감자떡.

지금은 생감자로 하지만 그때는 그냥은 먹을 수 없는 감자들로 녹말을 만들어 떡을 만들었던 것이다. 팥이나 콩도 귀하니 떡 하나에 콩 한 알이 들어간 그 감자떡도 겨울엔 식량 역할을 해서 삼촌이랑 고모들은 정말 맛있게 먹었다. 어린 나는 썩은 감자가 주재료인 거무튀튀한 그 감자떡에 약간의 독특한 향이 있었는데 감자밥과는 달라 그걸 넘기지 못했다. 빚을 때 만들어진 가운데 세 손가락 자국이 선명한 잿빛의 그 감자떡을.

요즘은 강원도를 굳이 가지 않아도 감자떡을 발견하면 꼭 먹는다. 물론 좋은 감자로 만드니 색깔도 뽀얗고 어릴 때 먹었던 특이한 향도 없이 구수하고 찰지다.

그때 먹지 못했던 어린아이는 지금 없다.

감자떡은 강원도 감자로 만들어야 제맛이라고 우기는 강원도 핏줄의 할매만 있을 뿐. 다섯 살의 조각조각 생각나는 기억들을 추억 삼아 감자전을 좋아하고 감자떡을 감성팔이 하며 먹는 그 할매.

40을 바라보는 중년의 어느 날.

고모들이 오랜만에 함께 피서를 가자고 했다.

고모들은 대부분 아직 강원도에 살고 있고 부산에는 둘째 고모와 삼촌이 살고 있었다. 우린 불영계곡에서 만나기로 하고 당시 운전이 능숙하진 않았지만 내가 운전 담당을 하여 불영계곡으로 갔다. 내비게이션도 없던 초보 운전자가 어떻게 잘 찾아갔는지.

차를 무조건 세워놓고 물어보았겠지만.

먼저 도착한 우리는 불영계곡 다리 밑 그늘에 최적의 자리를 마련하고 고모랑 사촌 형제들을 기다리고 있었다.

마침내 도착한 강원도 식구들.

난 그들이 다가오는 실루엣을 보면서 입을 멍하니 벌리고 있었다.

고모부랑 사촌 동생이 어깨에 커다란 자루를 짊어지고 오는 것이 아무래도 피서 행렬이라기보다는 피난민 행렬 느낌이었기 때문이다. 밑반찬과 고기와 조리도구를 우리가 가져가기로 하고 강원도 식구는 거리도 멀고 하니 그냥 몸만 오라고 했으니 배낭 정도만 메고 오면 될 일이었다.

땀으로 얼굴과 어깨를 적신 그들이 자루를 내려놓았다.

엄청난 크기의 자루 두 개.

"고모, 이거 뭐야?"

막내이모와 동갑인 막내고모와도 여섯 살 차이밖에 나지 않아 고모라기보다 언니처럼 격의 없이 지냈는데 자루를 열어보는 순간 난 기겁을 할 정도로 놀랐다.

그 커다란 자루에 들었던 것은 감자와 옥수수였으니.

강원도 식구들은 딱 그 두 자루만 들고 왔는데 무엇보다 놀란 것은 그 양이었다.

우리가 지낼 시간은 1박 2일. 인원은 총 열 명. 그날 오후에 도착한 그들과 함께할 시간은 저녁과 아침, 잘해야 점심까지인데 껍질째 들고 온 옥수수는 언제 찌며 감자는 언제 깎아 무엇을 해 먹으며 무엇보다 저걸 누가 다 먹을 것인지. 메인 메뉴도 아닌 저 많은 양을.

걱정을 잠시 계곡물에 씻겨 보내며 몸을 식힌 후 우린 저녁 준비를 했다. 내가 나름 야무지게 준비해 간 밑반찬과 고기를 굽고 야채를 곁들이니 모두들 포만감이 금방 올라왔다.

"고모, 이미 배가 부른데 저거 언제 어떻게 다 먹어? 보기만 해도 걱정이네."

"야야, 걱정 마라. 지금부터 만든다. 어떠(어떻게) 하드라도 다 먹을 테니."

그러더니 고모들은 능숙하게 옥수수 껍질을 벗기고 휴대용 가스레인지에 얹어 삶기 시작했다. 보자기에서 길쭉한 찜통을 꺼낼 때 난 뒤로 넘어질 듯 웃었다.

"아니 거기 들어 있던 게 모양이 이상해서 뭔가 했더니 찜통이었어?"

낄낄거리는 나를 두고 고모들은 이번엔 감자를 깎기 시작했다. 저것까지 삶으면 진짜 큰일이라는 생각이 들었지만 신들린 감자 깎는 내공에 잠시 넋을 잃고 바라보았다. 고모들은 역시 그 반달 모양으로 닳아빠진 놋수저를 들고 왔다. 지금처럼 감자 칼이 없던 시대이기도 하지만 아마 있었어도 고모들은 놋수저로 깎는 신공을 발휘했을 것이다.

물끄러미 바라보고 있자니 청소년이었던 삼촌과 고모들이 다섯 살짜리 조카와 그곳에서 놀고 있었다.

저 감자랑 옥수수도 실컷 먹지 못했던.

늘 마지막 감자 한 알은 다섯 살 내 그릇에 놓아주며 "먹고 키 커야제." 하던.

감자는 삶지 않았다.

감자로 만든 것 중 내가 제일 좋아하는 감자전을 부치기 시작했다.

밤새도록.

불영계곡에 밤이 깊어가고 우리는 각자 강원도 함께 살던 내 어릴 적 기억 퍼즐을 맞춰보며 삼촌이랑 고모부, 사촌 남동생이랑 술잔을 기울이는데 술을 마시지 않는 고모들은 밤새 감자전을 부쳤다.

사각사각 쓱쓱. 강판에 일일이 갈아서.

고모들은 역시 선수였다.

강판에 간 감자에 생긴 물을 따라내고 프라이팬에 기름을 살짝 두른 후 얇게 펴서 매운 고추 한두 조각을 위에 얹은 그 감자전은 감자 특유의 아릿한 향과 고소한 향이 어우러져 최고의 맛을 만들었다. 강원도 감자는 아무것도 더하지 않아도 찰지고 녹말이 많아 생감자 그대로 맛있는 전이 되는 마법이 있었고 강판에 갈아서 해야 제맛이 났다.

"고모, 팔 아픈데 그만해. 우리 배불러."

그러면서도 한 장씩 부쳐내는 감자전은 부쳐내기 무섭게 사라지곤 했다.

고모들은 다섯 살 내 기억에 놀라워하며 거기에 덧붙이거나 수정하기도 하면서 밤을 새웠다.

정말 딱 다섯 살로 돌아간 시간들.

한 핏줄이라는 거미줄처럼 끈끈하게 얽어매진 친족이라는 시공간들.

40이 되어도 난 고모나 삼촌들에게 자꾸 무언가를 만들어 먹여야 하는 어린 조카인 것을.

그때 다섯 살 배도 다 채워주지 못했던 미안함에 무겁고 커다란 자루를 피난민처럼 메고 온 것을.

그 커다란 자루의 많은 감자와 옥수수는 거짓말처럼 밤새 다 먹었다.

알고 있었던 것이다.

아무리 고기랑 다른 것들을 많이 먹었어도 우리가 함께 먹는 시간 속에서는 늘 허기진 배를 준비하고 있다는 것을.

놋수저가 닳도록 깎아대던 감자는 누군가를 위한 배려였다는 것을.

고모와 삼촌은 알고 있었던 것이다.

"명희야, 어여 먹어."

그 말도 마음 놓고 하고 싶었던 것이다.

마음 놓고.

좋은 부모의 조건이란

어느 날 딸이 전화를 하더니 한참 동안 수다를 떨었다.

뭔가 타로 같은 걸 인터넷으로 본 모양이다.

그런 건 보지도 말고 행여나 믿지는 더욱더 말라고 당부를 했지만 딸아이는 누가 무슨 프로그램을 주었다고 하면서 줄줄이 검색한 내용들을 읊어댔다.

"엄마, 나는 평생에 아무 걱정이 없대. 왜인 줄 알아? 푸하하. 내 뒤에 항상 엄마가 있기 때문이래. 어떤 일이 생겨도 엄마한테만 달려가면 다 해결된대. 뒤돌아보기만 하면 엄마가 떡하니 버티고 있어서. 고마워~~ 내 뒤에 지키고 있어줘서. 낄낄낄."

어처구니가 없어 잠시 말을 잊었다.

한마디는 해야 할 것 같았는데 더 웃기는 건 내가 생각해도 그 말이 사실인 것 같은 느낌 탓이었다. 괜한 노파심으로 딸아이를 지키 겠다는 마음이 그 아이의 삶을 재단했거나 해결사를 자초한 것 같 다는 생각도 들었다. 그렇다고 딸아이가 한 번이라도 내게 어렵거나 힘든 일을 부탁한 적도 없는데 내가 지레 알아서 했었다.

반찬이 떨어진 것 같다 싶으면 미리 만들어서 보내고 외국 출장을 가게 되면 말하기 전에 알아서 손자들을 돌보러 가고 누가 변변찮 은 글이라도 그 아이를 통해서 내게 부탁하면 망설이지 않고 해주 는 것 정도? 아니면 친구들이나 지인들을 데리고 부산여행을 오면 처음부터 끝까지 그야말로 물심양면 완전한 여행 서포트를 해주는 정도.

결론적으로 말하면 아직까지 내게 무슨 힘든 부탁이나 지원을 요 청할 일이 없을 만큼 그 애의 삶이 그저 무탈했다. 하지만 만약에 무 슨 일이 생긴다면 분명 물불 안 가리고 달려갈 것 같은 숙명 같은 나의 성향이 자꾸 목젖을 건드렸다.

나의 그런 성향 같은 것이 운명이 되어 딸에게 실제로 어려운 일 이 생기면 어쩌나 하는 염려증이 도진 것이다.

나의 운명 때문에.

정말 걱정이 팔자인 나 때문에.

가만히 듣다가 한마디 했다.

"너 그런 거 믿지 말라고 했을 텐데…. 엄마도 이젠 네 뒤에 있지 않을 거야. 나도 이제 누군가의 앞에서 걸어가고 누군가가 내 뒤를 서포트해 줬으면 해."

"노력은 해볼게 힛. 하지만 엄마 이건 운명이라는 거야. 노력한다고 되는 게 아니라니까. 그냥 내 뒤에서 항상 지켜줘요. 으하하."

좋은 부모의 조건이 있을까 모르겠다.
그 말을 듣지 않았을 때는 무심히 혹은 습관적으로 그 애를 위한답시고 했던 자잘한 일들이 갑자기 의미를 갖게 되고 운명이라는 굴레에 갇히는가 하면 언어의 구속감으로 무언가 자꾸 불편해졌다.
그 애를 위하여 무언가를 할 때마다 자꾸 그 말을 떠올리게 된 것이다.
언어가 나를 지배하는 시간들.

좋은 부모.
자식을 잘 키운 사람들을 일단 좋은 부모라고 한다.
얼마 전에 손자들과 텔레비전에 나온 유명 쉐프의 식당에 갔는데 애들이 인사도 잘하고 질문도 또렷하게 잘하니 사장님이 단번에 "부모가 자식을 참 잘 키웠네요." 했다.
성공한 자식이나 반듯하게 좋은 인성을 가진 자식으로 키우면 좋은 부모가 된다. 아무리 열심히 기르고 가르쳐도 자식 스스로 사회의 낙오자가 되거나 범법자가 되거나 인간관계 적응력이 없으면 잘못 키운 것이고 좋은 부모가 못 되는 것이다. 자식은 스스로에게 던져진 것들을 스스로의 판단으로 취사선택하여 새로운 자신을 만들어 감에도.

또 좀 유명한 사람이 나타나면 사람들은 거의 부모를 살펴본다.

정명화 트리오가 유명세를 떨칠 때도 부모의 교육방법에 온통 집중되었고 허준이 교수가 필즈상을 받으니 그가 자식을 어떻게 교육시키는가를 알아보기 위하여 인터뷰가 쇄도하고 임윤찬은 부모보다 그를 키운 스승에 포커스가 집중되었다.

본인의 존재 자체가 간과되고 누군가 천재를 만들어 낸 듯 난리다.

내 생각이지만 좋은 부모란 없다.

좋은 환경은 제공할 수 있겠으나 한 사람의 지덕체 완성은 그 사람 스스로의 개체일 뿐이다.

내가 딸아이 뒤에서 자질구레한 일들을 도와준다거나 스스로 한 인격체로 인생을 살 정도는 키웠거나 혹은 정말 힘들 때 손을 내밀 수 있는 능력이 있다고 해서 그 작고 낮은 울타리 때문에 좋은 부모가 된다고는 생각하지 않기 때문이다.

그 애는 외동으로 자랐어도 함께 살아가는 형제애를 친구들과 만들어 갔고 대학 졸업 후 몇 달간 취직이 되지 않았을 때도 내게 손 벌리지 않았다. 그냥 그때마다 최선의 방법을 찾아가며 초긍정 에너지로 살았다.

내게 없는 긍정 에너지.

내가 가르쳐 주지 않고 보여주지 않았던 심성.

가르쳐 주지 않았으니 내게서 배웠을 리 없고 나도 남편도 타고나지 않았으니 유전자 때문이라고도 할 수 없다.

걱정도 팔자인 엄마 밑에서 걱정이라는 단어조차 잊고 사는 긍정마인드.

제 것이다.

온전히.

그러니 스스로 평생을 걸쳐서 자신의 존재를 완성해가는 길에 혹시라도 방해가 되는 나쁜 부모만 아니었기를 바란다.

부모는 그저 자식의 심리적 베이스캠프이면 된다. 무언가를 주는 순간 아이가 거머쥘 기회를 도둑질하는 것이다.

좋은 부모의 조건은 없다.

나쁜 부모의 조건도 없다.

부모는 말 그대로 자녀를 탄생시킨 부모일 뿐이다.

가족을 이루고 살아가는 삶의 매일매일이 조건이 되고 울타리가 되고 거울이 될 뿐.

저를 위한 것이라기보다 내가 살아가고자 만들어 놓은 이 울타리 안에서 살다 보면 은연중에 무언가를 터득할 수 있겠지만.

다행히도 내가 가진 수많은 단점의 영향을 덜 받은 채 스스로의 주체를 잃지 않으며 저만의 삶을 그려가는 그 애는 내게 더없이 좋은 딸의 조건이다.

그러니 좋은 부모의 조건이 충족되지 않아도 좋은 자녀는 있는 것이다.

썩은 나뭇가지에도 예쁜 싹이 나고 꽃이 피는가 하면 줄기와 잎이 무성하고 꽃이 잘 핀 감자도 캐보면 알이 작을 수 있듯이.

끝까지 잘 걸어가기를.

너무 힘들면 아주 가끔은 내 품에서 쉬어갈 수 있기를.

좋은 부모는 못 되더라도 따뜻한 부모는 되어야겠기에.

포근하게 혹은 편안하고 따스하게.

그렇게.

보듬을 수 있는 품 데워놓기.

부모 노릇은 종신형이라지 않는가.

요양병원은

엄마 아빠 그리고 시아버님까지 다 요양병원에서 마지막을 보냈다.

처음엔 엄마랑 아빠가 같은 병원에 계셨지만 아빠가 돌아가시고 나서 치매가 심해진 엄마는 자꾸 아빠를 찾아 병실을 헤매고 다녔다. 결국 다른 병원으로 옮길 수밖에 없었다.

그러다가 시아버님도 치매가 와서 그저 우리가 찾아뵙기 편하도록 엄마랑 시아버님을 같은 병원으로 모셨다. 그리고 병실을 엇비슷하게 마주 보고 계시도록 했다. 사돈끼리 한 병원에 계시는 좀 특이할 수 있는 경우였지만 한번 방문하면 이 병실 저 병실을 드나들며 문병을 할 수 있는 우리의 편리함 때문이었다.

엄마보다 조금 온전하신 아버님이 가끔 엄마 병실을 들여다봐 주는 것도 좋았고.

거울은 또 그렇게 반사되어 간다

병원을 들어서면 늘 익숙한 냄새가 났다.

모든 병원이 비슷했다.

노인들 체취와 아무리 소독해도 없어지지 않는 용변 냄새 그리고 세 끼 식사 시간의 텀은 생각보다 빨라 음식 냄새까지 섞여서 요양병원만의 아주 독특한 냄새를 만들어 내고 있었다. 10여 년 넘게 병원을 들락거렸더니 부모님을 떠올리면 동시에 그 냄새가 묻어왔다.

병원도 하나의 사회였다.

여러 구성원이 모여서 생활하는 곳이어서 그 나름의 문화가 만들어지고 질서가 있었다.

제일 먼저 느낀 것은 자식이 얼마나 자주 찾아오고 얼마나 같은 병실 사람들에게 간식을 잘 나누어 주느냐 하는 것이 그분들이 서열을 매기는 순서라는 것이었다. 간병사들에게 하는 마음 씀도 예외가 아니었다. 정신은 온전하나 신체적 질병이나 사고 때문에 주로 재활을 목적으로 온 환자들은 용돈을 가지고 모여서 중국 음식을 시켜먹기도 하고 심지어 한 병실에 모여 화투를 치기도 하며 적응을 해나갔다.

우리 엄마는 치매가 너무 심해서 거의 병실 밖을 나가지 않았지만 아버님은 가끔 옥상 산책도 하고 용돈관리도 잘하시며 살짝 나가서 냉면을 드시고 올 정도여서 상태가 좋은 편이셨다. 다만 인지 정도가 오락가락하시는 편이라 천안함 사건이 일어났을 때는 베개를 거꾸로 들고 허공에 대고 김일성한테 하루 종일 전화를 하시는 등 종잡을 수 없긴 했다.

"이봐 거기 누구든 김일성 좀 바꿔라. 김일성 니가 우리 군인들에게 대포를 쏴서 배를 산산조각 내고 뭐 하는 짓이야? 응?"

하고 종일 고래고래 고함을 지르셨다. 아버님의 기억은 김일성 시대를 오락가락하셨지만 베개를 귀에 대고 호통을 치는 아버님 모습은 평생 잊혀지지 않는 참 귀여운 애국자셨다.

하루는 의사의 호출을 받았다.

우린 아버님의 상태가 안 좋으신가 걱정하면서 진료실을 갔는데 의사가 심각한 표정으로 말했다.

"아버님이 풍기가 문란하셔서 자녀들이 주의를 좀 주셔야겠습니다. 아니면 다른 병원으로 옮기셔야 합니다."

귀를 의심했다.

80대 중반에 가끔 오락가락하는 정신세계에 갇히신 아버님이 풍기문란이라니.

의사 말인즉슨 아버님이 할머니들한테 일단 인기가 엄청 많다고.

곱상하신 외모에 우윳빛 피부는 요양병원 환자 같지 않은 깨끗함과 선비다운 모습을 지니고 계셔 단언컨대 나 역시 요양병원 환자 중 아버님만큼 젠틀한 사람을 본 적이 없다. 일제 강점기 시절에 일본서 대학을 다니셔서 연세에 비해 최고의 학벌을 가지고 계셨고 말씀 또한 함부로 하지 않으시니 그 지적 매력이 아마 할머니들의 마음을 설레게 했던 것 같았다.

문제는 가끔 할머니들만 있는 방에 아버님을 불러 심심풀이 화투를 치고는 했는데 화기애애하던 화투치기는 할머니들의 질투로 번져 자기네들끼리 자꾸 싸움을 한다는 것이었다.

"할아버지 보고 다른 병실에 절대 들어가지 말게 하세요. 그리고 할머니들이랑 추렴해서 배달음식 먹는 것도 안 됩니다. 우리가 말해도 잘 안 들으세요. 알겠다고 하시고는 자꾸 반복하시는데 설마 다른 병원으로 가게 하겠느냐 싶으신가 봐요."

상상을 해보니 병원 측의 말을 무시한다면 아버님의 병원생활이 참 즐겁겠다 싶었다.

어머님도 돌아가신 지 오래됐고 처음 만난 할머니들이 아버님을 보고 잘생겼다거나 멋쟁이다 하면서 흠모 아닌 흠모를 하는데 온전한 정신일 때 얼마나 행복하셨을까. 비록 갇혀 있는 병원이었고 정신이 가끔은 딴 세상을 휘젓고 다니시지만 그 시간만큼은 아버님이 살아 있다는 자각과 삶의 의욕이 충만한 시간이었을 텐데.

차마 내 입으로는 말할 수가 없었다.

나조차도 미소 짓게 하는 아버님의 행복한 순간을 무 자르듯 제지할 수 없었다. 마음 같아선 우리가 아는 그런 육체적 풍기문란도 아닌데 병원 측이 좀 배려해 줬음 싶기도 했다. 하지만 할머니들이 서로 싸운다니 어쩌겠는가. 남편도 말하기 어려운 듯했고 이럴 때 냉정하게 말할 수 있는 건 딸들이다 싶어 시누이들한테 역할을 떠넘겼다.

시누이들은 예상보다 강도가 너무 세었다.

내가 간과한 건 시누이들한테 어머님의 추억이 남다르다는 거였다. 아버님에게 그렇게 선비 같은 외모를 잃지 않게 한 것. 나이가 들어도 희고 곱게 젠틀하게 늙게 한 것. 끝까지 품위를 잃지 않게 한 것.

그 뒤에는 결혼 때부터 어머님 혼자 온갖 허드렛일을 도맡아 하면서 아버님을 최고로 떠받들었던 어머님의 희생이 있었던 것을 잠시 잊었다. 당신 혼자 보따리를 이고 지고 걸어도 아버님에게는 광나는 구두를 신겨서 앞에서 맨손으로 걷게 하고 부도가 났을 때도 당신 혼자 해결하시며 몇 달간 여행을 보내버린 어머님의 사랑을 잊고 있었다.

그러니 시누이들은 길길이 날뛰었고 어머님을 배신한 늙은 할아버지로 닦달하며 각자 한마디씩 몰아세웠다. 특히 어머님의 사랑이 가장 애틋한 막내 시누이는 그 이후 돌아가실 때까지 병원을 잘 찾지 않을 정도로 배신감을 느낀듯했다.

사실은 그런 것이 아닌데.

아버님은 그저 하루에 한두 시간 즐거움과 웃음을 나누었을 뿐인데.

그건 그렇게 된 상황이었을 뿐인데.

아버님은 그 이후로 조용히 병원에서 지내셨다.

기운도 없어지고 말수도 줄어들고 맑은 정신을 가진 시간도 줄어들었다.

특히 같은 병원에 계시던 친정엄마가 먼저 돌아가시자 아버님은 그때도 어머님이 돌아가셨을 때만큼 충격을 받으신 듯하였다. 마주보는 병실에 그래도 사돈이 있다는 생각이 위안을 주었던 건지 모르겠지만 거의 움직이지 못하는 엄마를 힐끔힐끔 들여다보시고는 우리에게 상태를 전해주시는 것도 아버님의 일과였던지라.

어머님에게 모든 걸 의지할 만큼 여리고 고우셨던 아버님은 그저 말도 못 하는 건너편 병실 사돈의 존재 자체로 병원에서의 고독감을 걷어내고 계셨는지도.

다른 할머니들 병실을 드나들지 못하면서 더욱더.

요양병원에서 오는 전화는 늘 같다.

아빠가 돌아가셨을 때도 엄마가 돌아가셨을 때도 그리고 아버님이 돌아가셨을 때도.

전화벨이 울리면 "지금 어르신 상태가 안 좋습니다. 임종하실 것 같아요. 보호자분들 오세요." 그 말을 세 번이나 들었지만 한 번도 임종을 보지 못했다. 일부러 15분이면 갈 수 있는 가까운 병원에 모셨는데도.

엄마 임종 때는 마침 그 근처를 지나던 중이라 5분 만에 갔는데도 이미 돌아가신 뒤였다. 왜 한두 시간 전에 알려주지 않는 건지 많은 환자들 때문에 그들이 보지 못한 사이에 이미 돌아가신 건지 임종이 몇 분 만에 너무 빨리 다가온 건지.

아버님 장례를 치르고 5일쯤 지나서 병원에 다시 갔다.

간병사들에게 고마움을 전하고 병동의 모두에게 떡을 돌렸다. 보통 환자가 있을 때는 잘 부탁한다고 간식을 전해주어도 장례가 끝나고 오는 경우는 처음이라고 하며 내 손을 잡던 친절한 간병사의 손길이 따뜻했다.

여전히 익숙한 요양병원의 냄새와 시설들.

우리 부모님들의 마지막 시간들을 거기에 덕지덕지 쌓아둔 채 또 새로운 환자들이 들어오고 있었다.

아버님을 질투해서 싸웠다던 할머니들은 언제 그런 일이 있었는지 무심한 듯 웃고 있었고.

엘리베이터에선 시계처럼 정확하게 밥 차가 올라오고 있었다.

여기저기서 침대 위 테이블을 내리는 소리가 들리고.

표정 잃은 어르신들이 모두 턱받이를 목에 걸기 시작하고.

익숙하고도 익숙한 냄새들이 오로라처럼 휘몰아치거나 번져 올라오고.

그 익숙한 냄새.

조금은 쓸쓸하고 고독한 냄새.

요양병원은.

거울은 또 그렇게 반사되어 간다

남남이 우리가 된 시누이들

결혼을 하니 시누이가 넷 있었다.

그 숫자가 나의 결혼을 수없이 망설이게 한 요인이기도 했다.

시누이 넷.

처음 3년을 시집에서 살았다.

직장을 계속 다녀야 하고 어머님이 애를 봐줄 테니 공부를 더 해도 좋다고 하셔서 시작한 시집살이.

첫째 시누이는 이미 결혼을 한 터라 나머지 아홉 식구가 살았던.

첫째와 둘째는 참 독특한 캐릭터였다.

여동생이 다섯이나 있는 나도 처음엔 적응하기 힘든.

둘은 결혼을 하고 난 뒤 옆집에 서로 살았다.

둘째 시누이가 피아노 학원을 경영하느라 자녀를 낳으면 돌봐줄 사람이 필요해서 첫째 시누이랑 붙어살았다.

알뜰하기로 말하면 〈인간극장〉 출연자급이다.

남편들 월급을 절약하느라 첫째는 밤새 욕실에 한 방울씩 물을 받아 다음 날 종일 사용할 정도이고 둘째는 제왕절개수술 하면 병원비 많이 나온다고 만삭 때 학원 홀을 수백 바퀴씩 걸었다.

둘은 뭐라도 싸게 사기 위하여 자갈치 시장에서 생선을 한 상자 사서 나누는 걸 자주 했는데 홀수가 되면 한 마리를 반으로 잘랐다.

참 처음엔 독하다 싶고 자매끼리 그걸 반으로 나누나 싶었다.

누구든 한 마리 덜 먹으면 될 것을.

나중에야 그녀들의 욕심이 아니라 정확성이라는 걸 알았다.

둘째 시누이 진통이 오던 날.

진통이 최고조에 이를 때까지 운동을 하다가 마침내 막바지 이르러서야 언니보고 병원에 가자고 하고는 앞서서 걷기 시작했다. 가는 동안이라도 걸어가서 어떻게 해서든지 자연분만을 할 생각으로.

그런데 한참을 가도 첫째가 나오지 않았다.

아기는 곧 나올 것 같고 화가 난 둘째가 되돌아가서 보니 첫째는 돈을 세서 지갑에 넣고 있었다고 한다.

"언니야, 뭐 하노? 지금 아가 나올라 하는데….."

"히히. 니 지갑 갖고 나가다가 내 돈하고 섞일까 봐 돈 세고 있었다."

돈을 세다 말고 민망하고 순진한 눈빛으로 웃고 있던 첫째 시누이.

지금도 여전히 순수한.

그리고 참 계산이 정확한.

둘째가 남편 직장이 옮겨져서 포항에서 잠시 살았는데 어느 날 죽도 시장을 갔다. 마트보다 싼 것이 많으니 욕심에 바나나도 사고 딸기도 사고 생선이랑 잔뜩 샀다. 첫째가 세 살이었고 다시 만삭이었다.

산 물건이 너무 많아 열 손가락에 봉지를 다 들었는데 마지막 바나나 봉지를 들 손가락이 없었다.

그래서 생각한 것이 목에 거는 거.

빈 비닐봉지 하나를 더 연결해서 고리를 만들고 목에 걸었더니 바나나가 만삭인 배 위에 잘 얹혀져서 힘들지 않았다고.

상상을 해보라.

만삭인 아녀자가 이제 막 걷는 첫째를 데리고 열 손가락 시커먼 비닐봉지가 모자라 목에까지 걸고 버스를 타는 모습을.

시누이는 그랬다.

택시 탈 바에야 그렇게 이고 지고 싼 물건을 살 필요가 없었다고.

어땠을까.

시누이가 버스에 그 모습으로 오르는 순간.

앉아 있던 버스 안 모든 사람들이 서로 벌떡 일어서며(놀라서 입도 벌렸다는데) 자리를 양보해 주더라는.

우린 그 이야기를 할 때마다 뒤로 넘어갈 정도로 웃는다.

지금은.

처음엔 궁상맞고 이해가 되지 않았지만 오랜 시간 함께하다 보니 이해가 되고도 남는 것이다.

궁상맞은 게 아니라 알뜰함이라는 것을.

미래를 위한 극도의 검소함이라는 것도.

세월은 그렇게 상황을 이해하는 게 아니라 사람을 이해하게 했다.

그 시누이가 오해로 인한 미용실 파마 사건으로 비록 나를 가출하게 했더라도.

상황으로 인한 이해는 보편적이지만 사람에 대한 이해는 맞춤형이었다.

셋째는 지고지순한 요조숙녀형이라 늘 나를 도와주었고 한 번도 힘들게 하거나 거슬리게 한 적도 없었다. 지연이도 잘 보살펴 주었고.

전을 부칠 때 손 모양이 유난히 예쁘고 나물이나 된장을 잘 끓이는 전형적인 현모양처.

누군가를 싫어하거나 미워해 본 적이 천성적으로 없는.

그래서 내가 좋아하는.

막내는 가장 합리적이고 생각이 반듯하며 세 명의 언니들과 전혀 다른 매력덩어리 시누이다. 성악을 전공하여 출강도 하고 레슨도 하며 독창회 등 연주회도 많이 하지만 생각이 어느 쪽으로든 치우치는 법이 없다.

그렇게 성격이 좋으니 대학 때는 지도교수 집에 딸처럼 드나들며 살 정도로 사회성이 뛰어났고 지금도 많은 사람들이 좋아한다.

대화가 가장 잘 통하는.

시누이가 아니라 한 사람의 좋아하는 후배 같은.

만나면 내내 서로 웃게 만드는.

거울은 또 그렇게 반사되어 간다

딸의 모습이 참 많이 보이는.
외모는 물론 성격까지 자꾸 딸이 보이는.

 네 명의 시누이들이 정말 다르고 올케라는 입장이 맞물려서 갈등
이 없었을 리 없지만 많은 시간이 흐르고 각자 아이를 키우며 삶에
대한 공통분모가 많아져 갔다. 그러니 이제 첫째는 동갑이라 친구
같고 둘째와 셋째는 친동생 같고 막내는 서로 사회생활을 많이 해
서 그런지 사려 깊은 후배 같다.
 모두의 알뜰함과 올바른 심성 덕분에 경제적으로도 풍요롭고 자
녀는 물론 사위나 며느리도 박사거나 대기업 연구원 등 좋은 가정
을 이루었다.
 좋은 가정.
 화목하고 서로 이해하며 각자의 위치에서 남의 힘을 빌리지 않고
제 몫의 삶을 잘 살아가는 것.
 이 사회의 구성원으로 온전히 제구실을 하며 성실히 살아가는 것.

 서로 다른 남편과 내가 만나 또 다른 친족들과 함께 새로이 커다
란 가족의 좋은 공동체를 만들어 나간 것은 모나지 않은 개인의 인
성이 있었고 함께 부대낀 시간이 있었고 그리고 그 모든 것의 뿌리
에 시부모님이 계셨다.
 아버님의 온순함과 지성에 더해진 어머님의 사랑.
 온전한 가족애로 행복한 노후를 함께 걸어가는 길.
 그렇게 남남이 만나 우리가 되었다.
 시누이들과.

수많은 그들과
시간의 옷을 입으며

나의 포비든 앨리 남포동

    요즘은 부산에서 가장 인기 있는 핫 플레이스가 어딘지 잘 모르겠다.

    해운대는 젊음과 나이 듦이 북적북적 공존하고 서면도 마찬가지다. 남포동도 역시 젊은 사람과 나이 든 사람들이 여전히 서로 부대끼며 물결처럼 흘러가고 있다.

    그곳뿐만이 아니다. 송정에 점심이라도 먹을까 하고 들러보면 소위 인증샷이 많이 올라온 음식점은 대기하기 일쑤이고 월내에 이르기까지 바닷가 경치 좋은 곳은 전부 커피숍인데 그렇게 많은 커피숍이건만 자리 차지하기가 쉽지 않다.

    그래도 남포동에 가면 향수라 해야 하나 추억이라는 가장 흔한 표현을 해야 하나 하는 것들이 많다.

지금은 없어진 음악다방들의 자취가 있어서 그곳을 지날 때면 대학 시절 커피 한 잔을 시켜 놓고 시간에 구애받지 않은 채 신청할 수 있었던 음악들이 들리는 것 같다. 사람들이 찾기 어려운 골목 안 '할매집' 양은그릇의 국수와 '원산면옥'의 냉면과 '18번 완당' 집. 그리고 50여 년이 흘렀어도 먹자골목의 납작한 군만두랑 비빔당면은 여전히 명맥을 유지하고 있다.

우리가 가장 많이 미팅(지금은 소개팅인가)이라는 걸 한 곳은 향촌이라는 다방이었다.

아주 크고 넓었다. 입구의 자그마한 정원을 가로질러 이 층으로 가면 삼삼오오 서클 모임들이 이루어지고 있었는데 그곳에서는 모르는 사이라도 이상한 동질감이 형성되어 있어 서로 이야기를 건네기도 하고 커피를 같이 마시기도 했다. 그리고 남녀 대학생들이 첫 선 보듯 미팅이 있었고.

멋을 부릴 줄도 모르고 촌스런 옷차림에 미모도 별 볼 일 없는지라 미팅할 때는 커피만 축냈고 서클 모임일 때는 주어진 역할에 집중했지만 친구 중에 예쁘거나 매력 있는 친구들은 여기저기서 전화번호를 따가려고 하는 신호를 받곤 했다.

향촌은 존재 자체가 그 시절 우리들의 낭만이었고 젊음이었다.

또 하나.

당시에 서울 명동만큼 남포동이 부산에서 가장 번화가인 이유는 개봉관이 몰려 있었기 때문이었다. 영화를 좋아하는 나는 정말 주머니만 넉넉하면 모든 영화란 영화는 다 보고 싶을 정도로 대영극장,

부산극장, 동아극장 등 대형 영화관이 옹기종기 자리하고 있는 그곳이 좋았다. 디지털 시대에 컴퓨터에서 뽑아내는 포스터와는 사뭇 다른 느낌의 간판 장인들이 그린 그림들은 배우들의 특징이 잘 나타나 있었고 강렬한 그 포스터들은 매번 영화를 보고 싶은 유혹이 충분히 들게 했다.

조금은 북한 느낌이 나는 강렬한 그 포스터들.

다시 향촌으로 돌아가서.

내가 그 다방을 자주 떠올리는 건 마지막 방문 때문이다.

내가 대학 때 마음을 두었던 남자가 둘 있었다. 한 남자는 정말 이게 혹시 사랑이란 건가 싶은 짝사랑을 했고 다른 한 남자는 한 번씩 설렘이 훅 들어오는 그게 무엇인지 알 수 없는 감정을 품고 있었다.

그날은 비도 부슬부슬 오고 있어 한창 사랑을 느낄 20대 전지적 시점에서는 참 낭만적인 날씨였다.

그 설렘의 주인공인 남자가 만나자고 했다.

비 오는 낭만적인 날씨에 만나자고 하니 이미 설레고 있는 마음은 당연한 것이었다.

무슨 음악인지는 모르나 다방 안은 조용한 음악이 빗소리와 함께 흘러내리고 있었다. 우린 같은 서클 회원이었으니 회원들이나 활동에 관한 이런저런 이야기들로 공유할 게 제법 있었다.

문제는 내가 남자들과의 대화법을 잘 몰랐다는 것이다. 집안에 남자 형제 없이 자라서인지 대화를 하면서도 자꾸 다음에 무슨 말을 하면 이 남자가 좋아하려나 하는 생각이 앞섰다. 즉 대화를 머리로

수많은 그들과 시간의 옷을 입으며

이어나가려고 했다. 그러니 상대방에게 나는 늘 부자연스럽고 흥미도 없겠다는 걸 스스로 느낄 정도였다.

나 자신을 있는 그대로 보여주는 것을 못했다.

그와의 만남이 그렇게 나를 설레게 하는데도 교과서적이고 상투적인 대화만 하고 있었던 나.

참 재미없고 매력도 없는.

잠시 대화가 끊어지자 그가 나를 한동안 바라보다가 말했다.

"난 명희 씨가 행복했으면 좋겠어요. 늘."

불쑥 내뱉은 그 의미를 생각하고 또 생각하느라 잠시 얼이 빠져버린.

도대체 생각은 왜 하는 것인지. 느낌 하나면 족한 것이지.

바보 같은.

단둘이 만난 적이 한두 번밖에 없어 그 순간에 입은 얼었지만 머리는 복잡하게 굴러가고 있었다.

느닷없이 내가 행복하길 바란다니. 혹시 이 사람은 나의 설렘을 눈치채고 미리 차단하기 위한 이별을 고하는 건가.

"저 취직해서 며칠 후에 서울로 갑니다."

그때 졸업을 앞둔 남자들은 하루가 멀다 하고 취직 소식이 들려올 때였다. 지금처럼 취업이 어려운 건 상상도 못 할 만큼 대학을 졸업하는 순간 거의 대기업에 입사를 하는 좋았던 시절이었다.

아! 취직.

역시 그렇구나 했다. 어차피 나만의 설렘이었으니 그 사람은 평생 모르고 넘어갈 내 마음과 그가 살짝 웃을 때 가느다랗게 올라가는 눈꼬리만은 가슴에 담아두기로 했다.

"건강하게 잘 지내세요. 꼭 성공하시구요."

아이고 또 바보 같은 대화.

어떻게 그렇게밖에 말할 수 없었는지.

지금이라면 농담을 핑계 삼아 자연스럽게 내 마음을 나타낼 수 있었을지도.

그가 다시 웃었다.

"명희 씨가 행복하길 바라는 사람이 주변에 많이 있다는 걸 꼭 알았으면 좋겠어요. 저도 그중의 한 사람이구요."

복잡한 감정의 물결들이 막 얽혀서 파도를 타고 있었다.

내가 행복하길 바라기는 했겠다.

모두들. 인간적 배려로.

서클 일도 참 열심히 했고 엄마는 회원들 누구라도 오면 밥 해주는 걸 한 번도 마다한 적이 없으셨으니.

그런 마음의 부채가 있었을 수도.

밖으로 나오니 빗줄기가 좀 더 강해졌다.

향촌 앞 좁은 골목길은 젊은이들의 우산이 엉겨 더 붐볐다.

"우산 있어요?"

"그럼요. 아침부터 비가 왔는데."

나는 자신 있게 가방에서 우산을 꺼내 들어 쫙 펴들었다. 그가 갑자기 자신의 우산을 집어넣고 내 우산 속으로 들어왔다.

"이럴 땐 우산이 없다고 하는 거예요."

아! 또 한심한 나.

한쪽 어깨를 감싸 쥔 그 손의 따뜻함이 어깨에 전해지는데 머릿속
으로 다음에 무슨 말을 이어갈까 고민하던 중에 이미 그 골목의 끝
에 닿고 말았다.

그렇게 막 시작된 내 설렘도 끝에 닿았다.

짧은 길 끝에.

데이트도 사랑도 할 줄 모르는 천치바보.

오죽 답답했으면 연애용 대사까지 그가 알려줬을까.

하지만 나는 마지막 세 문장을 가끔 되새김해 본다.

풋풋했던 설렘을 반추하고 싶을 때.

"명희 씨가 행복했으면 좋겠어요."

"명희 씨가 행복하길 바라는 많은 사람들 중 하나예요."

"이럴 땐 우산이 없다고 하는 거예요."

우린 이제 다 늙어서 70대가 되었다.

지금은 향촌 대신 다른 업종이 자리하고 있지만 아직도 유명한 제
과점과 얼마 남지 않은 몇몇 노포들의 상점이 있는 비좁은 남포동
골목.

여전히 젊은 사람들도 많고 가족 단위 나들이도 많고 씨앗호떡을
먹어보려는 관광객도 많은 그곳.

내가 가끔 그 거리를 휘적휘적 걷는 건 그를 기억하기 위해서라기
보다 어쩌면 사랑에 무지해서 바보 같았던 나 자신의 20대를 사랑
하고 기억하기 위해서인지도.

기억으로만 다시 오는 20대의 아릿한 아쉬움을 굳이 그리움이라

는 표현으로 빌려 걷는지도.

그 거리 속을 걷는 바보 같지만 나의 청순한 실루엣.

조금은 어리석었어도.

그러니 남포동은 나에게 영원한 포비든 앨리.

짝사랑이거나
혹은 첫사랑이거나

그를 마음에 품은 건 그의 집에서 수련회를 할 때였다.

지금과는 사뭇 달랐던 우리들의 대학 수련회는 없는 주머니를 털
어 조용한 절에 가는 것이었는데 그나마도 사정이 여의치 않았던지
어떤 연유에서인지 우린 그의 집에서 1박 2일 수련회를 하게 되었다.
진해 어디쯤인가 전형적인 시골집에서 1박 2일 동안 지도부의 세
밀한 계획하에 불경 연구도 하고 참선도 하며(나는 그때 불교 서클 활동
을 하고 있었다) 알차게 프로그램을 진행했다.
그는 회장직을 맡고 있었는데 우리 프로그램을 능수능란하게 진
행하면서도 연로하신 어머님을 보살피는 모습이 인상적이었다.

도착하자마자 집 안 곳곳을 둘러보더니 우리가 짐을 정리하는 동

안 갑자기 밭에 나가 괭이질을 하며 땀을 흘려대는 그의 모습이 사회 속에서의 리더와 집에서의 아들 모습이 오버랩되며 갑자기 한 남자로 다가오고 말았다.

정말 갑자기.

수련회는 수련회대로 집안일은 집안일대로 종횡무진 날아다니는 그의 모습에서 난 무엇을 보았던 것일까.

표정은 참 무표정했는데.

아무튼 그때부터 남몰래 마음을 두었지만 그는 학과 공부의 양도 엄청났고 아르바이트도 하고 있었던 것 같아서 그냥 그렇게 마음만 두고 있었다.

그게 사랑이라면 짝사랑인 채로.

어느 날.

가을바람이 다소 차가운, 그래서 저녁 어둠이 유난히 시린 그런 어느 날.

그가 우리 집 문을 두드렸다.

배가 몇 개 들어 있는 누런 종이봉투를 들고.

갑자기 가슴이 너무 뛰기 시작해서 말이 나오지도 않았다.

"명희 씨, 잠깐 이야기 좀 할 수 있을까요?"

"…"

"이건 어머니 드리고."

그는 누런 종이봉투를 마루에 내려놓고 성큼성큼 앞장서서 걷기 시작했다.

내가 살던 동네는 조그마한 동네라 겨우 아주 작은 다방이 하나 있었을 뿐이었다. 그것도 내 기억엔 동네 어르신들이 주로 가서 쌍화탕이나 노른자 넣은 모닝커피 한 잔 시키고 하루 종일 앉아 있는.

그래도 다행히 밤이라 사람들이 아무도 없었다.

가슴은 내 의지와 상관없이 그냥 저 혼자 콩닥거리고 무슨 말을 해야 할지 온통 머리가 뒤죽박죽인 것을 아는지 모르는지 한참을 커피만 홀짝거리던 그가 마침내 입을 열었다.

"명희 씨, 내가 ○○씨를 너무 좋아해요."

아이고!

내가 지금 무슨 소리를 들은 건지.

누굴 좋아한다고?

온몸이 아주 잠깐 동안 얼어붙은 것 같았다.

○○씨는 나도 참 좋아하는 선배였다.

"어떻게 해야 할지 모르겠어요."

정말 아주 잠시(그렇게 기억하고 있다) 침묵이 흘렀다.

하지만 내가 누군가.

이해심 많기로는 최상위이고 평생 참고 견디는 맏이 기질에다 엄마처럼 순애보를 몇 번이나 읽은 사람이 아닌가.

내 MBTI가 INFJ-T다.

선의의 옹호자형.

정말 '푸하하.'다.

만델라나 마더 테레사도 이 유형이라니.

조언.
그래. 조언을 해줘야 한다.
나에게 조언을 구하러 온 사람이니.
침착하게. 웃으면서.

그런데 그때 뭐라고 했는지 사실 기억이 안 난다.
암튼 칼로 베는 것 같은 가슴속 쓰라림을 뒤로 하고 열심히 무언
가 조언이라는 걸 해주었다.
내가 뭘 안다고.
사랑도 모르고 남자도 몰랐던 내가.
아는 건 내 가슴속에서 파도치고 있는 이상한 울림과 아프고 아픈
아림이었는데.

그날.
그렇게 아주 짧았던 나의 첫사랑이자 짝사랑은 끝났다.
빨리 포기했다.
이유는 아주 간단했다.
그 선배를 나도 좋아하니까.

왜 나지?
굳이 왜 나를 찾아온 거지?
많은 여학생 회원들이 있었고 후배인 나보다는 같은 기수인 선배

수많은 그들과 시간의 옷을 입으며

들에게 물어보아야 더 좋은 대답이 나올 수 있었을 텐데.

참 오랫동안 그 의문을 가지고 있었다.

그리고 지금도 늘 되묻는다.

그렇게 혼자만 생각한 것도 첫사랑이라고 부를 수 있을까?

그냥 아쉬운 짝사랑이었을까?

거의 50여 년 가까이 흘렀다.

또 어느 날.

난 참 궁금했다.

그 사람은 어디서 무엇을 하고 있을까.

이제는 이미 70대로 접어들 시점인 우리가 뭐 소용돌이에 휘말릴 만한 감정은 없을 것이니 그저 정말 안부만 물어보면 되지 않을까.

한번 그리 마음먹으니 더욱 궁금해지고 알고 싶었던 그의 근황.

인터넷은 요긴했고 나의 키워드도 적중했다.

비록 몇 시간 걸리긴 했지만 어찌어찌해서 난 그 이름의 전화번호를 찾았다. 하지만 동명이인도 많으니 꼭 그 번호가 그의 것이라는 확신이 없어서 전화를 해볼 엄두는 내지 못했다. 나이 들어 뻔뻔해지고 쓸데없는 용기가 생겼다고는 해도 이미 목소리조차 늙어버린 내가 자신감이 있을 리가 없었으니.

'아이유'도 있다는 통화 공포증도 약간 있는 것 같고.

그래 문자다.

아주 조심스럽게 문자를 보냈다.

특별한 내용은 없이.

그저 대학 서클에 같이 활동하던 아무개인데 지금은 퇴직하고 지내고 있고 오랜 세월이 지나 궁금해서 문자 남겨본다고.

그때 같이 활동하던 분이 맞는지 아니면 이 문자 삭제해 달라고.

몇 시간이 지났으나 답이 없어 잘못 간 문자구나 했다.

저녁 무렵 전화가 왔다.

놀란 목소리.

본인이 그 사람이라고.

나중에야 생각한 일이지만 참 갑작스럽고 어안이 벙벙했음 직한 일이었다. 나였더라도 50여 년 만에 대학 서클 회원이 연락해 온다면 우선은 놀람이 먼저였을 것이다. 개인의 기억에 따라 반가움은 그다음일 터고.

오랜 세월 뒤라 둘 다 반가움이 먼저였다.

적어도 대학생활 일부분을 공유했던 삶이 있었다. 그것도 참 열심히 활동하면서 토론을 하고 젊음을 나누던 시간.

그래서 반가운 김에 딸아이 이탈리아 출장으로 서울에 손자 돌보러 갈 계획이 있으니 그때 한번 얼굴이나 보자고 했는데 하아.

코로나.

생전 처음 접하는 바이러스에 그 전화 이후 갑자기 전국의 공포가 시작되었다. 서울 도킹은 그저 희망사항으로 남겨둔 채.

다시 3년.

이제 그는 70을 넘겼고 나도 한 달 뒤면 70이 되는 11월 마지막 주.

간간이 문자로만 안부를 묻던 그가 부산에 모임이 있어 내려온다고 했다.

그렇게 50여 년 만에 만났다.

대학 신입생 때 촌스럽지만 순수했던 한 여학생은 긴 시간을 뒤로 흘려보내며 마음속 짝사랑이었거나 혹은 첫사랑이었거나 했던 그를 만났다.

웃었다.

처음 보자마자 우린.

요즘 카톡이 얼마나 좋은가. 프로필 사진으로 우린 서로의 변해버린 늙음을 이미 인지하고 있었고 익숙해져 있어서 낯설지 않았다.

그는 같이 활동했던 친구랑 같이 왔고 나 역시 혹시나 모를 어색함을 메우기 위해 친구 한 명과 같이 나갔다.

기우였지만.

금방 만났는데도 우린 대학 시절 이야기로 시간이 어떻게 가는지 몰랐다. 50년이 아니라 5년 만에 만난 듯이 서로의 기억들을 맞추며 궁금함을 풀었다. 나는 내 첫사랑인지 짝사랑인지 모를 이야기를 남의 이야기 하듯 웃으며 말했다.

남의 이야기 하듯.

그랬다.

두근거림 대신에 편안함이 있었다. 떨림 대신에 자연스러움이 있었다. 음식을 먹으면서도 조신하게 하지 않았고 어떤 말을 해야 하나 생각하지도 않았다. 그저 대화가 되는 대로 주제를 옮겨가며 이어갔고 술잔도 자연스레 서로 채워주었다. 처음 같이 마시는 술이었음에도.

지하철에서 헤어지며 가볍게 서로의 어깨를 토닥거리기도 했다.
그냥 친구 같은 따뜻함이었지만 혹은 조금 다른 것도 있었을까.
설렘 대신에 가득했던 편안함.
그러면서도 짝사랑의 기억은 여전히 소중했던.
만나서 즐거운 사람이 좋은 사람이고 좋은 인연이라는 진리.
가끔 이런 시간을 가져도 좋을 것 같은 관계. 남편도 이해해 줄 것 같은 그냥 사람 사이의 관계.
겨울 초입의 밤은 오래전 그가 내게 조언을 구하러 온 날의 날씨와 비슷하게 시리고 차가웠지만 마음속에는 새로운 따뜻함이 몽글몽글 찼다.

지하철에서 나오니 마중 나온 남편이 생전 하지 않던 손까지 흔들며 활짝 웃고 있었다. 보통 때는 마중을 나와도 데면데면하게 나란히 걷는데.
첫사랑 만나러 간 걸 알고 있었으니 혹시 위기감인가.
말하지 않았는데 추울까 봐 겉옷도 하나 챙겨 오고.
나도 웃었다.

그런데 나를 저리 믿어도 되는 건지.
나 아직 다른 남자들한테 꽤 괜찮은데.

하지만
'나한테 잘할 거지?'
마음속으로 그 말만.
믿고 있으니까.
가져다준 겉옷이 갑자기 내려간 추위를 감싸주던 그 밤에.

한 여자가
나를 참 아프게 한다

눈웃음이 참 뚜렷한 여자였다.

이효리처럼 눈가에 조물조물한 주름조차도 매력적이었던.

적당한 키와 엉덩이가 약간 큰 글래머러스한 서양식 몸매에 가느다란 갈색 머리카락. 남의 이야기를 잘 들어주고 리액션이 큰 여자. 그리고 뾰족이 내미는 입술이 아름다웠던 여자.

그녀는 자신의 감정을 잘 드러내거나 스스로의 이야기를 잘 하지 않았다. 어쩌다 알게 된 후배였고 가끔 만나도 무조건 그녀가 참 좋았다. 말이 통했고 책을 읽고 난 뒤의 느낌이 비슷했고 같은 상황에 웃었다.

수십 년 직장을 다니고 수많은 인간관계를 꾸리다 보니 무슨 연유인지 아님 팔자인지 내게는 죽을 때까지 친형제처럼 만나자고 하는 후배나 동생 같은 사람이 많았다. 아니 이미 친동생들도 버겁도록 넘치게 많은데.

언니나 누님이라 부르며 많은 것을 의지하고 소통하는 그들이 내 주변에 가득한 건 아무리 생각해도 내 팔자인 듯.

내가 기대고 응석을 부릴 수 있는 언니나 오빠는 왜 없는 것인지.

아무튼 그녀도 그중의 하나였다. 간호대학을 졸업하고 병원에 근무하기 시작하면서 난 어쩐지 짧은 시간 안에 그녀가 의사를 만나서 연애라는 걸 하고 나에게 소개해 줄 것이라는 확실한 믿음을 가지고 있었다. 같은 여자가 봐도 자꾸만 끌리는 매력이 있었으니까.

얼마간 소식이 뜸하던 그녀가 갑자기 사우디로 간다고 했다. 간호 인력이 부족한 그곳은 페이도 두 배 이상이고 한국을 떠나고 싶다고도 했다. 한참 만에 보는 그녀의 얼굴은 뭐랄까 성숙함과 우울함이 교묘하게 혼재하여 낯선 느낌이 들기도 했다.

"너 여기 병원에서 의사 하나 사귀지 않았어? 꼭 그럴 것 같았는데…."

그녀는 빙긋이 웃었다.

분명 긍정의 웃음.

"왜? 잘 안됐어?"

"언니, 나 사우디 갔다 돌아오지 말까봐."

"무슨 소리야. 그래도 우리나라가 제일 좋지. 너 설마 터번 쓰고 수염 있는 사람 데리고 오는 건 아니겠지?"

그녀는 아무 말 없이 말간 얼굴로 하늘만 바라보았다.

"가을 하늘은 우리나라가 최고인데."

그렇게 가을 하늘을 한참이나 바라보며 눈에 담던 그녀는 생각보다 2년 만에 빨리 돌아왔다. 그러더니 느닷없이 결혼을 한다고 했다. 그녀의 복잡한 가정 형편을 아는 나로서는 결혼이 그 지긋지긋한 삶을 탈출할 수 있는 통로라고 생각했다. 그러나 결혼할 남자를 만나본 순간 그건 탈출로가 아니라 더 어두운 터널로 들어가는 것임을 직감했다.

몇 년 만에 그녀는 결국 이혼을 하고 다시 병원을 나가기 시작했다. 결혼생활 동안 무슨 일이 있었는지 구체적으로 알 수는 없었지만 그녀의 매혹적인 눈웃음이 사라진 건 분명했다. 그녀는 거의 웃지 않았다.

그녀의 눈웃음과 세상에 대한 통찰력 그리고 이타심 이런 것들이 너무 그리워서 자주 만나려 했지만 나의 그 시절은 딸아이를 학교에 데리고 다니느라 하루 일정이 늘 딸의 시간표에 맞추어져 있었다. 그녀가 이혼 후 어떤 마음인지 새롭게 시작한 병원생활은 어떤지 물어보지도 못한 채 얼마간의 시간이 흘러갔다. 그저 실력 있고 총명하며 아름다운 그녀이니 여전히 병원에서 인기를 독차지하며 잘 살아가고 있으리라 생각했다. 전해 들은 바로는 병원의 의사들이 다 좋아한다고 했으니까.

어느 날 직장 동료가 운전하는 차를 타고 가다가 가벼운 접촉사고를 당해 일주일 정도 병원에 입원을 해야 하는 처지가 되었다.

퇴원 하루 전날 그녀에게서 전화가 왔다. 갑자기 온몸을 베듯이 싸한 느낌이 찰나적으로 지나갔던 건 그녀의 목소리가 너무 하이톤이었기 때문이었다. 주로 듣기를 잘하고 긍정적 반응이 대부분이며 깊이 있고 나직한 음성으로 그녀만의 언어를 사용하던 것과는 사뭇 달랐다.

"언니, 병문안 못 가서 미안해."

그래. 그건 미안한 게 맞다. 내가 가장 아끼고 좋아하고 사랑하는 사람인데 교통사고가 나서 입원을 했는데도 와보지 않는다니.

그런데 미안하다는 말은 기어들어 가야 하는 목소리여야 하지 않는가.

그녀는 마치 무슨 커다란 행사를 앞둔 사람 마냥 목소리가 하늘을 찔렀다.

"어구구? 미안하면 오면 되지. 너 본지 오래됐는데…. 왜 전화만 하고 난리니? 너 혹시 술 마셨어?"

"언니, 내가 언니 엄청 좋아하는 거 알지?"

"좋아한다는 사람이 안 와보니?"

"헤헤헤. 언니야, 요즘 행복하지? 나도 행복하다. 일도 잘하고 병원에서 최고로 인기도 많고."

"그래. 다행이다. 술 많이 마시지 말고 자라. 내 경험에 의하면 모든 근심과 불행도 자고 나면 조금 옅어지더라. 자고 나면 조금 작아지고 또 자고 나면 조금 더."

"그렇겠지? 내일이 오면 조금씩 덜하겠지. 사랑도 분노도 욕심도."

"지금부터 술병 닫고 꼭 자라."

"응. 그럴게. 언니, 형부랑 지연이랑 행복하게 살아."

뚝.

전화가 끊겼다.

그리고 다음 날.

응급실에 누워 있는 그녀를 보았다.

의식이 없었다.

의사는 위독하다고 했다. 폐에 물이 차서 계속 물을 빼고 있지만 호흡이 점점 어려워지고 있다고 했다. 그리고 원인은 알 수 없다고 했다. 나는 물어볼 수 없었다. 혹시 약물을 복용하지 않았느냐고.

원인을 알면 무슨 소용인가. 그녀가 깨어날 수 있다면 모르지만.

이틀을 혼수상태에 있던 그녀는 결국 지인들에게 한마디도 남기지 않은 채 조용히 여름 햇살 속으로 눈을 감았다. 7월의 뜨거운 햇볕에 가슴이 더 타는 것 같았다. 가족이 온전치 않은 그녀가 내게 술에 취해 전화를 한 것은 어쩌면 그녀의 마지막 뒷일을 부탁하고 싶은 지인이 필요해서였을 것이다. 차마 맨정신으로는 그런 부탁을 할 수 없으니까.

현실적인 일들을 해결해야 했다. 나는 뇌졸중으로 마비가 온 채 아무 슬픔조차 느끼지 못하는 그녀의 부모를 대신해서 상주마냥 장례를 치러주었다. 그 일을 해줄 사람으로 나를 선택한 것 같아서.

전화번호부를 뒤져 연락을 하고 병원에는 심장마비라고 알렸다.

그녀의 장례식은 생각보다 조촐하지 않았다. 친구들과 동료들이 많았고 모두 와서 울었고 슬퍼했다.

그리고 눈에 띄는 한 남자가 있었다.

그는 빈소를 꾸리기 전에 이미 병원에 와 있었다. 의사로부터 사망선고를 듣고 동료 두어 명과 내가 눈물을 쏟고 있을 때부터 병실 밖을 서성거리던 남자였다. 내가 장례절차를 진행하는 듯이 보이자 내게 와서 물었다.

"빈소는 어디로 하시는지요? 장지를 물어봐도 되겠습니까?"

나도 정해놓은 건 없었고 그녀의 부모님들은 내 눈치만 보고 있는 터라 뭐라고 말하기가 어려웠다. 그녀 집에서 장지는 있을 턱이 없고 추모관을 사용하는 비용도 아쉬울 게 뻔했기 때문이었다.

결국 빈소는 사망한 병원 내에 간단하게 마련했고 화장해서 재는 그녀가 좋아하던 바다에 뿌리기로 했는데 그 남자는 사흘 내내 빈소 근처에 머물렀다. 문상객이 없으면 빈소 내에 들어와 하염없이 사진을 보고 있다가 문상객이 들어오면 밖으로 나가 벤치에 앉아 있었다. 영정 사진을 바라보는 그의 실루엣은 영화 속 장면처럼 슬프고 아련했다.

3일째 되는 날에는 정말 어떻게 아는 사이냐고 묻고 싶었지만 말이 나오지 않았다. 짙은 눈썹과 우수에 찬 눈을 가진 호남형의 그 남자는 3일을 빈소에 머무르다 화장장으로 들어가는 마지막 길목에서 한바탕 오열하더니 우리가 한 줌의 재를 안고 나왔을 때 얇고 검은 트렌치코트의 잔상만 남긴 채 사라졌다.

끝내 누구인지 모르는 채.

주어진 가정환경이 싫어 결혼으로 탈출하고자 했던 그녀가 진심으로 꿈꾸는 것은 무엇이었을까.

나는 생각보다 많았던 부의금과 그녀가 마지막으로 살았던 월세 방의 보증금을 정리하여 그녀의 부모님께 드리고 그녀의 짐을 폐기물 처리상에 맡겼다. 그리고 그녀가 마지막까지 읽었던 것 같은 전혜린의 《그리고 아무 말도 하지 않았다》한 권과 휘갈겨 쓴 메모장 한 권을 내가 가지고 왔다.

오랫동안 그 책을 펼쳐보지 않았다. 전혜린은 나도 무척이나 흠모하고 한때 빠져들던 작가이니 그녀도 영향을 받았을 것이라는 생각은 늘 있었지만, 그녀를 떠올리기가 너무 아파 책장 구석에 제목조차 보이지 않도록 꽂아두었다.

몇 년이나 지난 어느 날-
문득 그 남자가 떠올랐다.
그녀는 여름에 작별을 했는데 그 남자는 왜 가을날의 트렌치코트 같은 것을 입고 있었을까 하는 갑작스러운 의구심과 함께. 여름철에 마땅한 검은 옷이 딱히 없었을까.
불현듯 무슨 단서라도 찾는 느낌으로 그녀의 메모장과 전혜린의 책을 펼쳐보았다.
책 곳곳에 밑줄과 그녀의 익숙한 필체로 감정이 나열돼 있었던 그녀의 생각 조각들.
그녀가 제일 뒷장에 책을 산 날짜와 메모 그리고 책의 중간중간에 적어놓은 글 조각들.
다른 해보다 유난히 빨리 온 듯 가을 냄새가 스산한 그 쓸쓸한 어느 날에 그 책을 난 펼쳐들었다. 내가 그녀한테 했던 것처럼 책 뒤의 여백에 그녀가 지인들에게 무언가 남겨달라고 부탁한 여러 글씨체의 메모들.

"아무것도 아님! 아무것도 없음!
존재하지 않음!
생각하는 게 두렵고 생각하지 않는다는 건 더 힘들고
자꾸자꾸 빠져드는 허허로움과 'solitary'에 이젠 지치고 쓰러졌지만
내 사랑하는 박정숙 샘의 이삿짐을 마지막으로 보고 오면서."
그녀가 책을 산 날이다.

그녀의 글 밑에 다른 사람의 글이 있었다.
"전설이나 신화 속으로 사라져 가는 사람들이 있다. 그러나 하나의 활화산이었다.
내가 미처 생각하지 못했고 가장 의외의 방향으로 의외의 자기가 형성된 것임을 발견했다.
릴케가 아니고도 누구나 장미에 찔려 죽을 수도 있고 자기의 시를 쓸 수 있다.
사물을 볼 수 있는 눈은 어느새 깊어지고.
소주를 같이 한 00년 0월 0일. ○○○."

그리고 그 밑에 또 기억에 없지만 내가 쓴 글도 있었다.

"그래. 어차피 모순이다.
삶. 그리고 내가 세상에 던져졌다는 것 자체가.

우린 어느 누구도 원해서 태어나지도 않았고
삶의 짐을 지겠다고 어깨를 내밀지도 않았으니까.
그런데도 우린 산다.
살아내고 있는 것이다.
00년 00월 00일."

나는 그녀에게 무슨 말을 해주고 싶었던 것일까.

나의 언어는 유치했고 진정성이 없었고 상투적이었다. 생각해 보니 그때는 결혼과 동시에 다른 하나의 가정과 결합하면서 생각이 다른 시댁과의 갈등과 당장 매일매일 일과 아이를 데리고 다녀야 하는 동선으로 거의 정신적으로는 고갈된 상태였던 때였다. 그러니 그녀에게 무슨 이야기를 해줄 수 있었겠는가.

그리고 그녀가 밑줄을 그어놓은 말들과 메모.

"라비린트(미궁), 점심은 커피 대신 그록크(펄펄 끓인 포도주)."

"보수교육 첫날.
니가 다시 이 글을 읽을 수 있는 날을 기다리는 소녀.
손정아.
와이셔츠 깃이 산뜻한 분위기를 사랑한다.
모든 것을.
비록 우린 소주에 취해도.
00. 10. 29."

"나는 살고 싶어요. 생의 전부를 사랑해요.

공부를 계속하겠어요. 그리고는? 직업을 갖겠지요. 그리고는? 그리고는 살겠어요."

이건 나도 좋아하는 《생의 한가운데》 구절인데 전혜린은 이 책의 일정 부분을 《생의 한가운데》에서 인용했고 그녀의 밑줄이 있었다.

"관념이 긍정한 행위를 우리의 감정이 받아들이기에는 또 하나의 훈련이 필요하다.

'장미'라는 사실이 중요하지 '온실'인가 '산'인가는 아무것도 아니다.

그 모든 괴로움에 불구하고 생이란 취하게 하는 것. 좋은 것이다. 죽고 싶을 만큼 그렇게 귀중한 것이다."

"취하게 하라. 언제나 너희는 취해 있어야 한다.

모든 것은 거기에 있다. 그것이 유일의 문제다.

너희들의 어깨를 짓누르고 너희를 지상으로 누르고 있는 시간이라는 끔찍한 짐을 느끼지 않기 위해서 너희는 여지없이 취해야 한다.

그러나 무얼 가지고 취하는가?

술로 또는 시로, 또는 당신의 미덕으로, 그건 좋을 대로 하시오. 그러나 하여간 취하여야 한다."

이건 샤를르 보들레르의 시를 인용한 것이다.

나는 오랫동안 그녀의 밑줄들과 메모들을 조합하며 퍼즐을 맞추려고 애썼다.

그리고 그녀의 내재적 감정 안으로 들어가 보았다.

누군가 그런 말을 한 적이 있다.

내가 가난하게 태어난 것은 내 잘못이 아니지만 내 자식을 가난하게 하는 것은 내 잘못이라고. 그녀가 아무리 노력해도 헤어 나올 수 없었던 궁핍의 굴레.

그래도 그녀는 그걸 안고 살고자 했다. 비록 탈출을 위한 결혼이었다 해도 첫 남편이 그녀의 의식세계를 조금만 이해했더라면.

분위기 있는 커피를 마시기 위해서 단지 예쁜 식탁보를 산다거나 남편과의 대화를 멈추고 책을 읽거나 사색에 잠시 잠긴다고 아내의 도리를 망각하는 것이 아님을 문제 삼지 않았을 것. 아주 가끔 화려한 꽃을 사 들고 오거나 단 한 번 명품 가방을 산 것이 그리 큰 낭비도 아니었을 터인데. 그냥 정신적으로든 물질적으로든 스스로 궁핍하지 않음을 증명해 보고 싶었을 뿐인데.

그리고 그녀는 자신을 이해하는 사람을 만난듯했다.

이혼하고 만났는지 첫사랑을 다시 만난 건지 알 수는 없지만 온전히 그녀의 모든 것을 이해하고 사랑하는 사람을 만난 것 같았다. 다만 그 사람과 완전히 이루어질 수 없는 무언가가 또 있었는지는 모르겠다.

내가 들고 나온 그녀의 메모는 일기 비슷한 것이었다.

그녀가 죽기 약 열흘간의 격한 감정들이 오롯이 담겨 있어 휘갈겨 쓴 필체만큼 너무 읽기 힘들었다. 가슴을 짓누르는 통증이 너무 아파 숨을 쉬기도 어려웠다. 덮었다가 펼치기를 수도 없이 했다.

그와의 마지막 만남을 준비하고 있다고도 했다.

그리고 그 사람을 먼저 버렸다고 했다. 그녀가 그를 버렸으므로 그도 그녀를 버렸다고 했다. 그런데 그녀의 구절마다 버림받는 것에 대한 절망이 있었다. 그 지독한 절망감을 스스로 차단하기 위해 먼저 버렸는지도 모르겠다.

깊은 우수를 가진 눈에 계절에 맞지 않은 트렌치코트를 걸치고 가족들이 힐끗힐끗 보는 걸 개의치 않은 채 빈소에 하루 종일 머물며 가끔은 밖에 나가 어딘가에 걸터앉아 우두커니 하늘을 바라보던 장례식장의 미스터리 남자가 그 남자인지는 끝내 알 수가 없었다. 그리고 우리 또한 그가 들어오거나 나가거나 누구냐고 묻지 않았다. 그러기에는 그의 눈에 담긴 슬픔이 너무 진해서 전염되어 오는 것을 감당할 수 없을 것 같았다.

그녀의 마지막 일주일.

그녀의 손끝에서 나온 마지막 언어들.

일주일을 칩거하며 어두운 골방에 꼼짝도 안 하고 말 그대로 처박혀 있었다. 그녀가 밖으로 나간 건 매일 저녁 근처 작은 마트에 간 것과 "아저씨, 소주 두 병 주세요. 얼마예요?" 이 말이 대화의 전부였다고.

일주일을 술에 찌들어 잠이 들곤 하던 그녀가 마지막 날 해운대에 가서 해답을 찾았다고 했다.

마지막 날 메모는 새벽 1시부터 오전에 한 번 다시 늦은 오후라고 적어 놓은 시점에 해운대에 갔다고 적혀 있었고 저녁에 나한테 전화를 했고 마지막 글은 시간이 적혀 있지 않았다.

"사랑하는 사람은 못 만나서 괴롭고 미워하는 사람은 만나서 힘들었는데 그 두 마음이 사라졌다. 그래서 마음이 가볍다. 완벽한 도피를 할 수 있으니까. 이제는 눈물도 나지 않는다. 울어야 할 이유가 없으니까."

그녀의 마지막 문장이었다.
내게 전화를 하기 전 적어놓은 문장이었다.
그리고 그녀는 떠났다.
정말 완벽한 도피였을까.

그녀가 떠난 뒤에야 나는 그녀가 살던 방을 처음 가보았다. 방을 보는 순간 또다시 가슴은 돌덩이를 밀어 넣은 듯 먹먹했다. 그녀처럼 예쁘고 우아하며 삶의 철학과 세계관이 멋진 여자가 거기서 어떻게 단 하루라도 버텼나 싶었다.

어둡고 빛이 전혀 들어오지 않는 작디작은 골방. 곳곳에 놓여 있는 바퀴벌레 약들과 그리고 사탕 한 봉지.

그녀는 마지막 일주일을 거의 끼니를 잇지 않았고 정말 죽을 것 같은 순간에 사탕 한 알씩을 입에 넣어 생명을 이어가고 있었던 듯했다. 바퀴벌레 약 옆에 나뒹굴어진 검은색 비닐 사탕 봉지를 들고 난 꺼이꺼이 울음을 삼켰다.

내가 그녀의 메모를 지금까지 버리지 못하는 건 기억하기 위해서다.
〈코코〉 영화처럼 이 세상에서 잊혀지면 저승에서도 사라질까 봐.
깊은 심연까지 헤아릴 수 없어 마지막 일주일에 손을 내밀어 주지 못한 아픔이 미치도록 나를 짓누르고 있지만 아리고 아린 통증을 굳이 피하려고 하지 않고 그녀를 기억하고 있다.

　손을 내밀었어야 했다.
　그리고 이야기를 나누었어야 했다.
　삶이 거창할 필요는 없다고. 매일 해 뜨는 걸 볼 수 있고 꽃이 피는 과정을 가만히 들여다볼 수 있고 오늘 저녁은 뭘 먹지 하는 단순한 고민들이 엮어가는 일상도 그냥 삶이 될 수 있다고.
　아무리 생각해도 스스로 먼저 간 그곳에서 정말 잘했다는 생각이 드는지 혹은 행복한지 물어보고 싶다고.
　인생은 원하는 걸 얻는 게 아니라 작은 것이라도 얻은 다음에 그걸 원하면 되는 거라고.
　원하는 것을 주지 못할 줄 알면서도 힘들게 산통을 겪는 순간 부모들은 온 힘으로 희망이라는 걸 품으며 새 생명을 내보낸다고. 그녀가 태어나는 순간 생명 자체로 이미 사랑받은 존재라고.
　그러므로 고귀하다고.

　그러나 다 헛된 것이다.

　자동차의 앞 유리가 백미러보다 넓은 것은 뒤를 보는 것보다 앞을 보는 것이 더 중요하기 때문이라고 했다. 하지만 우리는 중간중간 백미러와 룸미러를 보아야만 안전 운전을 할 수가 있다. 내 삶의 앞만 보고 달리지 말고 뒤도 옆도 수없이 돌아다보아야 했다. 나는 왜 옆과 뒤가 보이지 않았을까.

나만 바쁜 이기심.

달리고 달려도 오직 몇 미터 앞의 목적지만 보이는.

그 앞의 목적지가 변덕스럽게 수시로 바뀌고 있는지도 모르고.

삶은 행복을 쌓아가는 게 아니라 어쩌면 주어진 고통을 줄여가는 여정일지도 모른다는.

그 대화를 끝내 나누지 못한.

가장 가까운 지인이라면서 내가 해준 게 없어서.

그 말도 사치인 것 같아서.

그저 기억하고 또 기억하는 수밖에.

메모를 다시 서랍에 넣었다.

그녀의 이야기를 풀어내게 하지 못한 회한의 아픔 위에 그리움이 더해져 이 청명한 가을 하늘을 바라볼 수가 없다.

휭.

바람 소리가 더욱 스산하다.

그러니 그녀.

한 여자가 나를 참 아프게 한다.

내 좋은 술친구 그 남자

    직장 동료이자 후배인 그는 한마디로 막내 기질이 있어 조금은 단순하며 다분히 주관적인 시선이 강한 남자다. 역사나 사회적 상식이 풍부하고 책도 많이 읽어 문학적 감성이 뛰어나니 문서정리에 능하다. 성실하고 성품이 착한 데다 선배들을 대하는 태도는 매우 깍듯하여 모두 좋아하는 후배 중의 하나다.

    막내라는 인식이 은연중에 배어 있다 보니 단체 업무 중 필요한 자료나 도구를 가져온다든지 하는 것도 재빠르다. 그리고 비교적 남의 이야기를 잘 들어준다.

    남동생이 없는 나는 다른 동료한테 하기 어려운 시시콜콜한 가정사를 그에게 털어놓은 적이 많다. 무슨 이야기든지 내가 말하는 이유에 공감하고 때로는 같이 흥분해 주고 때로는 같이 안타까워해

주니 다른 사람이 뭐라고 하든 나에게는 좋은 술친구이다. 게다가 여자가 아닌 남자이니 여자들만이 가지는 묘한 스트레스를 느낄 필요가 없어 더욱 그렇다.

가을이 깊어가는 어느 날 우린 단체로 가을 산을 보러 갔다. 코로나가 주춤하자 보복여행이라도 온 듯 사람이 많아 고즈넉하게 가을을 즐길 순 없었지만, 저수지에 비친 빠알간 단풍 색깔이 너무 고와서 그냥 보기만 해도 좋았다. 가끔씩 머리 위에 낙엽들이 비처럼 사라락 날리는 것도 장관이었다.

그런데 문득 생각하니 그가 얼마 전부터 부쩍 말이 없어진 것이다. 목소리도 크고 대화하기를 좋아하는 사람인데 의아한 생각이 들었다.

술자리를 만들었다.

그날.

그는 술자리에서 통곡을 하고 울었다.

이유를 물어보아야 했다.

잠시 시간을 주고.

진정하기를 기다려 그의 이야기를 들었다.

10여 년 전에 부인이 주식에 손을 댔다고 한다. 백만 원으로 시작한 주식이 어느새 천만 단위를 넘어 억 단위가 되었고 도저히 감당할 지경이 안 되어 그에게 털어놨을 시점에는 몇억 대의 대출이 있었는데 그때 해운대 신도시 50평대 아파트값이었다. 요 몇 년 부동산값이 치솟아서 단순 비교는 할 수 없지만.

그는 며칠 밤을 새우며 고심하다가 공무원 외벌이 월급으로 이자를 빼고 나면 자녀 둘 학비랑 생활비가 부족할 게 분명하여 결국 아파트를 매각하고 말았다.

그의 계산으로는 일단 이자를 해결하고 생활비 아껴서 또 열심히 저축하면 처음 집을 살 때처럼 기회가 올 것이라고 믿었던 것이다. 하지만 세상일은 어디 뜻대로 되는 법이 있던가. 앞에 훤히 보이는 길을 향해 달려갔는데도 그 끝이 막다른 골목일 수도 있고 낭떠러지일 수도 있는 것을.

대출을 어느 정도 정리하고 저축을 좀 하자 싶을 때 아이들이 대학을 가기 시작했고 둘의 대학을 마치고 정년까지 남은 6년을 피 터지게 절약하여 다시 집을 사려고 했지만 부동산 대란이 일어난 것이다.

그의 꿈은 작고 실현 가능한 것들이었다.

계산상으로 6년이면 저축한 돈과 퇴직금을 합쳐 그저 둘이 노후를 보낼만한 작은 아파트를 마련하고 연금으로 알뜰하게 살아가면 그런대로 품위 유지는 하고 살아갈 터였다.

그런데 그걸 못하게 되었다.

그는 아무 잘못이 없다.

아내를 믿고 직장생활만 죽어라고 열심히 한 그는 갑자기 두어 해 만에 치솟은 집값을 도저히 감당하기 불가능해졌다. 퇴직금을 다 털어도 치솟은 전세밖에 감당할 수밖에 없었다는 그.

이건 대체 누구의 잘못인가.

거스를 수 없는 불가항력의 일들은 신의 계획이라 칭하지만.

너무 가혹한 신의 계획.

그는 테이블에 머리를 숙이며 꺼이꺼이 울었다.

"저의 40년 인생이 날아갔어요. 저는 그냥 아무것도 없어요. 평생을 일했는데."

나도 쇼크가 와서 멍한 가운데 그의 펑펑 쏟는 눈물을 보고 있자니 덩달아 울컥했다. 그에 대한 공감의 감정과 가련함의 감정과 억울함에 대한 분노가 뒤섞여 나를 울컥하게 만들었다. 그의 부인을 욕한다고 해결될 일도 아닌 그저 그 남자의 가여움.

한 남자의 일생이 허공에 흩어져 버린 듯하여.

인생은 어떤 사람을 만나고 어떤 일들을 저지르고 그렇게 또 얼기설기 헝클어져 살아가는 실타래지만 불의의 사고나 행운이 아니면 삶은 예측 가능해야 한다. 그는 예측할 수 없는 복병을 두 번 만났다. 아내의 주식투자와 정부의 부동산값 폭등이라는.

그의 인생은 그렇게 쌍으로 도둑맞았다.

누구에게도 말하지 못하고 10년 가까이 억눌러 왔던 일들은 나에게 털어놓고 한바탕 울어버림으로 해소되었을까. 아니면 시간이 지나고 더 응어리졌을까.

그 순간만은 물길이 터져 흘렀을 것이고 이내 얼마 지나지 않아 겨우 만들어 낸 그 물길은 다시 막혔을지도 모른다. 다만 내가 아는

건 그의 비밀스러운 아픔을 이미 한 번 공유했으니 만약의 경우 더
한 일이 생겼을 때 그만큼의 사연을 보태기만 하면 될 것이다.

그 대상이 생긴 것이다.
처음부터 다시 하지 않아도 되는.
위로든 공감이든 저절로 되는.
한번 설정해 놓은 와이파이는 그 장소에 가면 저절로 켜지듯.

그날 나는 그에게 언제든지 그 뒤의 이야기를 덧대어 들어줄 수
있는 와이파이가 된 것일까.
아니면 좋은 술친구인 그가 나의 와이파이가 된 것일까.

비밀번호 없이 켜지는.

심통회가 좋다

제목만 보면 모두 심통스러운 마음을 가진 모임인 줄 알겠다.

직장이 옮겨질 때마다 그곳에서 정든 지인들과 헤어지기 섭섭하여 꼭 모임을 만들었다. 앞으로도 계속 만나자고 하면서.

그러다 보니 40년 직장생활에 모임이란 것이 참 많이도 만들어졌다.

인원수도 대개 여덟 명에서 열두 명 내외인지라 만나면 시끌벅적하였다. 기다란 테이블에 네 명씩 앉다 보면 한 테이블에 마주 앉은 사람이 그날의 대화상대가 되기 십상이었다. 다른 테이블까지 대화내용이 잘 전달되지 않다 보니 열 명이 넘게 만나면 늘 분임토의를하는 기분이었다.

퇴직을 하고 코로나가 덮치면서 2년여간 모임이 중단되었다. 간간이 인원수 제한이 풀리기도 했지만 여섯 명 이상은 2년여간 불가능하였고 그러다 보니 모임을 굳이 하지 않아도 되는구나 하며 코로나에 익숙해져 갔다.

하지만 스스로의 의지가 아닌데도 서로에게 부여된 침묵과 단절의 시간들이 좀 흐르고 나니 만남이 그리워지는 텔레파시가 통하기 시작했다. 법을 어기지 않으려니 조심스럽게 몇 명만이라도 만나자는 텔레파시.

그렇게 해서 각 모임마다 나는 네 명 혹은 세 명 정도로 마음 가는 대로 교집합을 선택하여 작은 모임들을 만들었다.

그리고는 그 소규모 모임 이름을 심통회, 사랑스, 오장회 등으로 명명하였다.

심통회.

심통스러운 모임이 아니다.

우리는 서로가 서로를 찍었고 그래서 마음(心)이 통(通)한다는 뜻으로 의기투합하여 지은 이름이다.

내가 처음 만난 날부터 좋아한 선배, 여성답고 스스로를 럭셔리하게 만들 줄 아는 예쁜 후배, 용기 있고 주관이 뚜렷하며 자신의 일에 열정이 넘치는 또 다른 후배, 그리고 별 캐릭터 없는 나까지 그렇게 심통(心通)하고 있는 모임이다.

선배하고는 참 이상할 정도로 모든 것이 처음 만날 때부터 통했다. 손발이 너무 잘 맞아서 우리 둘이 일을 하면 다른 사람 대여섯 명이 한 것보다 창의적이면서도 빠르게 해결했다. 어느 날 시장을 가면 그 길에 선배가 있고 서로 연락도 없이 대학원을 갔는데 그 입학식에도 떡하니 있는가 하면 무슨 논문을 쓰면 선배도 같이 쓰고 있었던 평행이론 같은 일들이 자주 있었다. 어느 날은 생전 전화가 없던 선배가 남편이 운동하다 다쳤는데 혹시 나는 아무 일 없냐고 물었다. 하도 두 사람은 신기한 일이 많으니.

그리고 거짓말처럼 그날은 남편이 주차장에서 나가다 접촉사고를 낸 날이었다.

정말 그 선배하고는 평행이론이 있다고 서로 믿고 있지만 다른 점이 있다면 선배가 나보다 점잖고 감정 컨트롤을 잘하며 예쁘다.

우아한 후배 하나는 덕분에 우리를 매번 업그레이드시켜 주는 사람이다. 글을 쓰면 톡톡 튀는 신세대 문체와 함축된 언어를 간결하게 사용하고 사투리조차도 맛깔나게 녹여내는 자신만의 재능을 가지고 있다. 그녀는 우리가 가보지 않은 럭셔리한 곳이나 색다른 맛집 등을 데리고 가는데 놀라운 것은 가는 곳마다 오너들이 그녀한테 대하는 태도가 다른 것이다. 당신 때문에 더 준비를 했고 당신 때문에 이런 것도 특별히 서비스를 한다는 VIP대우이다. 그녀가 그동안 쌓아온 관계를 가늠하게 했다. 좋은 곳에 가서 좋은 것을 먹는 것이 삶의 가치는 아니겠지만 찰나의 순간 격이 높아진 것 같은 느낌이 드는 건 그녀만이 가진 럭셔리 홈그라운드 때문이라고 늘 생각한다. 그래서 그냥 좋다.

범인인 나는.

또 다른 후배는 한마디로 표현하자면 열정 그 자체이다.

평생 승진도 안 하고 곧 정년을 앞두고 있지만 그녀의 열정이 식는 걸 본 적이 없다. 우리말을 모르는 단 한 명의 다문화 아이의 수업결손을 막기 위하여 모든 관계기관을 동원하고 마침내 통역 한 사람을 섭외하여 수업 중 옆에 앉아서 도울 수 있게 만드는 열정. 누군가 그녀의 수업을 하루 종일 참관한다는 것 자체가 스트레스일 수도 있건만 그걸 감수하고 한 아이가 투명인간처럼 교실에서 시간만 때우다 가는 걸 막고자 하는 노력. 그 열정과 곧은 가치관은 그녀에게 경외심을 갖게도 한다.

　불의를 보면 참지 못하기도 하고.

　그렇게 서로 완전히 다른 네 사람은 1년에 서너 번 돈독한 모임을 갖는다.

　다름에도 불구하고 누가 무슨 이야기를 해도 거의 공감하고 우리 만남이 보다 나은 삶을 지탱해 주는 시간이라는 것도 공감한다.

　가족 이야기도 털어놓고 직장 이야기도 허심탄회하게 하고 조심스러운 말로 때론 정치적인 견해도 늘어놓는다. 종교나 정치에 아주 작은 이견이 있지만 우린 서로를 존중하기 때문에 아슬아슬한 고비는 슬기롭게 넘어간다.

　베풂이 나보다 못한 사람에 대한 배려라면 나눔은 비슷한 사람끼리의 배려일진데 우린 서로 나눔이 몸에 배어 있다.

　나눔의 행복을 아는.

　그래서 좋다.

　심통회가.

술 한잔하면서 나누는 이야기들은 끝이 없어 매번 12시가 가까워서야 헤어진다.

그런데 물어보지 않은 궁금함이 있다.

이들의 배려심이나 혹은 이들의 타고난 선함이 술 좋아하는 나를 배려해서 12시까지 있어주는 건 아닌지.

나는 그들에 비해 한없이 부족하고 그리고 그들이 나만큼 술을 잘 마시는 것도 아닌데 매번 우리가 늦은 시간까지 함께하는 이유가 그녀들의 깊은 공감능력 때문인지.

나를 좋아해서 하기보다.

언젠가 한번은 물어봐야겠다.

수많은 그들과 시간의 옷을 입으며

한 사람을 향한
그리움을 만나는 시간

직장을 몇 번 옮겨 다니다 보면 의도치 않게 인연들은 늘 바뀌게
된다.

사람의 일인지라 매번 내 마음에 드는 좋은 인연들로만 채워지지
는 않는다. 어떤 만남은 다시 맺고 싶지 않고 어떤 인연은 오래 이어
가고 싶다. 발령장 하나면 옮겨가는 신세인지라 선택의 여지가 없어
그저 운이 좋으면 좋은 인연을 만나려니 하고 새해를 맞이하곤 한다.

내게 좋은 인연이라는 것은 만났을 때 정다운 것이다.

불쾌함이 없고 가만히 상대방의 언어나 행동을 바라볼 때 다 이해
가 되어 미소가 나타나는 만남. 대화가 길어져도 즐겁고 정다운.

'정다운'의 사전적 의미는 '정답다'에서 파생된 친밀한, 다정한 등
으로 나온다. 내가 꽤나 좋아하는 어휘인데 결국 한국인이 가장 좋

아하는 '정'이라는 것이 많다는 의미이겠다.

여러 개의 모임이 있는데 내가 이 모임을 가장 좋아하는 이유는 그 정다움이 있기 때문이다.

이 모임을 주도한 한 남자가 있었다.

나보다 세 살 어리지만 명석하고 인간관계가 좋아 두루 사람들을 몰고 다녔다. 일찍 승진하여 나보다 상사였던 그는 사석에서 늘 "누님."이라고 부르며 자잘한 업무는 모두 내가 처리할 수 있도록 권한 배려를 많이 하였다. 그리고 젊은 후배들도 사석에서는 항상 이름을 불렀는데 그가 그렇게 "J야.", "H야." 하고 이름을 부를 때는 모두가 그에게로 마음이 향하는 마법이 그 시간 속에 머무르곤 했다. 술을 좋아하고 토론을 좋아하다 보니 늘 새벽 2시를 넘기기 일쑤였고 거짓말 같지만 다음 날이면 모두들 더 열정을 다하여 일을 하곤 했다.

행복한 일터였다.

그렇게 시간이 빨리 갔다.

행복한 시간은 더 빨리 가는 법이라.

더 있었더라면 좋았을 거라는 아쉬움이 우리 모두에게 있었고 지금도 만날 때마다 그때만큼 좋은 시간은 단연코 없었다고 매번 확신한다.

그는 떠났지만.

젊고 똑똑하고 잘생긴 남자들이 그때 유난히 많았는데 우린 F4라고 불렀다. 그때 한창 인기를 끌던 〈꽃보다 남자〉 드라마를 인용한 것인데 사실 우리 멋진 남자들 숫자는 네 명이 훨씬 넘었다. 그래도 수에 상관없이 예닐곱 명 정도를 다 F4라고 불렀다.

S는 키가 작고 날렵했다. 운동하고는 거리가 멀 것 같은 체구인데 배구를 할 때면 날아다녔다. 그가 주로 맡는 포지션이 뒤쪽 리시브 라인인데 거의 실수가 없었다. 어떤 공격이 와도 안정적으로 받아냈고 혼자서 세 사람 정도의 몫을 해냈다. 국악에도 조예가 깊어 다양한 예술적 감각을 가지고 있는 재간둥이였다. 어느 날 물방울무늬의 블라우스를 입고 출근했던 적이 있었다. 사람들이 물방울무늬가 산뜻해서 여름에 좋다고들 하자 그가 "부장님은 온몸이 땡땡이인데요 뭘." 하는 그 말에 나는 땡땡이 부장이 되었지만 별로 기분 나쁘지 않았다. 땡땡이는 물방울무늬의 일본어이고 통통하고 올록볼록한 내 체형을 그리 빗댄 것이지만 언어의 조형성보다 사람의 감성을 읽는지라 지금도 만나면 웃음의 소재가 되곤 한다. 그는 나이가 들고 리더가 되어가며 깊이 있는 남자가 되어가고 있다.

늙어가면서 근육이 빠진 나는 더 이상 물방울 체형이 아니고.

Y는 삶이 평탄하지 않은 사람이라 표정은 늘 우수에 잠겨 있다. 크고 작은 가정사가 늘 그의 발목을 잡고 있어 저 사람이 언제 한번 편히 살아갈까 애잔한 마음이 들곤 했지만 정작 그는 내색을 잘 하지 않는 편이었다. F4에 걸맞게 커다란 키, 또렷한 이목구비에 파도치는 곱슬머리는 매력적이었다. 운동도 잘하고 업무 능력도 우수하고 직장 내의 궂은일은 망설이지 않고 앞장서서 하는 타입이었다.

근간에 만났을 때 승진도 하고 이제는 모든 게 안정적이 된 것 같아 마음이 놓였다. 내가 좋아하는 솔직함과 예술가적인 외모와 우수는 여전했고.

E 역시 키가 크고 수려한 외모를 가졌는데 거기다 못 하는 게 없는 남자였다. 컴퓨터 활용능력과 운동은 물론 특히 음악적 감각과 능력이 탁월하여 해본 적 없는 오케스트라를 조직해서 아이들의 재능을 살렸다. 그는 어떤 선택의 순간에 안주하는 삶과 새로운 삶의 경험을 놓고 고민하더니 경험을 선택했다. 다른 F4들이 거의 승진을 하거나 문턱에 와 있을 때 그는 아이들에게 더 넓은 세상을 보여주고지 사우디로 날아갔다. 그의 생각은 사우디에 근무지를 기점으로 3년 정도 있으면서 유럽과 아프리카 중동의 세계를 아이들에게 보여줄 생각이었는데 코로나가 떡하니 막았다.

3년을 사우디 안에서만 보내고 돌아오니 동료들의 직책이 달라지고 있었다. 3년 만에 만난 그의 표정이 사우디보다 첨단을 달리는 우리나라 교육 환경에 다시 적응해야 하는 고뇌이 묻어나 보여 그 선택을 내가 되씹어 보게 만들었다.

우린 누구도 미래를 알 수 없다.

그가 그곳을 택한 건 승진이나 명예 이런 것보다 아이들에게 제공해 주고 싶은 그 어떤 경험과 새로운 모험이었지만 인간의 힘으로는 알 수 없는 코로나의 습격으로 아까운 시간을 사우디 속에서도 정말 한정된 공간 안에 갇혀 있었다. 오직 그것 하나로 자신의 목표를 수정했었는데.

언뜻 그의 얼굴에 스쳐 지나가는 것은 약간의 회한 같은 거. 선택은 종이 한 장에 서명하는 순간이지만 결과는 참으로 예측할 수 없는.

우린 알 수 없는.

하지만 그는 자신의 선택이 괜찮았다고. 변수는 있었지만 조금 돌아가도 길은 늘 있게 마련이니까. 그리고 지금 완전히 궤도를 찾았으니까.

그럼에도 괜히 코로나를 원망하게 되는 건 그를 너무 좋아하기에 내가 갖는 애잔함.

N은 피부가 하얗고 소년 같은 동안의 눈빛과 미소를 가진 사람이었다. 자신의 일에 죽을힘을 다하고 불의와 타협하지 않는 정의로운 남자였다. 한번 믿으면 신뢰감을 버리지 않는 것도 그의 특징이었다. 회식을 가면 막내라고 알아서 주문을 하곤 하는데 술이 떨어지면 항상 냉장고를 열어 두 병을 딱 꺼내 들고 양팔에 끼워 걸어오는 것이 그의 트레이드마크처럼 인상적이었다. 불의에 관한 한 투사 같은 그의 정의로운 모습에 비해 소주 두 병을 옆구리에 끼고 테이블로 걸어오는 모습은 왜 그렇게 귀엽던지. 그리고 그 뒤에 숨겨진 따뜻하고 부드럽게 깔려 있는 심성은 왜 그렇게 우리를 웃음 짓게 하던지.

그래서 그가 회식에 오지 않으면 그립다.

지금 같은 코로나 시국엔 더욱더.

H는 운동을 잘하고 영리하며 키도 크고 잘생겼다. 스스로도 알고 있는 외모인 듯하지만. 배구를 할 때 그가 때리는 스파이크는 멋짐 그 자체였다. 일도 잘하고 분위기 메이커라 그가 있으면 회식자리가 즐거웠다.

탄탄한 체격에 나름 애교도 있고.

J는 온순하고 정직하며 참 모범적인 사람이다.
말을 많이 하지 않아도 행동으로 반듯함을 보이고 어느 쪽으로 치우치지 않는 균형 감각이 있다. 합리적인 사고와 감정에 휘둘리지 않는 침착함이 늘 그를 돋보이게 한다. 정말로 성실하고 단정한.
누구라도 표를 던질 반장 혹은 실장님 타입.

가장 말이 잘 통하는 G는 문학적이고 영민한 데다 특히 현대시조에 능하여 그녀의 감성을 읽다 보면 골라 쓰는 곱고 세련된 어휘에 감탄을 금할 수 없다. 언어의 마술사 같은 톡톡 튀는 대화와 유머는 늘 우리를 깜짝 놀라게 한다. 사고가 합리적이고 추진력과 실천력이 남다른 그녀. 많은 사람을 배려할 줄 알고 최선을 다하는 모든 면이 사람들을 즐겁게 모이게 하는 리더십을 가진 멋진 여인이다. 이미 셀럽 반열에 든 시조시인이기도 하고.

조신하고 격조 있는 O는 모임을 차분하게 이끌어 가고 교양과 겸손함을 갖추고 있어 너무 좋아한다. 예의 바르기로 하면 전국 1등이고 두루 주변을 살피고 살펴보는 마음 씀씀이는 사랑스럽다. 그녀가 그리는 사군자만큼이나 우아하고 누구에게나 본이 되는 본받고 싶은 후배.
군더더기가 없는 깔끔한 여인.

일찌감치 승진하여 모든 것을 누리고 퇴직한 K는 퇴직하고 나서도 전국을 자전거 라이딩으로 일주하고 서각을 틈틈이 하여 전시회를 할 정도로 시간을 헛되이 보내지 않는다. 그는 정말 모든 것에 대한 사리판단이 명철하고 이타심이 풍부하며 행동은 남자답고 추진력도 최강이다.

발랄하고 톡톡 튀는 감성이 좋은 CH, 늘 우리에게 이질감을 주지 않는 어울림의 MJ, 내가 만약 아들이 있다면 며느리 삼고 싶을 정도로 여성적이고 마음과 말본새가 아름다운 SN.

이렇게 많은 사람들로 모임을 만든 것은 아마 나에게도 처음이자 마지막일 것이다. 비슷한 숫자의 모임들이 있었으나 코로나의 강을 건너며 목적지에는 마음이 통하는 몇몇으로 추려져서 지금은 이 모임의 숫자가 가장 많다.

락희럭키(樂喜lucky).

즐거울 락, 기쁠 희, 행운의 럭키. 즐겁게 기쁨 가득 만나니 어찌 행운이 함께하지 않겠는가. 이 모임에 딱 맞는 이름.

그걸 만들어 준 것이 그 남자다.

나에게 누님이라 부르던.

눈썹이 짙고 목소리가 매력적이며 세상에 어울려 열정적으로 흥미롭게 살아보고자 했던. 머리는 천재이나 가슴은 마카롱같이 순식간에 녹아내리던 부드러운 남자.

그저 모두와 더불어 사는 세상을 꿈꾸던.

우리가 코로나의 다리를 건너면서도 유일하게 이탈하지 않고 모두 만나고 있는 것은 그 남자의 숨결 때문인지도.

눈치채지 못하게 갑자기 그에게 다가왔던 무서운 폐암. 그 잔망스러운 암을 이기지 못하고 짧고 굵게 살다 떠난 그 남자. 어디선가 후배에게 다가가 "C야." "Y야." 하며 부르고 나타날 것 같은 남자. 덕분에 이제 모두 직장에서 헤매지 않는 길을 잘 선택했고 그 정점을 향해 달려가고 있는데.

그가 없다.
그가 그립다.
그래서 우린 만난다.
불놀이의 깡통을 돌리면 늘 안전하게 원을 그리며 계속 돌아갈 수 있게 그 원심력을 지탱해 주는 줄의 구심점인 손가락.

그가 없으니
이제 누구든지 손가락에 줄을 걸고 돌릴 것이다.
서로를 바라보며.
힘차게 둥글게.
누군가 손가락을 치켜세울 때마다
깡통의 불은 환하게 돌아갈 것이니.

그리움은 누군가를 좋아하기 때문에 오는 것.
그러므로 그리움은 좋아한다는 것의 동의어.

우리가 만나는 것은 서로의 얼굴이 아니라 한 사람을 향한 그리움을 만나는 것.

그 시간은.

우리도 덕질을 한다

   모임의 선배 하나가 김호중한테 푹 빠졌다.

   어느 방송사의 트로트 오디션 프로그램을 보고 난 후부터 마음 약하고 인정 많은 그 선배는 노래도 노래지만 김호중의 인생사에 빠져든 것 같았다. 만나기만 하면 김호중 이야기로 신이 나 있어서 다른 이야기가 끼어들 틈조차 없었다.

   건강해 보이던 선배였지만 가벼운 신장암으로 수술을 받았는데 스스로 수술의 성공을 자축하며 우리 모두에게 선물로 건넨 것도 김호중 음반이었으니 젊은 세대만 하는 줄 알았던 그 덕질이란 것을 선배가 아주 열정적으로 하고 있는 것이다.

   새로운 노래가 떴다 하면 그 시간에 팬클럽이 다 같이 클릭을 함으로써 순위가 올라가는 게 있는 모양인지 모임 중에도 클릭해야 한다고 숨을 죽이고 휴대폰만 들여다볼 정도였다. 팬클럽 가입은 물론이고 그가 공연하는 곳마다 보라색 티셔츠까지 맞춰 입고 다니기 시작했다.

열정.

누군가의 덕후가 되는 건 아마 스스로의 존재를 확인하는 시간이기도 한 것 같았다. 선배는 김호중의 과거사부터 현재는 물론 공연 일정과 세세한 에피소드까지 꿰뚫는 것 자체가 그를 아는 것이며 그의 완전한 팬이 되는 것이라 여기는 것 같았다.

．

나는 처음 보았다.

그 선배의 그처럼 행복한 모습을.

딸이 의대를 들어가고 또 다른 딸은 미국의 저명한 대학에 합격해도 그만큼 행복한 표정이 아니었는데.

선배는 새로운 사랑을 하고 있었던 것이다.

이제 자신이 주는 사랑을 받기보다 이미 내리사랑을 하고 있는 독립된 자식들. 그들이 품 안에서 날아가자 다시 사랑을 줄 수 있는 새로운 대상을 찾은 것이다. 어려운 가정 형편을 딛고 어려운 클래식을 독학으로 하고 이제는 크로스 음악을 하는 김호중의 모든 것에 선배는 마음을 빼앗긴 것이다.

그래서 그 덕질하기가 아름답다.

스스로 가장 행복할 수 있는 순간을 만들어 내었으니까.

얼마나 가슴 설레고 희열이 있으며 행복한 일이겠는가.

누군가의 덕후가 될 수 있다는 것은.

팬들과 함께하는 김호중과의 크루즈 여행도 계획하고 있고.

그저 생각만 해도 늘 설렘 가득한 선배의 덕질하기.

70대 후반에도 열정과 시간과 물질까지 내어줄 수 있는 덕질하기.

얼굴에 나타나는 행복의 수치.

스스로 행복하니 모든 것이 행복한.

MZ 세대만 하거나 청소년만 하는 것이 아니다.

우리도 덕질을 한다.

하지만 나는 아직 없다.

덕질할 대상이.

덕후가 되고 덕질할 대상이 없는 내가 무감각하고 메마른 사람인지.

아니면 그 대상을 기다리고 있는지도.

나도 덕후가 될만한 열정 하나쯤 숨기고 있을지 모르니.

아직 찾지 못했을 뿐.

산수회는 산수회로
남을 수 있을까

직장을 돌고 돌아 20년 만에 첫 발령지의 동기를 만났다.

반가웠다.

하지만 오랜 세월이 지났고 내 살아온 시간들이 워낙에 바쁘고 변화무쌍했던지라 예전에 같은 근무지에 있었어도 그에 대한 기억은 조각조각 단편적이고 잘 생각이 나지 않았다.

그는 의외로 나에 대해 많은 걸 기억하고 있었다. 나도 모르는 것들을.

실습을 도와준 것도 자료를 만들어 준 것도 심지어 수업발표 때 판서를 해준 것도 기억하고 있었다. 나는 정말 기억하지 못하는.

동기라는 공유의식은 단번에 우리 사이의 갭을 없앴고 별거 아닌 것들로 즐거워했다. 그러다가 같은 학년이 되면서 유난히 마음이 잘 맞았던 우리 모두는 틈만 나면 국내 좋은 곳을 찾아다니기 시작했다.

그러면서 지은 이름이 산수회.

운전을 잘하고 웬만한 좋은 곳을 잘 알고 있는 그와 관광회사를 차려도 될 만큼 전국의 골목길까지 알고 있는 B가 있어서 가능한 일이었다.

산수회.

보통은 만난 연도나 학교 이름을 써서 모임을 만들었는데 경치 좋은 산과 물을 찾아다니며 심신을 정화하고 서로의 행복을 찾아가자고 만든 산수회.

회장님이라 부르는 언니는 자신의 모든 것을 내어주는 품이 넓은 사람이고 야무지고 총명한 선배 J는 어디에서든 유머를 갖고 와서 우리를 즐겁게 하고 내 친구 H는 미모가 뛰어나 별명이 황진이지만 겸손하고 아름답다. 동기인 듯 동기 아닌 B는 그의 등에 얼굴을 기대어 잠이 들어도 아무도 이상하게 보지 않을 만큼 편안하고 좋은 남자이며 S는 정말 인생을 열심히 살고 마음에 흠결이 없어 늘 정이 가는 여인이다. 후배 M은 사리분별이 정확하고 감정 컨트롤을 잘해서 치우침이 없으니 내가 배울 점이고 또 다른 C는 주어진 자신의 인생 몫을 묵묵히 살아내며 해박한 지식을 갖고 있어 그 또한 내가 선망하는 후배이다.

그런데 그가 없다.

정작 산수회를 만든.

수많은 그들과 시간의 옷을 입으며

생각해 보니 암으로 참 많은 지인들과 가족을 잃었다.

유난히 내 주위에 암 환자가 많은 건지.

다들 그러한지.

마지막까지 희망을 놓지 않았던 그였지만 담관암이라는 독한 녀석은 그를 끝내 데려갔다. 내게는 참 소중한 사람들을 많이도 데려간 암.

아무리 생각해도 무서운 암.

우린 이제 모두 퇴직을 했다.

그 말은 평균연령이 높다는 것에 다름 아니다.

슬슬 아픈 사람도 생겨나고 이런저런 개개인의 자잘한 일들이 생겨 예전만큼 자연을 찾아다니는 산수회의 목적을 달성하기 어려워졌지만 그래도 열심히 만나 소소한 이야기로 시간을 보낸다.

언뜻 보기에는 전혀 생산적이지 않은 잡담만 하다 가는 시간들.

누군가 아픈 곳이 생겼다고 말하면 전부 귀를 세우고 몸을 앞으로 내밀며 알고 있는 상식들을 전수해 주기 바쁘고 누군가 좋은 소식이 있으면 박수를 치고 누군가 힘든 소식이 있으면 그저 함께 고개를 숙이고 침묵을 만들어 주는.

그런 시간들.

어느 날.

그런 시간들을 보내고 늦은 밤거리를 걸어오다가 그들에게서 어릴 적 교실의 풍경을 보았다.

누가 말할 때 몸을 앞으로 내밀어 들어주는 것. 누가 힘들 때 고개를 숙이며 끄덕이는 것으로 공감해 주는 것. 누가 아플 때 너도나도 투병 지식을 보태주는 것.

초등학교 때 손들고 답하듯이.

메말라 가는 감정으로는 할 수 없는.

참 해맑은 영혼들.

그러니 우리의 별것 없는 것 같은 그 시간을 잡담만의 시간이라고 단정 지을 수 없는 것이었다. 어린아이같이 '우리 함께'라는 마음으로 만나는.

산수회의 중심이던 그는 없지만.

그 등에 기대어 잠도 잘 수 있는 또 다른 주축인 B가 버티고 있는 한.

다음 달도 또 다음 달도 소소한 잡담으로 어린아이처럼 서로를 바라보면 될 것이다.

눈부시게 좋은 날들은 산수회는 다시 산수회답게 움직이면 될 것이고.

산수회는 그렇게 산수회로 남기.

산과 물은 늘 그 자리에서 우리를 기다리고 있으므로.

찾아가는 몫은 우리가.

그렇게 끝까지 산수회로.

시행착오라도 좋았던
지리산의 한 달

제목을 써놓고 보니 〈지리산〉이라는 티브이 드라마 제목이 떠오른다.

내가 본 지리산의 이미지를 떠올리며 그 절경 속에 사는 사람들의 에피소드들이 엮어내는 휴먼 드라마를 기대했는데 스릴러였다. 계속 보지 않아서 내용을 가타부타할 수는 없지만, 지리산의 그 장엄함과 깊음 속에 있는 정적, 고요와 계곡과 산자락의 오묘함 그리고 모든 산이 각각의 특정된 개성을 갖고 있는 지리산만의 지리산다움을 나타내지 않아 내심 우울하기도 했다.

퇴직을 하고 처음으로 한 달을 살아보고자 떠난 곳이 지리산이었다. 전국을 돌아다니며 한 달 살기를 해보는 것이 버킷리스트 중의 하나이기도 했고.

함양 어디메 햇살 바른 골짜기에 지인의 별장 같은 주택이 있어 한 달을 빌렸다. 뒷산 자락은 밤나무가 숲을 이루고 탁 트인 앞 전경은 널따란 밭이 나지막하게 펼쳐져 있어 전형적인 전원 풍경이 나를 매료시켰다.

전 주인이 꽃을 좋아해서 금전적 여유만 생기면 꽃나무를 사다 심었다더니 정원은 작지만 가끔 어린이집 원생들이 꽃 관찰을 하러 올만큼 종류도 많았고 나름 배치를 잘해놓아서 아름다웠다. 비슷한 전원주택 다섯 가구가 서로 간격을 두고 있었는데 첫날 그 산기슭을 올라가면서 본 빨간 지붕의 오밀조밀한 풍경은 그림으로만 보던 스위스 어느 시골마을을 옮겨놓은 것 같이 아름답기 그지없었다.

어느 집에도 울타리가 없어 그저 오며 가며 들여다보고 옆집의 꽃 구경도 힐끔힐끔하던 지리산 자락.

우리가 캐리어랑 몇 개의 생필품을 들고 도착하는 첫날.

이웃 사람들의 시선이 일제히 쏠리는 걸 느꼈다. 다섯 가구가 다 혼자 살거나 노부부여서 우리가 가기 전에는 총 여섯 명이 살고 있었던 듯했다. 그러니 낯선 사람의 존재는 궁금함과 걱정스러움을 동시에 안겼을 것이다.

도착해서 짐을 풀고 나니 이미 저녁 시간이라 우린 읍내에 가서 유명한 지리산 흑돼지를 먹고 왔는데 집으로 오는 길이 칠흑 같았다. 낮에는 그리 아름답던 오르막길이 자동차의 라이트로는 꼬불꼬불 길을 다 밝히지 못해 무섭기 짝이 없었다.

도착해서 주위를 보니 모두들 일찍 자는지 전등이 다 꺼져 낮에 보았던 스위스풍의 아름답던 마을은 오간 데 없고 캄캄한 어둠 속에 휘청거리는 검은 나무들의 움직임은 왜 그리 무서운지 머리끝이 쭈뼛해졌다.

아! 밝은 아침이 너무 그리웠다.

비로소 느껴지던 깊은 산.

지리산.

일찍 잠을 청했다.

하지만 밤새도록 흐느끼는 것 같은 나무들의 울음소리와 마치 밖에 누가 서 있는 듯 덜컹거리는 거실 문소리는 쉽게 잠을 청할 수 없게 만들었다.

우여곡절 끝에 잠이 들긴 들었나 보다.

"어이, 아침 해가 훤한데 아직 자슈?"

누가 진짜 거실 문을 두드렸다.

시골마을의 특징.

울타리가 없는 곳이고 모두 단층 주택이라 누구나 이웃집 거실 안을 공동공간처럼 들여다보는 곳. 그렇게 공유가 가능한 곳. 우린 몰랐지만.

시골 문화가 익숙지 못한 우리는 소스라치게 놀라 옷도 제대로 못 입은 채 일어났고 아랫집 그분은 대화가 하고 싶은지 마당에서 계속 서성이고 있었다. 조금 있다가 자기 집에 놀러 오라고 하면서.

커피 한 잔을 하고 정신을 차려서 내려갔더니 산나물 전이랑 담금주를 정자에 펼쳐놓고 있었다.

아이고 아침부터.

"여기는 다섯 집이 있는데 두 집은 자매가 각각 혼자 들어와서 살고 한 집은 치매 부인을 둔 부부가 살아. 그 부부는 매일 치료를 받으러 나가니 거의 비어 있어서 우리 두 집이 잘 지내야 하는 거야."

잠깐 머리가 멍했지만 얼른 이해를 했다.

"어르신, 저희는 한 달만 살아보러 온 거예요. 여기 정착하는 게 아니라서."

"아니 그러니까 한 달 살아보고 집을 산다고 했다며. 우리랑 잘 살아보면 여기도 좋다고."

이히. 그러니까 말이 잘못 전달된 것이었다.

그분은 우리 말고는 온전한 부부가 없어 대화는 물론 자잘한 이웃 문화생활도 제대로 할 수가 없었던 모양이었다. 원래 내게 집을 빌려준 지인도 세컨드 하우스로 사놓고 어쩌다 들르는 정도였으니까.

한 달 살기가 한 달 살아보고 집을 사는 거로 전달된.

취직 시험을 치른 사람들이 겪는 가장 큰 고통이 결과를 받아들 때까지의 희망고문시간이라 했던가. 얼른 희망고문부터 꺼야 했다.

"어르신, 저희는 여기 그냥 한 달만 휴양차 온 거랍니다. 남편이 몸도 허약하고 해서. 공기 좋은데 한 달만 머무르다 갈 거예요. 이사는 오지 않습니다."

남편은 건강하기 이를 데 없지만 이럴 때 요긴하게 쓸 수는 있다.

겉모습이 몸이 워낙 야위고 허약해 보이니까.

환자라 해도 모두 믿을 만큼.

실망의 그늘이 그을린 그분의 얼굴 위로 스쳐 갔고 내 얼굴엔 괜한 죄송스러움이 지나갔다.

　이웃을 생각하지 못했다.
　내가 생각하는 한 달 살기는 나를 모르는 곳에서 내가 아닌 나의 모습을 보면서 살아가는 것이었다.
　혼자서.
　아무것도 방해받지 않고.
　오고 가는 것이 다 보이고 거실 안이든 주방 안이든 고개만 들이밀면 무엇을 먹는지 무엇을 하는지 다 보이는 아기자기한 그곳이 갑자기 짐이 되기 시작했다. 한 달 임대료를 준 것이 아까웠지만 낯선 교류가 힘든 나는 결국 이웃을 피해 끊임없이 집을 나가서 지리산 자락을 떠돌아다니다 3주를 겨우 채우고 떠나왔다. 그것조차도 주말을 핑계로 집으로 매번 돌아오면서.

　그럼에도 지리산은 충분히 아름다웠다.

　늘 그랬듯 아침이면 어김없이 커피 한 잔을 들고 벤치에 앉아 앞에 펼쳐지는 아침 안개랑 멀리 보이는 저 산도 지리산인지 아닌지 궁금해하는 시간을 되풀이하면서 시작했다.
　'저 밑에 오른쪽 하우스는 버섯농장, 왼쪽의 저 대숲은 함양 시내 가는 쪽….'
　별 하릴없이 커피와 함께 그런 상념에 빠져들곤 했다.

뱀사골은 계곡이 깊었고 천년송까지 걷는 길은 옆으로 펼쳐지는 산자락을 감상하느라 순식간에 올라갈 정도로 아름다웠으며 달궁계곡에서 먹었던 산채정식도 기억에 남았다. 상림숲을 돌다가 생각나는 대로 벤치에 앉아 끄적인 시답잖은 시어(詩語)들. 길을 잘못 들어 헤맸던 칠선계곡. 좋지 않았던 건 아무것도 없었다. 게다가 손자들도 와서 이틀 정도 머물며 지리산의 중요한 곳에 발자국을 남겼으니 그만하면 첫 한 달 살기는 성공이었다.

시행착오치고는.

부족한 건 나 자신이었다.

다른 모든 건 나누어 주면서도 낯선 이에게 시간을 내어주지 못하는.

지리산은 그처럼 무한하게 자연의 모든 품을 내어주는데.

대화 몇 마디 시간 한 자락 내어주었으면 될 것을.

그것을 못내 불편해했고 그 아름다운 지리산에서의 한 달을 완주하지 못했다.

처음은 나에게 그렇게 어려운 거였다.

하지만 조금 어색했던 그 시간 속에서 뭔가를 배웠다면 그건 실패가 아니다.

난 그 첫 한 달 살기를 통해 두 가지의 선택지를 배웠다. 하나는 완전히 프라이버시가 보장되는 독립된 공간에서 한 달 살거나 또 하나는 아예 이웃에게 마음과 시간을 내어주기.

시소의 균형을 잡는 일.

수많은 그들과 시간의 옷을 입으며

무게가 약한 쪽에 한 사람을 더 태우거나 무거운 쪽이 엉덩이를 살짝 들어주고 발에 힘을 주는 것.

내게 있어서는 엉덩이를 살짝 드는 것.

그렇게 균형을 맞추며 살아가면 될 일이었다.

인생은 어차피 혹은 어떻게든지 균형이 맞도록 되어 있으니까.

내가 사랑받는 크기는 결국 내가 사랑을 준 크기와 등가이듯이.

묵호라는 이름이 더 정다운
동해에서의 한 달

어렸을 때 어른들이 이야기하는 것을 엿듣는 게 참 재미있었다.

귀 기울이면 신기한 어른들의 알지 못하는 세계가 펼쳐졌고 먼 훗날 나도 가지게 될 그 세계에 대한 환상이 있었다. 알아듣기 어려운 언어도 있었지만 앞뒤 맥락으로 대충 이해를 했던 나는 그 덕분에 어쩌면 언어 이해력의 폭이 넓어졌을 수도 있겠다.

강릉 외곽 산골에 살던 우리에게 아빠는 묵호와 주문진에 다녀온 이야기를 자주 하셨다. 일자리를 구하러 갔던 경우도 있었고 주문진에 사시는 친구분을 만나러 가신 적도 있었다. 묵호에 다녀오신 날은 임연수(나는 어릴 때 이명수로 기억했다) 몇 마리를 들고 오셨고 주문진에 다녀오신 날은 오징어 몇 마리를 또 들고 오셨다. 쌀이 거의 보이지 않는 감자가 주식이었던 우리에게 화롯불에 구운 임연수 구이

수많은 그들과 시간의 옷을 입으며

와 오징어 간식은 별천지 맛이었다.

그 맛있는 것들을 먹으며 아빠가 엄마랑 하는 이야기를 들으면 본 적도 없는 주문진 아저씨 얼굴이 저절로 떠올랐고 농사가 싫어 항구 일이라도 해볼까 한다는 아빠의 이야기를 들으면서 묵호항을 나의 환상대로 그려보곤 했다.

고작 다섯 살이었는데.

그 묵호항이 지금의 동해다.

그래서 택했다.

상상 속의 묵호항에서 살아보기 위해.

두 번째 한 달 살기인데 일단은 첫 경험을 토대로 프라이버시를 지키는 쪽으로 집을 구했다.

동해시 비교적 번화가에 위치한 아파트였다. 우리가 드나드는 것을 딱히 눈여겨보는 사람이 없었던 것은 그곳이 이미 공유숙박으로 등록된 곳이라 이웃들이 별 관심이 없었다. 지리산같이 관심을 가지거나 동행하기를 원하는 사람이 없으니 마음이 너무 편했다. 자유롭고 또 자유로웠다. 역시 자유로움이 나의 체질.

어릴 때 상상하던 작은 배 몇 척과 어부들의 삶이 드러나는 항구는 물론 아니었다.

60년이 넘게 흘렀으니.

관광객이 들끓었고 수많은 횟집과 각종 건어물 파는 상점으로 붐볐다. 우리 아파트 옆으로는 천곡동굴이 바로 붙어 있었는데 천연

동굴이라 규모는 작아도 그곳 또한 관광객이 끊이지 않았다. 들리는 말로는 우리가 머무는 아파트 공사 중 발견했다나.

지리산 같은 아늑하고 정겨운 느낌도 없고 강원도라 하면 산새가 대표적 그림인데 그런 느낌을 가질 자연조건도 주변에는 없었지만 모든 것이 익숙하여 정말 이사 와서 사는 느낌이 들었다. 동해시청이 지척에 있는 중심지에다 식당이랑 맛집이 수두룩했으며 쇼핑몰이랑 웬만한 편의시설은 다 있어 조금 작은 부산 같았다. 밤만 되면 칠흑 같은 어둠에다 거실 통창 밖에 드리우는 나무 그림자가 사람의 형상 같아 두려움으로 잠을 못 이루던 지리산과는 사뭇 달랐다.

삼척 동굴 순례는 물론 한국의 나폴리라는 장호항 탐방, 묵호항 등대랑 논골담길 등 관광하듯이 쏘다녔다. 중간에 손자들을 맡기고 간 딸아이 때문에 손자들을 위한 일정이 더 많았던 한 달이었다. 무릉계곡 물은 어찌나 차갑던지 8월의 한여름에도 손자들이 5분을 넘기지 못하고 물에서 나오곤 했다.

아! 그리고 아빠의 이야기에 등장했던 북평 장도 열릴 때마다 가곤 했다.

메밀전병이랑 감자전을 먹고 부산 올 때 사가지고 왔던 강원도 막장. 된장도 아닌 것이 고추장도 아닌 것이 그 중간 맛에서 숙성된 텁텁하면서도 구수함이 독특한 강원도 막장의 맛.

장소만 조금 다른 곳으로 옮겼을 뿐 부산서 사는 것과 별반 다르지 않았던 동해 한 달 살기.

지리산에서 낯섦으로 인하여 나를 내어주지 못한 것을 후회했다면 동해는 너무 익숙함으로 인하여 감흥이 크다거나 아주 특별한 경험이 생기거나 하지 않아서 조금 아쉬웠다. 문밖만 나서면 네온사인이 번쩍이고 온갖 맛집을 골라 다닐 수 있는 부산과 비슷했던 삶.

그래도 하나는 이루었다.

어릴 때 살던 집을 찾아가 본 것이다.

내비게이션에 본적 주소를 치고 갔는데 어렴풋이 위치가 생각났다.

그곳인 줄은 단박에 알겠는데 60년 세월이 그냥 흘러간 것은 아니어서 변한 것은 당연했다. 눈을 크게 떴지만 어릴 때 할아버지가 눈을 치워주던 나의 초가집은 없었다. 그래도 혹시나 하고 마침 전원주택 테라스에서 햇볕을 피하고 있던 노부부에게 다가가 물어보기로 했다.

"혹시 예전에 이 근처에 사시던 ○○○씨 아시는지요?"

"○○○? 어떠(왜라는 강원도 말) 물어보는가?"

"제가 그분 딸입니다."

"하아 그런가? ○○○ 알지. 우리가 ○○이 먼 친척쯤 되지. 촌수를 셀 정도는 아니지만."

오호라.

거기는 아직도 강릉 김씨 성을 가진 분들이 그때 부락을 이루며 살던 것처럼 터를 지키고 살고 있었다.

60년이 흘러 우리 아빠를 아시는 분과 만날 수 있다니 반가움과 함께 조금 가슴이 벅차올랐다. 그래서 타 주시는 믹스 커피를 마시며 이런저런 이야기를 나누었다.

다섯 살 때 그곳을 떠난 코흘리개는 정년퇴직을 하고 초로의 늙은이가 되어 어릴 때 살던 집을 찾았다. 현재 집주인이 없어 안에 들어가 보지는 못했으나 울타리를 한 바퀴 빙 돌며 기억을 더듬어 보았다. 안에는 달리아랑 이름 모를 여름꽃들이 가득 피어 있었고 초가집은 아니었으나 전체적인 형태랑 마당이 옛 모습을 보존하고 있었다. 초가 대신에 파란 지붕으로 바뀐 그 집에서 사진도 하나 남겼다.

이제 다시 못 올 곳 같아 추억 속 장소로 저장해 두기 위해.

그런데 고개를 갸웃거리게 만든 이상한 느낌.

어릴 때 그렇게 넓고 크게 느껴졌던 집은 자그마했고 마당도 너무 좁았다. 마당이 운동장만큼 넓어서 사립문까지 뛰어가기 벅찼던 기억 속의 커다란 집은 어디로 간 것일까.

초가집이 뭔지도 모른 채 그저 대궐 같던 기억 속의 그 집은.

다섯 살의 눈이 다 자라지 않았던 것일까.

60이 넘은 눈은 세상 볼 것 못 볼 것 다 보고 말아서 모든 것이 작아 보이는 걸까.

어릴 때 가졌거나 혹은 꿈꾸었거나 희망하던 것들이 바래져 버린 흐릿한 눈.

모든 걸 이해하게 된다는 늙음은 꿈이 때때로 헛되다는 것과 이루지 못할 것에 대한 포기가 쉽게 된다는 뜻과 다름 아니다.

몸은 작았으나 꿈은 컸던 시간과 몸은 커졌으나 꿈이 작아진 어느 시간들의 교차점.

그래서 아프고도 아픈.

태어난 집에서 가졌던 그 느낌.

설렘으로 출발했던 동해에서 강릉 가는 길은 참 좋았는데.

현타가 오기 전까지 그 길을 가는 동안은 어릴 적 기억과 눈을 갖고 갔는데.

조금은 예쁘고 반짝이던 눈을.

세상에 대한 호기심이 넘쳤던 눈을.

다섯 살의 눈을.

대관령 기억 더듬어 가기

동해 한 달 살기를 하고 나니 강원도에 대한 아쉬움이 남았다.
무언가 2% 부족한 듯한.
강원도 여자 아니랄까 봐.

강원도 한 달 살기를 다시 한번 시도하기로 했다.
총각 시절 아빠가 절벽을 굴러서 목숨을 건졌다는 거짓말 같은
그곳.
아흔아홉 굽이를 할아버지 할머니는 걸어서 넘었던 그곳. 안개
와 귀신 이야기로 어린 우리들을 오싹한 상상의 세계로 데려다주던
그곳 대관령으로. 도심 한복판의 동해에서 느끼지 못했던 산골을 찾
으러.

강릉을 초등학생 때 한두 번 다니러 간 적이 있었다. 기억 속 초록색 낡은 버스는 좁은 대관령 굽이를 털털거리며 힘겹게 넘어갈 때마다 강렬한 휘발유 냄새와 함께 후두둑 나뭇가지들이 유리창에 부딪혔지만 그 아찔한 절벽을 운전기사의 노련함 하나로 넘어가곤 했다. 어린 마음에 아흔아홉 개가 맞나 싶어 갈 때마다 세어보았는데 매번 중간에 숫자를 잊어버리곤 했다. 그 굽이라는 길의 곡선이 어린 나의 눈에 어떤 것은 확실하게 굽이였고 또 어떤 것은 애매했기 때문에 셀까 말까 망설이느라 번번이 놓쳤기 때문이다.

한 달 동안 나를 보듬어 줄 마이 홈.
대관령 자락 해발 700미터가 넘는 곳이라는 데도 높은 지대라는 느낌이 전혀 들지 않았던 평창 '오목골'이라는 곳. 이미 근처는 관광지로 개발된 데다 동계 올림픽까지 치른 지역이라 사람들이 많이 살고 있었고 걸어서 마주하는 곳에 번화가도 있었다. 그러니 으스스한 산골의 느낌이나 동떨어진 느낌은 조금 덜한 곳이었다.
혹시 이름만 오목골인가.
내가 한 달 머문 곳이.

하지만 조금은 광활한 밭을 지나 깊숙이 들어가 있는 지형 탓에 조금만 뒤로 올라가면 산골 느낌이 났다. 이름이 그냥 오목골이었겠는가. 관광지로 바뀌면서 호텔과 리조트 그리고 맛집들이 즐비해지다 보니 도시와 산골오지의 풍경을 공존하고 있을 뿐.
발코니만 나가면 멀리 보이는 라마다 호텔의 외관과 밤이면 반짝이는 호텔의 불빛이 자꾸 대관령이라는 것을 잊고 관광지에 온 착각을 일으키게 했다. 그래도 밤에는 오지의 느낌이 나는 적막함 속에 그 호텔의 불빛은 때로 이웃함과 안도감을 주는 고마운 빛이었다.

코로나가 발생한 첫 여름이라 우린 그 호텔의 불 켜진 방의 수를 세어보며 걱정을 하곤 했다. 우리가 머문 동안 라마다의 불빛이 가득 밝혀진 적은 없었지만 그래도 주말에 반 이상 불이 켜지면 괜히 안도했다. 그 순간만은 경제를 걱정하는 국민의 한 사람으로. 애국심이 그나마 깃털만큼이라도 있는.

동해에서의 도회적 느낌을 피해 대관령과 오목골 이름이 주는 느낌에 필이 꽂혀 지리산에서의 미진했던 산골 살기를 기대했지만 조금은 애매하게 끝났다. 그럼에도 아쪽 굽이진 곳의 마지막 집이라 뒤로 올라가면 고랭지 무밭이 널따랗게 펼쳐지고 산바람이 몰아쳐 어느 정도의 산골 정취는 엿보기 충분했다.

그곳에 올라 그림처럼 멀리 펼쳐지는 선셋을 바라보는 것도 좋았고 지척에 있는 파릇파릇한 연녹색의 당근밭을 스위스의 어느 초원처럼 바라보는 것도 좋았다. 아침이면 기온 차로 인한 안개와 구름들이 만들어져 올라가는 기막힌 그림들이 발코니에 앉아 있는 내 앞을 지나가곤 하던 그 풍경.

아름답다는 말로는 부족했던 그 청량함과 신비스러움에 더해진 보너스 같은 커피 향.

8월의 한여름을 지나는데 에어컨이 없어 걱정을 했더니 주인은 춥다고 보일러나 틀지 말라고 했는데 진짜였다. 선풍기조차도 거의 사용을 하지 않을 만큼 선선했던 대관령. 어느 날 밖에서 고기를 굽다가 추워서 방으로 들어와야 했던 8월의 대관령. 평소에는 느끼지 못했던 고도가 비로소 느껴지던 대관령.

　대관령 맞구나.

　화전민들이 산을 깎아 감자를 심었던 그곳은 읍이나 도시에서 살기 힘든 사람들이 한 사람 두 사람 고개를 올라와 모여서 살아가던 오지였겠지만 경사진 비탈은 스키장이 되었고 고즈넉하고 아늑하던 자락은 펜션들로 가득 찼다. 서울과 강원도를 잇는 기나긴 대관령 자락은 지금은 필수 핫 플레이스로 되어버린 양 떼 목장이 들어서기도 하고 위치선점에 능한 관광사업자들의 다양한 액티비티들이 넘쳐나 대관령만의 대관령은 내 기억 속에서만 존재하게 되었다.

　초록색 낡은 버스가 낭떠러지 옆의 나뭇가지들을 후두둑 건드리며 지나가던.

　그 대관령은.

　우리의 기억 속에서만 존재하는 것이 한두 개이겠는가.

　기억하고 싶은 것도 기억하기 싫은 것도 그저 기억으로 무심히 떠오를 때는 대책이 없으니 그냥 둘 일이다. 머리가 기억하고 마음이 기억하는 것을 어찌할 수가 없으니.

　"4달라."라고 외치며 햄버거를 달라 하는 연예인의 CF에 뜬금없이 문득 떠오르는 김칫국물 번진 양은 도시락 같은 기억.

　코로나로 학교에 못 가는 손자를 보며 한 반에 칠십 명이 넘는 친구들과 함께 공부하느라 책걸상이 모자라 2인 책걸상에 세 명이 어깨를 움직일 수 없을 정도로 붙어 앉아 공부하던 기억이 불쑥 치고 올라오는 것.

그래도 아무 일 없이 건강했던 기억.

"엄마, 나 오늘 ○○집에서 잘게."

옆 동네에 있는 친구 집에서 마음만 먹으면 언제든지 하하 호호 밤새 이야기하며 함께 자고 아침이면 당연히 내 집처럼 아침을 먹고 오던 기억.

한 달을 지낸 대관령은 내 기억 속의 대관령이 아니라 새로운 대관령이었다.

완전히 다른.

하지만 니쁠 것 없는.

기억 속의 대관령은 그저 불현듯 혹은 뜬금없이 떠오를 때 그때 또 도망가지 말고 기억할 일이다.

기억은 더듬는 게 아니라 떠오르는 것이니까.

내 인생의 모든 기억처럼.

좋았거나 나빴거나 자랑스러웠거나 혹은 부끄러웠거나.

도망가지 않고 과거와 마주하기.

현재와 비교하지 말고 그대로 마주하기.

사랑은 타이밍이 있지만 기억은 타이밍이 없으니.

수많은 그들과 시간의 옷을 입으며

물의 도시 양평은

 늘 그렇듯 떠남을 준비할 때는 오직 설렘만 가득하다. 낯선 곳에 대한 동경도 있을 테고 조금은 지루하게 펼쳐지고 있는 이 노년의 삶을 탈출하고픈 욕망도 있을 테다. 한 달 살기는 단조로운 도돌이 삶에서 벗어나기 위한 새로운 일거리를 만드는 놀이다. 나에게는.

 한 달 분의 옷을 챙기고 그곳에 부족할 것 같은 조리도구를 챙기고 그리고 무엇보다 약을 챙겨야 했다. 나이가 드니 혈압도 정상이 아니고 영양제의 힘을 빌려야 안심을 하는 소심한 할매가 되었다. 어렸을 때는 감기나 몸살이라도 한번 앓아서 학교에 결석해 보는 게 소원이었는데 지금은 오직 건강을 우선순위에 두니 이렇게 속물로 늙는다는 걸 인정하고 살아가는 수밖에.

네 번째 한 달 살기를 하면서도 짐을 챙겨보니 아직도 나는 많은 것을 내려놓지 못하고 있었다. 무엇이든지 '혹시나.'라는 생각.

혹시나 이걸 입을 일이 생기면 어떡하지? 혹시나 부족하면 어떡하지? 그러다 보니 짐은 자꾸 늘어나고 우리의 고물차는 이 많은 짐을 싣고 잘 굴러갈 수 있을지 걱정해야 할 형편이었다. 다행히 차는 잘 굴러갔고 노인 둘이 운전하기에는 먼 양평에 어찌어찌 도착하였고 또다시 한 달 살기를 시작하게 되었다. 괜한 노파심으로 바리바리 들고 간 짐 중의 몇 개는 이번에도 한 번도 사용하지 않은 채 짐덩어리 속에서 또 다른 짐이 되었다.

그러니 또 문득 드는 생각.

나도 누군가에게 사용되지 않는 짐이었던 적은 없었을까?

누군가가 아니라면 어떤 상황에서든.

짐을 풀며 내내 들었던 생각.

쓸모없는 사람이 되는 것도 무서운데 짐이 되는 사람이었다면 더욱더.

도착하고 첫 아침이 밝았다.

커피 한 잔을 들고 마당으로 내려가 의자에 앉으니 아침 안개가 자욱했다. 우리가 머문 곳은 양평 외곽에 조그만 시골마을이었는데 전원주택 몇 채와 기존의 아담한 주택들이 조화를 이룬 농촌이어서 그림 같은 평화로운 곳이었다. 나지막한 산들이 둘러싸여 있어서인지 밤낮의 기온 차가 심해서인지 모르겠지만 산허리로 아침 안개가 올라가는 모습은 대관령처럼 커피 향과 더불어 매일 아침 기막힌 황홀감을 주곤 했다.

4월 말부터 5월 말까지 있다 보니 계절의 변화도 있었다. 봄의 중간에서 여름 초입까지 나무들은 매일 눈만 뜨면 파릇파릇해지는 것이 보였고 나비들의 몸짓과 어스름이 깔리면 막 모내기를 끝낸 논에서 울어대는 맹꽁이인지 개구리인지 모르는 소리까지 합쳐져 자연의 생생한 파노라마를 보고 들었다.

철저하게 도시녀인 나이지만 이렇게 살아도 나쁘지 않겠다 싶었다. 아파트 고층에서 바라보는 풍광과 땅을 밟고 서서 눈앞의 풍광을 보는 것은 달랐다. 냄새가 있었고 움직임이 세밀하게 보였으며 작은 변화들이 눈앞에서 늘 새로움을 주었다.

한 달을 떠난 건 여행이 아니라 그곳을 온전히 살고자 함이었다.

네 번째 한 달 살기였음에도 모든 것이 새로움으로 다시 살아졌다.

앞의 세 번이 장소의 선택 혹은 집의 선택으로 다소 시행착오가 있었다면 드디어 온전한 한 달 살기를 이루었는지 모른다.

떠나온 곳은 정말 거의 생각나지 않았다. 어디를 가고 무엇을 먹었는지도 가물가물해질 정도로 그곳에 집중해서 살았다. 장날이 열리는 날짜를 체크해서 세 군데의 장을 쏘다니고 나름 사람들이 붐비는 관광지도 여러 번 들렀다. 황순원 문학관에서 소나기 체험을 즐겼고 손자들과 말타기나 보리개떡 만들기도 했다. 매일 계획이 넘치다 보니 지도는 너덜너덜해졌다.

그렇게 새로 살기 바빠서 이전의 삶을 망각했다.

그러니 또 드는 생각.

내 삶의 여정 중 혹여 새로운 것에 취해서 이전의 소중한 것들을 망각하고 잃어버리고 있는 것은 없을까.

과거에나 혹은 지금에나.

아무도 모르는 낯선 곳에서의 삶.

푸석한 머리카락도 시골 할머니 같은 헐렁한 바지와 고무 슬리퍼도 눈여겨보지 않는 사람들. 가끔 산책길에 만나면 반갑게 인사해주던 마을 사람들과 여고생들. 처음엔 무서웠던 개 짖는 소리들이 어느새 정겨움으로 다가오던 순간들.

그렇게 쫓기지 않은 시간들은 남는 듯 모자란 듯했다. 집에서만 머무를 때는 시간이 남았고 어딜 쏘다닐 때는 좀 모자라기도 했다.

사람들이 떠나는 것은 변화에 대한 소망이다. 그렇다고 해서 쉽게 변하는 건 없다. 잠시 변화한 것 같았던 삶의 방식과 사고들은 돌아오면 언제나 고무줄처럼 원래로 돌아간다. 그저 잠시 그곳에 머물 동안 바뀐 환경에 적응하면서 다소 변한 듯 느꼈을 뿐. 다소.

낯선 그곳에서는 어쩐지 말투도 달라졌고 옷차림도 달랐으며 눈빛이나 표정도 달랐던 건 확실하니까. 양평 사람인 양 동화되어 살았던 순간만은 조금 다른 내가 있었으니까. 북한강과 남한강이 만난다는 두물머리에서 보았던 자연의 조화로움같이.

물의 도시 양평은.

집에 돌아오자마자 일거수일투족은 부산 사람으로 돌아왔고 매일 움직이는 루틴도 똑같았다. 아는 사람이 많으니 나갈 때 시골 할머니 같은 옷차림을 할 수도 없었고 나를 기다리는 단골 맛집들이 그리웠다. 그래서 물 만난 고기처럼 신시가지를 쏘다녔다.

'아! 돌아오니 좋구나.'

그 행복감은 또 무엇인지.

떠났던 건 그저 설렘이었다.

그곳에 무언가 거창하게 기다리는 것도 없었고 나를 채워줄 감정의 보따리가 가득한 것도 결코 아니었지만 적어도 늘 그렇듯 설렘이 있었던 것이다.

그거 때문에 매번 복잡한 짐을 싸고 풀고 하는 것이다.

그 설렘 하나 때문에.

두근두근.

짐을 싸는 순간.

혹은 캐리어를 끌고 현관을 나서는 순간.

아니면 시동을 걸고 목적지를 입력하는 순간.

누구나 알만한 그 설렘 때문에.

누구나 기억하는 그 설렘 때문에.

누구나 기다리는 그 설렘 때문에.

남해에서 오드리의
무게감을 견디다

차가 이제 18년을 막 넘어섰다.

그동안 나의 출퇴근을 책임졌고 전국을 순회하며 돌아다녔고 서울도 수없이 다녔던 애정 가득한 나의 애마지만.

행여나 여정의 중간에 멈춰 설까 슬슬 걱정도 되고 할배는 더 이상 운전대를 잡지 않으니 독박 운전에 대한 부담 또한 먼 길을 걱정하게 만들었다.

그런저런 이유로 더 이상 한 달 살기를 하지 않으리라 다짐했는데 희한하게도 봄이 오고 꽃들의 고운 색감이 눈과 가슴으로 들어오기 시작하면 그만 홀린 듯 지도를 펼쳐 드는 파브르의 조건반사적 행동.

할매의 운전을 걱정하면서도 마지막 한 달 살기를 해보자 하고 찾은 곳이 남해.

수많은 그들과 시간의 옷을 입으며

이번엔 체력을 생각하여 보름만 살아보기로 하고 또다시 손가락으로 피아노 치듯 자판 두드리기 시작.

나의 보금자리가 되어줄 숙소의 이름이 우선 마음에 들었다.
앞의 네 번은 이름이 없었으니까.
더구나 이름이 '오드리 하우스'이다.
맑고 커다란 눈과 범접할 수 없는 아름다운 미소와 가녀린 몸매. 거기다 말년을 봉사로 보내면서 남긴 시 한 편이 그녀를 여배우 중 가장 사랑하도록 만들었으니.
옳거니.
여기서 어디 한번 오드리 헵번처럼 멋지게 살아볼까.
우아하게 겸손하게 아름답게.

오드리 하우스에 머무는 동안 그녀의 이름에 걸맞게.
그녀가 남긴 마지막 시를 수없이 되뇌이며.
그녀의 시처럼 혹여 친절한 말로 아름다운 입술을 갖게 될까. 혹여 다른 사람의 장점만 봄으로써 사랑스러운 눈을 갖게 될까. 그도 저도 못 한다면 나 자신이 혼자 걷고 있지 않음을 명심하고 다른 이들과 함께 동행하는 우아한 뒷모습이라도 얻어 건질까.

물론 다 희망사항이고 나는 헵번이 될 수도 그렇게 아름다운 마음을 가질 수도 없으며 외모는 모두가 알듯이 아예 비교불가.
하지만 그곳에 머무는 동안 헵번 같은 마음이라도 갖자고 다짐했으니 어쩌면 남해 살아보기가 가장 의미가 있었던 것 같다. 다섯 번째 이르러서 비로소 나를 더 많이 비우고 이웃을 돌아보니 알 수 없는 충만감이 가득했던 시간들.

지리산에선 못했지만 처음 보는 이웃에게 예쁘게 인사하며 대화도 먼저 했고 자주 가는 식당마다 무조건 엄지를 치켜세웠으며 장날 만난 어르신에게는 시들어서 물을 잔뜩 뿌려둔 것을 알면서도 오이를 두말없이 사주었다. 이틀 만에 썩어서 내버린 오이일지라도. 또 아이들에게 공짜로 빵을 나누어 준다는 착하고 소박한 빵집에서 빵을 잔뜩 사는 걸로 나름 배려를 했고 대형마트로 사람들이 몰려 손님이 없다는 전통시장 식육점에서 고기도 많이 팔아줬다.

그러니 마음이 늘 따뜻했다.
마음을 그들로 채우고 그냥 친절하게 웃으며 동행하였더니.
집을 나설 때마다 알 수 없는 작은 행복감이 밀려왔고 불면증이 없어져서 매일 푹 잤다. 마당에서도 보이는 장항 해변의 저녁노을은 거의 예술이었고 아침마다 들리는 앞집 복숭아나무와 감나무에 앉은 새들의 노래는 그냥 음악이었다. 떨어진 비파 열매 하나 주워 씹어보는 것은 덤이고.

사람을 만드는 것은 수만 가지 조건들이지만 몇 가지만 충족해도 아름다울 수 있다는 것을 알았다. '오드리 하우스'라는 이름 하나가 나를 자꾸 그녀처럼 살아보게 했으니. 헵번의 시에 있는 행동들을 다 하지 않더라도.

친절한 말과 음식을 나누는 것은 내가 충분히 할 수 있는 것들이

고 거기에 다른 사람의 장점보기나 도움을 주는 손을 갖는 것도 할
수 있을 것 같은 일들이다.

그런데 어린아이가 나의 머리를 쓰다듬게 하라.

그건 좀 어려운 일인가.

그곳은 시골마을이라 관광지에 가지 않는 한 내가 머무는 동안 단
한 명의 아이도 만난 적이 없다. 그 맑은 영혼이 내 머리를 쓰다듬는
다는 것은 천사가 내 머리를 쓰다듬는 것과 다름 아닌데.

내가 그 애들과 같은 맑음을 지녀야 가능한 일인데.

잠시 동안 나의 보금자리가 되었던 남해의 오드리 하우스.

헵번의 느낌을 가져보았던 그곳에서의 삶.

아기자기하고 집 안 곳곳에 손님을 위한 주인장의 배려가 가득했
으며 조명등 하나도 남달라서 정말 우아하게 살고 싶었던 그곳.

대관령과 동해의 호스트가 남자였던 것에 비해 여인이 꾸며놓은
구석구석의 참 예쁜 손길들. 그래서 그녀와 함께 호흡하고 사는 것
같았던 그곳 오드리 하우스에서.

이상하게 이름이 주는 무게감을 느꼈던.

노년을 아름답게 살다 간 오드리 헵번의 무게감을.

나의 조금 업그레이드된 기분을 연휴에 잠깐 다녀간 손자들도 느
꼈을까.

집으로 돌아가면 당장 등교해야 하는 손자들이 먹을 반찬이 걱정
되어 어설픈 주방임에도 바리바리 만들고.

서울로 출발하는 차 뒤에서 애틋한 이별 장면을 찍고 있는데.

"할머니, 우리 먹으라고 저렇게 많은 반찬을 밤새 만드신 거예요?"

"그럼. 가서 골고루 먹어. 할머니가 이렇게 맛있는 반찬 만들어 주고 남해에서 너희들 좋은 경험하게 해주니 최고지?"

손자가 등 뒤로 다가와 허리를 꼭 안았다.

그리고 속삭이듯 내뱉은 말.

"할머니는 처음부터 언제나 최고셨어요!"

"할머니는 처음부터 언제나 최고셨어요!"

받은 것이다.

어린아이가 내 머리를 쓰다듬는 것을.

모든 손자들이 할머니에게 그리하겠지만.

그러므로 우쭐할 일이 결단코 아니지만.

작은 일 하나도 최선을 다하는 정성은 누구에게나 보이는 것인지라.

그러니 이곳 남해에서.

나는 이름이 주는 무게감을 견딘 것이다.

오드리의 이름이 주는.

억지로 꿰맞췄다 해도.

그렇게 믿고 싶어서.

수많은 그들과 시간의
옷을 입으며

　많은 모임들이 있었지만 세월이 많이 흐르면서 자연스럽게 끝난
것도 있고 계속되는 것들도 있다.
　앞에 쓴 것 외에도 모임의 이름이 좀 색다른 것이 몇 개 있다.
　'동일팀', '신선팀'같이 학교 이름을 주로 쓰는 다른 모임들에는
없는 좀 특이한.

　심통회를 비롯하여 알짜들만 모였다는 '알짜회(무슨 근자감인지)', 친
자매만큼 사랑이 넘친다는 '사랑스', 다섯 명의 교장이 모인 '오장회',
열 명이 99세까지 꼭 살아서 만나자는 '구구텐', 자칭 다섯 명이 다 스
마트하다고 자신하는 '스마트 파이브' 우연히 즉석에서 의기투합한
여인 세 명이 계속 만나자고 지은 이름이 '뷰티풀 쓰리'.

알짜회는 누구 하나 빠지지 않을 정도로 다들 정말 똑똑하고 지적인 사람들이 많다. 만구 우리들 주장이지만.

대표되는 GY는 식물학 박사라고 불릴 만큼 나무, 꽃들에 관해 박학다식하고 리더십이 풍만하다. 눈웃음이 예쁜 J는 논리 정연하면서도 위트가 타의 추종을 불허하고 암을 이겨내고 건강한 마음으로 살아가는 M은 정말 따뜻하고 다정한 분이다. 아들을 위해 귀농을 마다하지 않고 열심히 살아가며 가끔 아낌없이 농사지은 것들을 날라다 주는 N은 착한 인성의 대명사이고 참하고 교양 있어 그저 우아한 S는 내가 닮고 싶은 품성을 가졌고 부서가 다른데도 이질감 없이 우리랑 잘 어울리는 B의 문장과 감성은 늘 감탄을 금할 수 없으며 다이내믹한 박력과 여린 마음을 함께 갖고 있는 SG는 멋진 남자이다. 젠틀하고 품위 있게 늙어가는 CH는 인생 설계를 자긍심 있게 계획하여 자신만의 길을 가고 있고 남편 사업을 위해 과감히 자신의 직책을 내려놓은 H는 아름답다. 그리고 열정적이면서도 결단력이 있어 가야 할 길을 직진으로 뚜벅뚜벅 걸어가는 막내 E가 있어 알짜회가 굴러간다.

그러니 내가 생각해도 정말 알짜들만 모인 것이다.

괜한 주장이 아니라 이름에 걸맞은.

빼어난 능력들을 가진.

'사랑스'에 있는 후배 하나는 내가 갖지 못한 꼼꼼함과 세심함 그리고 정말 선배들에게 깍듯한 배려를 타고나서 너무 좋아한다. 아니 사랑할 수밖에 없는 후배이다. 친동생만큼 혹은 더 좋은. 그럼으로 살아 있는 한 끝까지 자매처럼 가보고 싶은.

오장회의 선배 한 분은 인생의 롤 모델로 하고 싶은 카리스마와 따뜻함이 공존하는 특이한 분이다. 그만한 능력과 삶에 대한 노력과 다른 사람들을 이끌어 가는 리더십도 존경스러운데 오랜 시간 병마와 싸우는 남편에게도 최선을 다한다. 그녀를 볼 때마다 오버랩되는 《생의 한가운데》의 니나. 어쩐지 외모조차도 루이제 린저와 닮은.

점잖은 걸로 말하면 세계 1위인 남자 한 분도 경외의 대상이고 예쁘고 부지런한 후배도 멋스러우며 너무나 열심히 산다.

'구구텐'에는 천재적 두뇌로 우리를 놀라게 하면서도 늘 나를 실제보다 잘 봐주는 박사 후배가 있고 다른 모임에도 같이 나가는 분명하고 반듯한 성격의 후배도 있으며 서예에 능통하여 이미 서예가로 유명하며 나와 말이 잘 통하는 선배도 있다.

'스마트 파이브'에는 내가 논문이라는 걸 처음 쓰며 교재로 삼을 만큼 어휘력과 문장력이 뛰어나서 반했던 천재형의 남자 선배가 있고 모델처럼 큰 키와 몸매로 나를 기죽게 하지만 인생을 논할 수 있는 친자매 같은 동생도 있다. 하아! 또 자매구나.

가족은 물론 학창시절부터 수많은 시간의 흐름 속에 함께 동화되었던 공통분모를 넘어 비난조차도 나에게 약이 되었던 사람들.

앞에서 말했던 '락희럭키' 지인들은 물론 '심통회' 지인들이나 '산수회' 가족들이나 오랜 시간 만나면서 서로를 다듬어 준 수많은 사람들.

그리고 지금도 그와 있었던 시간이 그리운 한 남자와 한 친구.

이웃이나 식당이나 백화점이나 혹은 관공서나 어디서든 옷깃만 스쳐도 나에게 영향을 주었을 셀 수도 없이 많은 인연들. 실제 인물보다도 더 영향을 끼친 영화 속 주인공이나 책 속의 많은 인물들. 한 달 살기를 하는 동안 새로운 나를 만들어 간 많은 장소들과 호스트들. 발길이 닿았던 여행지들.

그리고 수십 년 호흡했던 착하고 맑고 고운 아이들.

가장 배울 것이 많았던 아름다웠던 존재들.

이 모든 사람들과 시간이 나를 만든 것이다.

그들로부터 배우고 또 배우고 다짐하고 또 다짐하고 후회하고 또 반성하며.

보고 듣고 느끼며.

처음에 어떻게 생긴 돌이었을지 나도 가늠할 수 없지만 70이 되는 동안 수없이 깎이고 부딪히며 구르고 굴렀다. 가까이는 가족과 함께 그리고 앞에서 다 열거하지 못한 장점들이 너무나 많은 좋은 사람들과 함께.

또는 껄끄럽거니 피하고 사람들도 함께.

맑고 예쁜 아이들도 함께.

그 많은 사람들의 장점이 나를 닮고 싶게 했고 맑고 예쁜 아이들이 부끄럽게 했고 피하고 싶은 사람들이 머리를 숙이게 했다.

깎일지언정 이끼는 끼지 않도록 쉼 없이 구르게 해준 그들.

그리고 멈추지 않은 세월.

그러니 지금의 내가 어떤 모습이든 안에서는 가족들이 밖에서는 저 많은 사람들과 시간이 나를 만든 것이다.

수많은 그들과 수많은 시간들이.

수많은 그들과 시간의 옷을 입으며

전국을 혹은 세계를 다니며 만난 자연과 문화도.

그들과 그곳과 그 시간이 있어 정체되지 않고 구르며 깎인.

지금 어떤 모습이든.

초라하면 초라한 대로 반듯하면 반듯한 대로 부족하면 부족한 대로.

이렇게 수많은 가족과 사람들과 시간들로 덧입혀진 지금의 나에게 그 옷을 벗겨내면 있는 것은 무엇일지.

그건 모르겠지만.

갈 수 있는 데까지 가볼 것이다.

시간이 허락하는 한.

나를 스쳐 간 수많은 그들과 함께.

앞으로 만나게 될 또 다른 수많은 그들과 주어지는 시간과 함께.

만나게 될 자연과 문화와 에피소드들도 함께.

신이 혹은 하나님이 혹은 세상이 무언가를 계획할 땐 나름의 방식이 있었을 것이니.

그 깃을 잡고 가볼 것이다.

"우리가 누군가를 만난다는 것은 그 사람의 과거와 현재와 미래 즉 그 사람의 일생을 만난다는 것."이라는 정현종 시인의 시구처럼.

한 겹 또 한 겹 또다시 그들이 입혀주는 옷을 마다하지 않고 입으면서.

남은 시간은 지금까지보다 적겠지만.

나는 또 어떤 모습이 될지.

함께.

봄은
누구에게나 온다

강원도 너란 곳

다섯 살인가 그때까지 난 강원도 명주군 강동면 모전리에 살았다. 아주 어릴 적 기억까지 있을 리 없지만 다섯 살 전후쯤 그곳의 기억들은 얼음 조각처럼 삐죽삐죽 나의 머리를 비집고 들어앉아 있다.

뒷산은 숲이 깊어 낮에도 올라가면 나무 그늘이 어둠처럼 컴컴했었고 밤이면 바람 소리가 온 집을 뒤흔들곤 했다.

초가와 다다미 같은 방바닥으로 늘 마른 짚 냄새가 나던 강원도 집.

추운 겨울이 긴 탓에 추위를 막기 위해 바람이 통하는 대청마루도 없고 단순하게 앞뒤로 칸을 질러 앞에 세 개, 뒤쪽에 세 개 총 여섯 개의 방이 있었고 그중 두 칸을 세로로 합한 기다란 부엌이 있었다.

눈이 내리면 방문이 열리지 않을 정도로 높이 쌓였는데 어린 나는 왠인지 꼼짝없이 갇혀 있다는 그 느낌이 좋았다.

봄은 누구에게나 온다

아무것도 안 해도 된다는, 그래서 역설적으로 안온해서 두렵지 않았던 그 아랫목 이불 속에서의 평화로움.

겨울바람 소리는 또 왜 그리 어린 가슴을 시리면서도 설레게 했는지 모를 일이었다. 그 역시 바람 소리를 겁내지 않아도 되는 방 안에 내가 있다는 안도감 때문이었을까. 달빛이 눈에 반사되어 하얗게 빛나는 저녁에 오직 하나 있는 멀고 먼 마을 회관에 가서 사탕 한두 알을 사오던 밭둑길로 개 짖는 소리가 들리면 그건 또 왜 그렇게 좋았던지.

참 맹랑했던 다섯 살.

여름날 비가 오는 날이면 산자락 밑에 자리 잡은 우리 집 뒷방이 있는 쪽은 늘 습한 냄새가 내 코를 간질였다. 젖은 나무 냄새와 빗물이 스며든 흙과 뒷산과 방 사이 경사면에서 은밀하게 자라는 이끼들의 냄새에 취해 난 그 좁다란 작은 뒤뜰을 놀이터 삼아 쏘다녔다. 비바람을 이기지 못하고 배수로에 수북이 떨어져 있던 하얀 감꽃들의 향기 또한 다섯 살 어린 나를 황홀하게 했다.

고모들이 가끔 감꽃을 꿰어 목걸이를 만들어 걸어주곤 했는데 그때 코끝으로 느꼈던 향기는 지금까지도 내게 느껴지는 최고의 냄새였다. 그래서인지 향수를 사면 꼭 감꽃 향 비슷한 것을 사는 모양이다.

어쨌든 나는 강원도가 주는 그 모든 자연적인 풍광과 향과 감촉에 대한 맹목적 애정이 있는 것 같다. 여행 계획을 세우면 꼭 강원도를 먼저 떠올리고 다녀온 곳이라도 개의치 않고 또 가는가 하면 한 달 살기도 강원도에서 두 번을 했다. 손자들을 가끔 재울 때 이야기를 해달라고 조르면 즉석에서 창작해 내는 이야기의 배경도 모두 강원도다. 실제 강원도의 모습에다 상상 속의 강원도 모습을 더해 이야기 속에서 강원도는 정말 근사하지 않을 수가 없다. 숲과 계곡은 수많은 동식물의 놀이터이고 동굴은 관광지가 아니라 무한한 모험의 판타지이며 손자들이 친구들과 언제나 같이 뛰어다닐 수 있는 드넓은 꿈속의 세계이다.

많이 변했다.

다섯 살 강원도를 떠나며 아쉽게 돌아보던 대관령 굽잇길은 옛길이 되어 굳이 용무가 있거나 그곳에 볼일이 있는 사람을 제외하고는 뻥 뚫린 새로운 고속도로를 지난다. 그 옛길도 아스팔트로 덮이고 너비를 정비하여 내가 떠나던 구불구불 좁고 흙먼지 날리는 아흔아홉 굽이도 아니다. 그때 나는 덜컹거리는 낡은 초록색 버스가 굽이를 돌 때마다 낭떠러지로 떨어질 것 같은 아찔함과 두려움에 얼마나 아빠 손을 꼭 잡고 있었던가.

아빠는 그때마다 장황하게 모험담을 이야기하며 나의 주의를 돌리곤 했다.

아빠의 이야기는 늘 이랬다.

군인 시절 집에 가는 길에 버스가 낭떠러지로 삐끗하는 것을 느끼고 먼저 창문을 열고 뛰어내렸다는 것이다. 계단식 다랑이 밭의 바닥에 떨어져 정신을 차리고 보니 버스가 우당탕 부딪히며 굴러 내려오는 게 보였다고 했다. 순간 본능적으로 막 몸을 뒹굴어 옆으로 굴러갔는데 정신을 잃었다가 나중에 보니 버스는 아빠가 처음 떨어

봄은 누구에게나 온다

진 그 자리에 떨어졌고 아빠는 등 위에 쌀가마니가 떨어져 누르고 있었다고 했다.

사고는 둘째 문제이고 배고픈 가족 생각에 그걸 짊어지고 집에 와서 식구들이 배부르게 먹었다는 조금은 거짓말 같은 이야기.

동생들이랑 나는 몇 번을 들어도 그 이야기를 해달라고 졸랐다. 진짜인지는 알 수 없어도 경사진 밭을 잽싸게 구르는 민첩함과 쌀가마니를 짊어지고 가는 우람한 아빠모습을 상상하는 것은 어린 우리들에겐 늘 통쾌하고 재미있는 이야기였다.

지금 같으면 절도인데.

아무튼 대관령 굽이는 좁고 울퉁불퉁했으며 안전펜스조차 없어 조금만 실수해도 낭떠러지로 떨어질 것 같은 아찔함의 기억으로 가득한 곳이었다.

그런데 세월이 지나 대관령 한 달 살기를 하며 영동고속도로를 달리니 표지판에 이런 문구가 있었다.

"당신은 지금 사람이 가장 쾌적한 해발 650미터를(정확한 기억인지는 모르겠지만) 달리고 있습니다."

정말 쾌적했다. 어릴 적 아흔아홉 굽이의 무서움이나 아찔함은 뻥 뚫린 고속도로에 날아가 버렸다. 현재의 높이를 인지할 수도 없는 상큼한 공기의 쾌적함과 산 아래 낮은 구름이 만드는 그림들은 그저 아름다울 뿐이었다.

산은 깊고 물은 더없이 맑은 곳.

우람한 산자락과 청량한 계곡으로 우리를 품어주는 곳.

기억 속 수염이 긴 할아버지와 별채의 곰방대 냄새와 마당에서 빨래들이 너울너울 춤추던 곳.

사업 실패 뒤의 기죽었던 모습이 아니라 용감하고 듬직한 아빠의 모습이 환영처럼 흔들리는 곳.

산자락에 꿩도 보이고 줍지 않는 밤톨들이 흐드러지게 굴러가던 곳.

장대로 감을 따는 날이면 소쿠리 들고 기다리던 곳.

강원도 사투리만 들리면 정겨워서 고개를 돌리는 곳.

그곳.

그러니 강원도 너란 곳.

나에겐 언제나 그립고도 그리운 머릿속의 추억이고 가슴속 사랑이며 손끝의 부드러움이다.

봄은 누구에게나 온다

3월쯤 아니 2월 중순을 넘어서면 기온은 아직 낮아도 햇살의 파장이 다르다. 식물들은 실제 기온이 아니라 햇살의 강도 혹은 겨울보다 훨씬 길어진 파장에 영향을 받는지 목련의 꽃망울이 앞다투어 모습을 드러내고 벚나무도 이미 작은 몽우리를 준비해 놓았다.

나이가 든 사람들이 아직 내복을 벗지 못하거나 젊은 사람들이 패딩을 장롱 속에 선뜻 집어넣지 못해도 사람들의 눈빛을 보면 안다. 모두가 봄을 기다리고 있다는 것을.

하긴 그 춥던 겨울에도 부산의 양지바른 곳에서는 성질 급한 개나리가 성급히 꽃을 피우곤 했었다. 그러다 영하로 다시 내려가면 피워냈던 꽃망울을 접고 의기소침한 듯 풀이 죽은 모습으로 얼어버리곤 했지만.

걸핏하면 12월에도 바보같이 꽃망울을 내밀곤 했던 개나리.

봄을 그렇게 간절히 기다린 것일까.

봄이 스쳐 가는 짧은 한순간 반짝 빛나는 그들의 시간이고 계절이니까.

그래서 자꾸 내밀어 보는 걸까.

봄을 확인하려고.

사람들도 봄을 기다렸다.

겨우내.

별 특별한 것도 없고 긴 겨울과 다른 행복의 징후나 새로운 길이 펼쳐지지 않아도 사람들은 봄을 기다렸다. 기온이 따뜻해지는 것처럼 마음도 따뜻해지고 싶고 새순이 올라오는 것처럼 희망도 올라왔으면 싶고 꽃이 피어나는 것처럼 인생도 피어났으면 하는 소망들이 봄을 기다리게 했다.

봄이 오면.

이번 봄에는 하면서.

건강을 위협받는 사람들에게는 봄의 생명력이 희망이 되고 새로운 학기나 상급학교로 진학하는 학생들에게는 지나간 후회를 벗어던지고 새롭게 시작하는 출발점이 되고 헤어진 연인들에게는 다시 사랑할 수 있는 소망을 가지게 한다.

봄은 누구에게나 오는 것이므로.

아주 공평하게.

나른하게 눈꺼풀이 내려앉는 오후에 교외 둑길을 가면 여린 쑥들이 솜털을 세우며 올라오고 말라 비틀어져 있던 나뭇가지에서 거짓말처럼 윤기 나는 새순이 비집고 올라오는 것을 보면 경이롭기까지 하다.

　무엇을 하건 무슨 계획을 세우건 겁이 나지 않는 건 봄이 주는 기지개 같은 느낌 때문인지 모르겠다.

　기지개.

　두 팔을 높이 들고 허리를 곧게 펴며 있는 한껏 힘을 주어 뻗어보는 기지개.

　뭉쳐 있던 온몸의 근육과 핏줄이 다시 팔딱거리는.

　그 느낌이 있었다.

　봄이 오면.

　지난해 좀 실수가 있었어도 혹은 잘 풀리지 않은 일들이 있었어도 그건 이미 지나간 그림이다. 매년 새로운 백지 한 장을 받아드는 봄에는 말라버린 나무 대신에 초록 잎과 꽃과 나비를 꿈꾸는 대로 다시 그려 넣을 수 있는 것이다.

　새 종이니까.

　그러려고 봄이 다시 오는 것이니까.

　그 봄은 누구에게나 다시 오니까.

　누구에게나 따뜻하고 누구에게나 부드럽고 누구에게나 희망이니까.

　봄은.

불행 총량의 법칙도 있다

'행복 총량의 법칙'이라는 말이 있다.

행복은 누구에게나 누리는 시기와 한 번의 양이 다를 뿐 결국 인생 전반에 걸쳐 주어지는 총량은 같다는 주장이다.

역으로 생각해 보면 불행 역시 마찬가지일 것이다.

언제 얼마만큼의 양이건 불행의 그릇을 다 채우고 나면 행복이 올지 장담할 수 없지만 불행은 더 이상 없지 않겠는가.

그런데 그 이론에 단서가 있었다.

행복하기 위해서는 행복을 이끌어 내는 원천의 수를 증가하여야 한다는 것이다. 행복이란 연습할수록 느는 삶의 습관이므로 스스로 행복하기 위해서는 연습을 해야 한다는 말이다.

아이러니.

봄은 누구에게나 온다

행복은 연습하기 좋은 과제이지만 불행을 연습한다는 건 좀.

30대에서 40대 접어들 그즈음에 우리끼리 삶의 행복을 논하면서 유행어처럼 읊어대던 말이 있었다.
"맛있는 걸 먹으면 하루가 행복하고 예쁜 옷을 사면 일주일(한 달이었나?)이 행복하고 전자제품을 사면 1년이 행복하고 새 집을 사면 10년이 행복하다."
그 당시 전자제품 광고에는 "당신의 선택이 10년을 좌우한다."이었는데 주부인 우리들의 행복지수로는 전자제품은 1년이었다. 판매자의 기준은 10년이겠지만.

내 집을 갖겠다고 10년의 월급을 저축해서 처음 입주했을 때는 정말 꿈같이 행복하기도 했다. 그런데 집 가진 자의 행복은 우리가 읊어대던 것보다 짧아서 5년도 채 가지 않고 시들해졌다.
그래서 행복지수도 연습이 필요하다는 말에는 공감이다. 총량이 정해져 있다면 단위지수를 높여야 하니까. 양은 일정해도 느낌을 최대치로 만들어야 하니까. 즉 내가 이해하는 행복 총량에서는 2 곱하기 5는 10이고 3 곱하기 5는 15인 행복 총량이지만, 3 곱하기 5의 행복단위지수가 높으므로 본인이 3을 4 정도로 조절해서 20이나 그 이상의 강도로 더 높일 수 있다는 뜻이다.

그런데 살다 보니 행복지수를 높이는 일보다 불행지수를 낮추는 일이 더 중요한 것 같다는 생각이 들었다. 우리의 뇌는 행복의 유지기간보다 이상하게 불행의 지속기간이 더 길기 때문이다. 즉 행복한 일은 비슷한 일이 다시 생기면 무감각해져서 느낌이 덜하지만 불행은 비슷한 일이 생기면 과거의 것에 보태어져서 지수는 높아지고 강도는 더 세져서 감당하기 어려워지는 것이다.

콜레스테롤이 높게 나와 자주 검사를 하는데 늘 항목별로 수치를 받다 보니 HDL, LDL, 중성지방 항목을 다 따로 검사하는 줄로만 알았다. 작년에 동네 의원에서 피검사를 하고 다음 날 결과를 보러 갔더니 의사가 잠시만 기다리라면서 뭔가 한참 계산을 하는 것이었다.

"아 참 이게 아니지."

의사도 매번 하는 게 아닌지 헷갈려 하며 검사지에 줄을 긋고 다시 계산을 해서 내게 보여주었다. 분수도 있고 나눗셈 뺄셈도 있었다.

늘 수치의 결과만 받았던 내가 물었다.

"검사가 각각 나오는 게 아닌가요?"

의사는 웃으며 뭐 HDL을 총콜레스테롤에서 빼고 중성지방을 나누고 어쩌고 하면서 아무튼 결론은 LDL이 높다고 했다. 가만히 보니 내가 걱정했던 LDL은 총콜레스테롤에서 HDL과 중성지방의 수치가 결정하는 거였다.

마찬가지로 행복 총량의 법칙은 그 행복 총량을 늘이는 것보다 불행 총량을 낮춘다면 자연스럽게 높아지지 않을까.

행복해서 행복한 것이 아니라 불행하지 않기 때문에 행복할 수 있으니까.

행복 총량을 높이기 위해서 행복지수를 높이는 연습을 한다면 불

봄은 누구에게나 온다

행 총량을 낮추기 위해서는 불행지수를 낮추는 연습을 해야 할 것이다.

'아, 이 정도는 견딜 수 있는 불행이야.'

1에서 10까지 단계를 표현한다면 실제보다 2포인트나 3포인트 낮게 생각하고 견디기.

모든 것은 지나갈 것이고 내게 이미 다가온 이만큼을 견뎠으니 남아 있는 건 얼마 없을 것이라고 믿기.

행복은 그것을 끌어내는 원천의 수를 두 배로 늘리고 불행은 반으로 줄이기.

총량이 같음에도 네 배의 차이 만들기.

불행 총량의 법칙도 있음을 믿고 잘 살아내기.

우리 삶의 기본값이 행복이 아니라 고통일 수도 있음을 알기.

삶은 행복을 쌓아가는 것이 아니라 고통을 줄여가는 여정임을 알기.

그러니 그걸 줄여가기.

고통보다 빨리 뛰어가기.

자꾸 늘어나는 무한대의 양이 아니라 총량인 것이라 믿고 살아가기.

불행이 닥칠 때마다 가지치기하듯 하나를 잘라냈다고 안도하기.

그렇게 살기.

더하기 빼기가 참 공평한

공무원으로 그럭저럭 무난한 삶을 살아가던 우리는 아빠의 퇴직과 뜬금없는 베트남전 돈벌이 환상으로 궁핍한 생활을 하게 되었다. 한번 기울어진 가세는 좀처럼 회복이 어려웠지만 나는 어찌어찌 대학을 졸업하고 직장을 갖게 되어 조금이나마 보탬이 되고 있었다.

아빠의 수입으로 여덟 식구 겨우 풀칠을 하고 우선 내가 먼저 대학을 졸업했으니 차례로 밑에 동생들 하나씩 책임지고 공부를 시키기로 했다.

한 명이 하나씩.

그러다 탈출하듯 결혼을 했지만 친정의 궁핍함이 늘 눈에 밟혔다.

시댁 몰래 생활비를 보태기도 했고 한때 정부에서 월급을 올려주지 않고 20kg 정부미 쿠폰을 준 적이 있었는데 그것은 시댁 모르게 요긴하게 매달 친정에 도움을 줄 수 있었던 마술 쿠폰이었다.

시댁에 함께 사는 형편이니 내 월급의 일부분을 어머니에게 드리고 얼마간의 적금을 넣고 나면 교통비랑 점심값도 빠듯해서 그 정부미 쿠폰 외에는 다른 도움을 줄 수가 없었으므로.

다섯째가 대학을 간다고 하는데 넷째 동생이 준비한 등록금이 모자란다고 연락이 왔다. 현금이 없었던 나는 궁여지책으로 딸아이의 돌 반지를 몇 개 들고 갔다. 금은 언제나 현금이 되었으니.

넷째는 그것만은 차마 받을 수 없다고 했지만 나에게 공부보다 중요한 건 없었다. 정확하게 기억이 나지 않지만 아마 다섯 개 정도의 돌 반지를 건넸고 마음속으로 딸아이가 결혼하기 전에 반드시 채워 놓을 거라고 생각하고 있었다.

다들 자리를 잡고 결혼도 했으며 무공훈장을 받았던 아빠도 보훈처에서 지원금이 나오면서부터는 그럭저럭 안정된 생활에 화목하게 살아가고 있었다.

그러나 세월이 흐르니 아빠도 여러 질병이 노쇠한 몸을 덮쳤고 가벼운 뇌경색도 왔다. 집 가까운 병원에서 뇌경색 치료를 받게 되었는데 딸이 여섯이나 있어도 다들 각자의 이유가 있어 간병이 곤란했고 직장생활 중이어도 절대 닥친 일을 거부하지 않는 나의 MBTI는 결국 간병을 나의 몫으로 짊어졌다.

나의 간병을 당연한 걸로 생각했다.

동생들은.

마침 방학 기간이긴 했지만 고군분투 간병하는 나에게 그 애들은 저녁에 잠시 와서 아빠를 들여다보고 왁자지껄 빨리 나으시라고 떠들다가는 썰물 빠지듯 빠져나갔다.

"언니야, 고생해."

"우린 저녁 먹는다."

뭐 일머리 좋은 내가 하는 것이 훨씬 더 안정적이고 능률적이지만 나도 대학생 딸을 둔 노년에 접어든 나이가 아닌가.

환자 옆에서 잔걸음을 재며 수발을 하다 보니 피로가 갑자기 몰려오기도 했고 늘 지키고 있어야 하는 간병의 무료함이 덕지덕지 덮인 눈은 생기가 없었다.

'그래. 일주일 정도면 된다니 참아보자.'

"엄마, 오늘 내가 하루 있을게."

5일 정도 지났을 때 마침 방학이라 서울에서 내려와 있던 딸이 하룻밤 지키겠다고 했다. 제 딴에는 엄마만 고생하는 것 같이 짐을 나누려고 하는 마음이지만 대학생이 뭘 간병을 하겠나 싶었다. 그래도 하루 정도는 괜찮겠지 하면서 나도 집에 와서 오랜만에 넓은 침대에 편한 잠을 잤다.

다음 날 일찍 병원에 갔더니 딸아이가 나보다 더 깨끗하게 외할아버지 얼굴을 말끔하게 닦아놓았다. 생각보다 야무진 면이 있었다. 가벼운 뇌경색이었던 아빠도 많이 회복되어 집에서 요양과 재활을 하면 된다고 했다.

아빠는 퇴원을 했고 일상으로 돌아온 나에게 서울로 돌아가려던 딸이 무언가를 내밀었다.

"엄마, 참. 할아버지가 이거 나에게 줬어."

아빠가 언제부턴가 늘 끼고 있던 반지였다.

난 웃었다.

"그거 이미테이션일 거야."

"설마. 할아버지가 하룻밤 간병한다고 고생했다면서 이거 잘 보관해라 하시던데? 내 얼굴을 가만히 바라보시다가 갑자기 손가락에서 쑥 빼서 주셨어."

"아이고. 그거 진짜 금 아니야. 이모들도 다 갔는데 네가 간병하니 안쓰러웠나 보다. 묵직한 게 진짜라면 제법 무게가 나가겠는데? 그래도 기념이니 잘 보관해 놓을게."

그러면서 나는 무심히 받아서 내 결혼반지랑 같이 넣어두었다.

세월이 지나 아빠는 돌아가셨고 딸이 결혼을 한다고 했다.

사위 패물을 해주려고 준비하다가 문득 아빠의 반지가 생각났다.

너무 오랫동안 손가락에서 빼지 않아 반지 안쪽에는 청동 색깔 같은 푸른 때가 묻어 있었고 색도 몇 군데 변한 것처럼 거무튀튀했다. 마음속으로 이미테이션이 확실하다고 생각하며 안쪽을 자세히 보니 '6.25 참전 용사회 기념'이라는 글씨가 박혀 있었다. 무공훈장을 받아 국가유공자였던 아빠는 지원금을 받게 되면서 모임에 나가셨고 그때 기념으로 회비를 모아 만드셨나 하는 생각이 들었다. 그러면 진짜일 수도 있겠다는 마음으로 그걸 들고 귀금속점으로 갔다.

진짜였다. 정확히 다섯 돈.

내가 동생 등록금이 부족할 때 주었던 딸아이 돌 반지와 똑같은 무게였다.

시어머님도 교회에 권사로 취임하시면서 선물로 받은 금반지를 딸아이 대학 갈 때 주신 적이 있었다. 맏이인 우리에게 너무 해준 게 없다면서.

그 반지를 우리 딸아이 가방에 선물이라고 쓱 집어넣으셨는데 그 것 역시 다섯 돈.

딸아이가 손주 중 혼자만 받은 양가 조부모님의 조금은 특별한 반지 두 개는 녹여서 우리 사위의 목걸이가 되었다.

그렇게 없어진 돌 반지는 결국 채워졌다.

전혀 다른 방법이었지만.

살아보니 그랬다.

인생은 결국 공평하게 굴러간다.

어쩌면 하나님의 더하기 빼기는 계산기보다 정확할지도.

늘 내가 더 많이 준 것 같고 내가 덜 받은 것 같았지만 그건 자기 중심적인 기억의 오류일 뿐. 사람들은 받은 것보다 준 것을 더 많이 기억하기 마련이니까.

받은 것은 차곡차곡 돌에 쌓아놓고 준 것은 물에 흘려보내라 해도 사람들은 늘 반대로 한다. 늘 준 것만 생생하게 기억하고 받은 것은 자꾸 망각하는.

나도.

1을 더하고 나서 다시 1을 빼면 원래 그대로인데도 뺀 것만 기억 하면 불행할 수밖에 없다.

봄은 누구에게나 온다

또 더하기 빼기가 너무 저울에 단 듯 공평한 것은 삶이라고 할 수가 없다.

노란색과 파란색을 섞어 초록색을 만들지만 파란색이 좀 더 많으면 청록색이 될 것이고 노란색이 좀 더 많으면 연두색이 될 것이다.

반지를 들고 가서 들었던 순간적인 생각은 어쩜 이렇게 삶은 결국 공평할까 하는 것이었지만 그게 석 돈이었어도 혹은 열 돈짜리였어도 기본은 하나였다.

아빠나 시어머님이 주신 것은 내가 그분들에게 주었던 것에 대한 반대급부적인 더하기가 아니라 나를 징검다리 삼아 딸아이로 내려가는 그냥 내리사랑이라는 것.

더하기 빼기가 공평한 것은 눈으로 보이는 질량적인 것이 아니라 관념 속에서 존재하는 어떤 것이라는 것.

그래서 살아보면 대체로 참 공평한 삶.
더하고 빼서 0이 되는 것이 아닌.

수치가 아니라 가치가 공평한.

여우의 신 포도

손자들이 보고 싶었다.

우리의 40주년 결혼기념일을 핑계로 같이 여행한 지 얼마 되지 않았는데 그새 또 눈에 아른거렸다. 눈에만 아른거린 게 아니라 귓가에도 그 애들 목소리가 자꾸 윙윙거렸다.

만나고자 핑곗거리를 찾는 일은 이제 이력이 나서 문제도 아니었다.

"엄마가 현충일에 할머니 할아버지 뵈러 현충원 갈 거야. 마침 연휴이니 영천에서 경주로 1박 2일 계획이 있는데 너희들 숟가락 얹을래?"

"어, 그래? 시간 하고 일정 좀 보고."

당연히 알고 있었다.

딸아이는 시간을 보는 게 아니라 시간을 만들 것이라는 걸.

"연휴인 데다 거리두기가 좀 풀려서 경주 호텔 구하기가 어려울지 몰라. 적어도 2주 전에 연락해 줘."

2주는커녕 바로 연락이 왔다.

거의 한 달이나 남아 있는데.

시간을 만든 딸.

여유가 있다고 생각하고 호텔을 찾았는데 아뿔싸 빈 객실이 하나도 없다.

경주 거의 모든 호텔이.

보문단지 근처 호텔을 원했지만 전부 만실이고 불국사와 시내도 알아봤지만 헛수고였다. 할 수 없이 차선책으로 알아본 것이 펜션이었다. 호텔이 아니고 펜션을 갈려면 차라리 아이들이 좋아하는 풀이 있는 풀 빌라를 가보자 싶어 손가락 운동을 네 시간쯤 했는데도 모두 만실이었다.

불과 7개월 전만 해도 10월에 나 홀로 경주 여행을 간 날 호텔은 코로나로 손님이 정말 몇 팀밖에 없었는데.

심지어 일반실을 예약했는데 프런트에서 추가금 없이 특실로 업그레이드해 줄 정도였다. 그 큰 호텔의 삼백여 개 객실에 서너 팀밖에 없었으니.

네 시간쯤 지나자 손가락도 아프고 고개도 아팠지만 나는 할매의 끈기를 놓지 않았다. 예약하기 버튼만 누르면 예약마감이라는 네 글자와 맞닥뜨리는 현실을 수십 번 경험하면서도.

그러다 보니 처음엔 가격대가 너무 높아 아예 패스했던 좀 더 고

급스러운 풀 빌라가 눈에 들어왔다. 금액이 최소한 80만 원부터 100만 원이 넘는 곳도 있었다. 하룻밤에.

우리 연령대는 잘 가지 않는 곳이니 도대체 어떤 곳인가 하고 그제야 자세히 둘러보기 시작했다.

좋긴 좋았다.

하루 단 한 팀만 받는 완전 독채 풀 빌라.

누구의 간섭도 받지 않는 것은 물론 보통 풀장과 룸만 쓰는 풀 빌라와는 다르게 그 펜션 전체가 나만 쓸 수 있는 것이니 정원, 그네, 아이들 모래놀이터, 산책 코스…. 그야말로 꿈꾸는 전원주택에 다름 아니었다.

그것도 수영장 있는 전원주택.

그리고 아이들이 유난히 좋아하는 복층 구조.

수없이 고민하고 고민했다.

100만 원이 넘는 곳은 제외하고 오후 3시부터 다음 날 11시까지 20시간 사용에 80만 원에서 90만 원 정도 찾아보기.

100만 원은 넘기지 말자고 스스로 정한 검소한 마지노선.

그러면서도 그럴 가치가 있을 것인가 하는 고민으로 또 두어 시간을 보냈다.

나는 소시민인지라.

그 두어 시간 동안 장소를 경주에서 조금 외곽 쪽으로 옮길까 생각도 하면서 제천이랑 단양 쪽도 알아보긴 했다. 영천 호국원에서 접근성이 있어야 하니까.

봄은 누구에게나 온다

밤 12시가 다 되어가는 순간 어디에도 조건에 맞는 곳이 없자 갑자기 마지노선을 무너뜨릴 결심이 섰다.

'그래. 해외여행 간 셈 치자. 발리에 손자들하고 간 셈 치자. 숙소가 없어서 어쩔 수 없이 결정한 것이니 사치가 아닌 거야.'

100만 원대 혹은 좀 오버하더라도 해보자.

이미 마지노선은 무너뜨렸으니.

그리고 예약하기 버튼을 꾸욱.

하지만 나타난 것은 검은색의 예약마감이라는 네 글자.

그 정도 가격대가 높고 아직 날짜도 한 달 가까이 남았으니 당연히 비어 있을 것이라 생각했는데.

독채 풀 빌라가 서너 군데 있어서 오기로 다 클릭해 봤지만 마찬가지였다. 사람들이 모두 이렇게 여유가 있나 싶기도 하고 아니면 거리두기 해제에 따른 보복여행인가 싶기도 하고 나만 궁상맞나 싶기도 했다. 그 버튼을 얼마나 두근거리며 눌렀던가.

손자들 재울 데 없을까 봐 나름 눈 질끈 감고 클릭한 것인데.

그런데 허망함과 동시에 밀려드는 약간의 안도감은 또 무엇인지.

밤새 허탕을 치고 아침에 일어나자마자 다시 손가락 운동.

그 끝에 겨우 아주 소박하고 위치도 보문단지에서 조금 떨어진 곳의 작은 호텔 하나를 차지했다. 그것도 누군가 취소한 덕분에.

딸에게 문자를 했다.

"손자들 풀 빌라 독채 멋진 데서 한번 묵게 하려고 했는데 100만 원 넘게 주고도 없네. 돈이 없는 게 아니라 방이 없는 거다."

물론 'ㅎㅎ'도 문자에 넣었다.

"응. 숙소 찾는다고 고생했네. 우린 좁아도 괜찮아. 잠만 자는데 뭘."

딸아이의 문자를 보며 조금 전에 느꼈던 약간의 안도감이 깊고 평온한 안도감으로 다가왔다.

'맞아. 거긴 잠만 자기에도 아깝고 경주 역사 공부를 해야 하는 일정상 풀 빌라를 온전히 즐기기엔 더욱 아까워. 이번 여행의 콘셉트는 4학년인 손자의 역사 공부니까.'

펼쳐놨던 역사 지도를 챙겨 넣었다.

그래.

어차피 우리한테 독채 풀 빌라는 사용하기 곤란해.

경주 박물관이랑 역사적 장소 둘러보기도 시간이 부족한걸.

여우의 신 포도.

딱 그 마음으로.

봄은 누구에게나 온다

노래방을 기웃거릴 때

"저 노래 제목 좀 적어놔라. 불러보고 싶은 노래가 노래방만 가면 생각이 안 나더라."

"아이고 우리가 언제 노래방을 가게 될까?"

코로나가 기승을 부릴 때 가장 위험한 곳으로 취급된 곳이 노래방이었다. 그 전에도 그리 노래를 즐겨 부르지는 않는 터인 데다 코로나 공포로 안 간 지 2년이 훨씬 넘었고 그나마 몇 곡 나한테 음역이 맞는 곡을 정해두었던 것들도 잊은 지 오래였다.

남편이 적어두라고 한 곡들이나 내가 한 번쯤 불러봐야겠다고 생각한 곡들을 보니 대부분 멜로디보다 가사가 마음을 흔드는 것들이었다.

예전에는 멜로디의 느낌이 먼저 귀를 울리고 그다음이 가사였는데 지금은 가사가 먼저 와닿고 그다음에 멜로디를 음미하게 된다. 그나마 그 가사조차도 자막이 없으면 뭐라고 하는지 잘 들리지 않으니 우린 무조건 자막으로 이해를 하는 꼰대들이다.

그렇게 적어놓은 곡들을 보니 〈바람의 노래〉, 〈바램〉, 〈제발〉, 〈그대 내 맘에 들어오면〉, 〈여백〉, 〈어느 60대 노부부의 이야기〉, 〈무서운 시간〉, 〈바람이 되어〉 등등이다.

"세월 가면 그때는 알게 될까, 꽃이 지는 이유를. 나를 떠난 사람들과 만나게 될 또 다른 사람들. 스쳐 가는 인연과 그리움은 어느 곳으로 가는가. 나의 작은 지혜로는 알 수가 없네. 내가 아는 건 살아가는 방법뿐이야." 〈바람의 노래〉 가사다.

"전화기 충전은 잘하면서 내 삶을 충전하지 못하고 사네."는 〈여백〉의 가사이고 "아이처럼 뛰어가지 않아도 나비 따라 떠나가지 않아도 그렇게 오래오래 그대 곁에 남아서 강물처럼 그대 곁에 흐르리."는 〈그대 내 맘에 들어오면〉이라는 노래의 가사이다.

공통점이 있었다.

모두가 거의 인생의 마무리 단계의 노래이다. 임영웅이 불러 다시 재조명된 〈바램〉의 가사는 또 어떤가. "우린 늙어가는 것이 아니라 조금씩 익어가는 겁니다. 저 높은 곳에 함께 가야 할 사람 그대뿐입니다."

결국 우리가 늙어가는 것이든 익어가는 것이든 인생의 마지막 자락을 한없이 공감하면서 무심결에 내 삶을 되짚어 보게 되는 가사들.

우리가 이미 오래전에 늙어버린 것이다.

앞으로 나아가지 않는 인식의 세계는 자꾸 다가올 시간보다 지나간 시간 속에 머무르고.

다가올 시간은 끝이 보이므로 두려움에 뒷걸음질 치고.

그걸 몰랐을 뿐.

그나저나 노래방은 언제 다시 가서 저 노래 가사들을 읊어볼까.

기웃기웃.

빼꼼 빼꼼.

여전히 화려한 노래방 네온사인들.

퀼트는 각설이
옷이 아니었다

한때 지인들이 퀼트에 빠져든 적이 있었다.

너도나도 퀼트 조각들을 가지고 다니며 틈만 나면 바느질을 했다. 그러더니 유행처럼 모두 그 퀼트 가방을 가지고 다녔다.

나는 원래 바느질이 젬병이다. 손재주가 워낙에 없는 터라 뭘 만들거나 맞추는 것도 잘하지 못했다. 오죽하면 자수도 잘하고 부업으로 조화도 잘 만들었던 엄마는 내 손은 저승사자도 안 가져갈 거라고 웃으며 말씀하셨을까. 겨드랑이가 네 갈래로 터진 옷을 잘못 짝을 맞춰 꿰맨 탓에 팔이 들어가지 않는 것을 보고 말씀하신 것이다. 그때가 대학 들어가기 직전이었는데.

요리는 그런대로 맛을 내는데 손으로 하는 자잘한 것들은 왜 안 되는지 모를 일이었다. 하긴 요리도 맛은 내지만 플레이팅 역시 젬

봄은 누구에게나 온다

병인지라 맛에 비해 폼이 나지 않는다. 그러니 모두들 그렇게 퀼트에 열을 올리고 너나없이 손가방 하나쯤 다 가지고 다니던 그때에도 관심이 없는 것과 못하는 것이라는 자의식 때문에 별로 좋다거나 예쁘지가 않았다. 내 눈에는.

게다가 무지한 나는 지인들의 작품들이 그저 조각조각 패턴 없이 무작위로 이어서 붙인, 얼핏 보면 각설이 타령에 입고 나오는 누더기 느낌도 들었으니.

참 미적 감각이 없는 여자.

어느 날인가 홀로 여행을 하다가 어느 한적한 카페에 갔는데 벽면은 물론 곳곳에 소품들이 전부 퀼트로 가득한 곳에 가게 되었다.

조용해서인가. 아니면 나 혼자 찾은 카페여서 그런가.

무심한 눈으로 둘러보던 내게 어느 순간 정말이지 어느 순간 아름다움이 훅 들어왔다.

그리고 탄성이 나왔다.

예술가들이 혜안에 눈뜰 때 그러한가.

각 작품마다 패턴이 정교했고 어떤 것은 풍경화로 어떤 것은 동화로 스토리가 보여졌다. 그제야 퀼트를 다시 들여다보았다. 한 땀 한 땀 한 조각 한 조각이 이어져서 색의 조화와 주제가 어우러진 아름다운 한 폭.

이렇게 만들기 위한 개개의 조각들을 어떻게 모아서 색감과 모양과 멋을 살려내는지 내내 감탄을 하며 만져보았다.

멈추면 비로소 보이는 것도 있고 오래 보아야 아름답다는 시인들의 시어처럼 계속 걷고 응시해야 어느 순간 경이로움이 존재했다. 내가 그날 홀로 여행을 하지 않았다면 혹은 그 퀼트 작품을 만나지 않았다면 끝내 예술 같은 그 아름다움을 누더기 조각과 다름없이 대했을지도 모를 일이니까.

관심.
모든 것은 관심의 문제였다.
관심이 없을 때는 각설이 옷으로 보였던 퀼트 작품이 관심이라는 다른 눈을 가지고 보니 예술로도 보이고 스토리도 보이는 것이었다. 무엇보다 나를 움직였던 것은 하나하나의 조각은 그냥 버릴 수도 있을 것 같은 자투리 조각 같았는데 색과 무늬를 이으면 주제가 생기고 조화로움이 더해지며 아름다운 패턴이 만들어지는 것이었다. 물론 한 가지 색이나 천으로 하는 것도 있었지만.
만드는 사람들을 유심히 보니 바느질을 하기 전에 작은 조각들을 수없이 견주어 보고 맞추어 보고 하면서 최선의 조각을 찾아내는 것이 가장 핵심 작업이었다.
최선의 조각 찾기.

내 인생의 조각보를 만들기 위해서 아직도 찾아야 할 것이 있을 것 같다.
주제를 먼저 정하고 조각들을 구해야 할지 이미 가지고 있는 조각들을 모아 잘 이어 붙여 주제를 정할지.
70이 되어도 아직도 모르겠다.
어렵다.

봄은 누구에게나 온다

그래서 늦게나마 좋아하는지도. 그 오묘한 조화로움의 퀼트를.

퀼트가 더 이상 각설이 옷이 아닌 작품으로 만나지는 순간을.

내가 가지고 있는 조각들로는 무언가 만들어 낼 수 없을지도 모르지만.

맞지 않을 수도 혹은 필요한 지난 삶의 한 조각이 비어 있을지도 모르지만.

그 조각들을 그저 하릴없이 조물조물.

있는 그대로를 가지고 최선의 맞춤을 하거나.

딱 맞는 조각을 새로 만들어 보거나.

다시 조물조물.

접시 물에 빠져
죽을 수도 있다

더운 여름이었다.

딸아이가 세 살 때였으니 한창 저축에 올인할 때라 차도 당연히 없었고 휴가를 즐길 만큼의 여유도 없었던 시절이었다. 그래도 한 번은 아이를 데리고 물놀이를 가야 할 것 같아 큰맘을 먹고 경주로 향했다. 버스를 두어 번 갈아타고 도착한 곳이 도투락월드라는 곳. 지금은 경주월드로 바뀐 곳이다.

그곳에 실내 풀장이 있었기 때문인데 아무튼 실내 풀장도 그때가 처음이었다. 규정에 맞추어 딸아이랑 나는 수영복을 갈아입고 수영 모도 머리카락이 나오지 않게 잘 눌러썼다. 딸아이는 꽃이 다발처럼 가득한 수영모를 씌웠더니 아주 어울리고 예뻤다. 거울이 없어 내 모습을 보진 못하고 삐져나온 머리카락을 겨우 끼는 수영모 안으로 비집어 넣으며 딸아이를 안고 탈의실 밖으로 나왔다.

난 머리가 좀 큰 편.

순간.
남편이 바닥에 털썩 주저앉으며 낄낄대기 시작했다.
"왜?"
"당신 수영모 쓴 거 진짜 웃긴다. 머리가 고구마 같아."
낄낄대는 정도가 아니라 너무 웃어서 거의 꺼이꺼이 숨이 넘어갈 지경이었다. 하지만 난 내 모습을 볼 수 없으니 무심하게 "머리는 크고 수영모가 작아서 그래." 하면서 딸아이를 안고 풀장 통로를 걸어갔다.
풀장은 약간 구불구불한 통로를 사이에 두고 유아용, 어린이용, 성인용 등으로 나누어져 있어 나는 열심히 눈으로 유아용을 찾아 두리번거리며 통로를 걸어나갔다. 그러다 물기가 많은 통로에 발이 주르륵 미끄러졌다.
풍덩.

딸아이를 놓친 나는 팔을 있는 대로 허우적대며 살려달라고 소리를 질렀다.
눈은 꼭꼭 감은 채로.
도대체 딸아이를 먼저 찾아야 할 내가 스스로 죽는다고 생각하고는 눈도 못 뜨다니.
물에만 들어가면 눈을 뜨지 못하는 징크스인지 뭔지가 있는 나는 물 높이가 내 키는 훨씬 넘는 곳이라고 믿고 있었다.
머리 위로 물살이 쏟아져 내리고 있었고 물이 입 안으로 들어오기도 했다.

정말 죽는 건가.

그때 한 남자아이 목소리가 들렸다.

"아줌마, 눈 좀 떠보이소. 눈 뜨고 한번 앉아 보이소."

"엉?"

눈을 살며시 떠보았더니 아뿔싸! 물은 내 종아리를 찰랑거리는 유아용 풀장이 아닌가.

어린 아기들도 바닥에 앉아 물을 참방참방 두드리며 노는 곳.

거기에 난 엎드린 채로 빠져서 죽는다고 허우적대고 있었던 것이다.

남편이 수영모 쓴 모습을 보고 웃는 순간부터 내가 민망해서 정신줄을 놓은 것이라고 두고두고 원망을 해댔지만 사람의 생각이 신체를 지배하는 놀라운 경험이었다.

누군가 그랬다.

암이라는 판정을 받는 순간 자신의 신체를 좀먹는 것은 암세포가 아니라 암에 걸렸다는 공포심이라고.

지금도 나는 그 순간 물길이 내 머리 위를 지나가는 엄청난 깊이의 물에 빠졌다는 생생한 공포심을 되새김하곤 한다.

그 공포심은 진짜였기 때문에.

그러니 "접시 물에 빠져 죽을 수 있다."는 옛날 속담들은 다 경험에 근거한 것이다. 결코 허구가 아닌.

의학적으로는 소량의 물로도 사망에 이르는 '마른 익사'라고도 한다니 호들갑은 아닌 셈이다.

봄은 누구에게나 온다

정신이 육체를 지배하는 원리.

생각대로 되어가는 이 세상 이치.

가고자 하는 사람 앞에 길이 나타나듯이.

가다가 만약에 막다른 길이 내 발목을 붙잡는다면 옆으로 혹은 뒤로 돌아가면 될 일이다.

돌아가면.

당황하지 말고.

그러니 어떤 경우의 수를 만나도 두려움을 던지고 건강한 정신을 가질 일이다.

스스로를 믿고 자신감을 가질 일이다.

언제 어떤 일이 닥쳐도 다시 시작할 수 있는 용기도.

접시 물에 빠져 죽느냐 깊고 깊은 바다를 헤엄쳐 오느냐.

삶은 생각으로 이어진 길고 긴 줄이지만 접시 물이건 바닷물이건 종이 한 장 차이의 생각이 전혀 다른 결과를 만들어 내는 건 확실하다.

어리석게 인생의 접시 물에 빠져 죽지 않기.

깊은 물도 헤엄쳐 빠져나오기.

인생의 난이도 조절하기

신이 우리에게 준 가장 큰 축복은 죽음과 망각이다.

그게 없다면 삶의 파고를 넘으며 기억하고 싶지 않은 아프고도 아픈 그 수많은 파편들을 어찌 감당하겠는가. 그나마 때때로는 망각하고 때때로는 야트막하게 기억함으로써 아픈 순간들을 넘기는 것이다.

도로에서 만나는 과속방지턱을 넘는 것처럼.

어차피 넘어가야 하는 것이니.

인생의 난이도 조절하기.

공황장애가 왔었다.

전날의 불면증으로 눈도 따갑고 피로가 극심해 있던 차에 유독 많았던 업무를 마무리하려고 할 즈음 갑자기 상사가 공문 하나를 내밀었다. 급하게 신청서 하나 써서 본청에 보내라는 것이었다. 선정되면 지원금이 나오고 우린 그 예산으로 다양한 프로그램을 운영할 수 있었다. 꽤 큰 금액이라 욕심도 나긴 했다. 문제는 마감 시간이 세 시간 정도밖에 남아 있지 않다는 것이었다.

응모요령을 읽어보니 세 시간 만에 실태분석을 포함한 운영 계획까지 10쪽이 넘는 신청서를 만들어 내야 했다. 정말 어려운 일이었다. 하지만 어려서부터 사소한 부탁 하나도 거절해 본 적이 없는 나는 상사의 지시를 버겁다고 꽁무니 뺄 사람이 아니었다. 승진을 앞두고 있던 나에게 윗사람의 평가는 절대적이기도 했고 그게 아니더라도 어차피 했을 INFJ형.

타인에게 헌신적인.

내 능력을 잔뜩 과대평가하고 있는 상사는 눈웃음으로 보고 있고.

생각하고 또 생각하고.

쓰고 또 쓰고.

편집하고 또 편집하고.

화장실 한 번 못 간 채 세 시간을 꼬박 매달려 마침내 응모요강에 맞는 신청서가 만들어지고 제본을 끝내니 마감 20분 전이었다. 접수를 하러 사람을 보내고 책상에 앉는데 갑자기 다리가 풀린 느낌과 함께 어지러움이 밀려왔다.

정말 생전 처음 경험해 보는 신체적 느낌.

발바닥 끝에서부터 전기가 통하는 듯 찌릿찌릿함이 올라오더니 온몸의 피가 소용돌이치듯 거꾸로 혹은 빙빙 제멋대로 돌고 있는 것 같았다.

'이 이상한 이인감(異人感)과 붕붕 뜨는 느낌은 무엇이지? 이거 내가 지금 죽어가고 있는 건가.'

숨도 잘 쉬어지지 않고 걷잡을 수 없는 비현실감에 극심한 공포가 휘몰아쳤다.

"영란 씨, 내 몸이 이상한 것 같아. 119나 콜택시나 아무거나 빨리 불러줘."

119보다 먼저 온 택시를 타고 가장 가까운 병원 응급실로 가서도 나는 내가 죽을 것 같은 이상한 그 느낌을 설명하느라 말이 빨라졌다.

"환자분, 공황장애 같은데 아세요?"

아니 공황이라면 1920년대 미국의 대공황을 말하는 거 아닌가. 나는 지금 죽을 거 같은데 공황장애라니. 나는 절대 공황장애일 리 없다고 우겼다. 혈압은 180이 넘게 치솟았고 맥박도 100이 넘었다. 응급실에선 우선 혀 밑에 알약을 넣어 안정을 취하게 했고 여러 가지 검사를 했다. 심장내과, 신경외과, 갱년기 증상일 수도 있다고 산부인과까지 섭렵한 다음 마지막 정신과를 가서야 최종 공황장애 진단을 받았다.

그때서야 알았다.

신체적 증상도 머리에서 나온다는 걸.

또 그때서야 알았다.

내 인생의 난이도가 내가 가진 레벨에 비해 높았다는 걸.

나는 그저 평범한 데다 영화나 책을 좋아하는 데 비해 수학과 과학을 싫어하는 소소한 문과 계통의 사람이었는데 승진을 해볼까 마음먹은 순간부터 늘 창의적인 무언가를 만들어 내야 하고 다른 사

봄은 누구에게나 온다

람들에 비해 업무도 더 많이 맡아야 하고 심지어 직원들의 화합까지 중간 역할을 잘해야 하는 압박감이 많았다.

문제는 사람들이 다 나처럼 하지는 않는다는 거였다.

내 스스로 목표를 가장 높이 정해놓고 늘 허덕이고 있었다.

능력도 없는 내가 인생의 난이도를 스스로 최상에 놓아두고.

모든 시험의 난이도가 높을수록 성취감도 높을 수 있다.

한 단원을 공부하고 나면 기본문제라는 게 먼저 나온다. 그야말로 그 단원을 죽 훑기만 해도 답을 알 수 있는 난이도 하의 기본문제이다. 그다음은 메인인 단원평가가 있다. 제법 꼼꼼하게 학습하고 이해해야 풀어나갈 수 있는 난이도 중이거나 혹은 중상의 문제이다. 그리고 마지막에 타고난 두뇌는 물론 확장된 사고와 학습이 필요한 그래서 아무나 할 수 없는 난이도 상 혹은 최상의 심화문제가 기다리고 있다.

난이도 최상의 문제.

그것을 해결해서 얻는 성취감과 자신의 한계만 깨닫게 되는 좌절감의 차이가 모든 사람이 다 느껴야 하는 문제지는 아닐 터이다. 어떤 사람은 누구나 할 수 있는 기본문제만 풀고 난 여기까지다 하면 그만인 것이고 심화학습까지 완전히 해결해야 행복한 사람은 또 그렇게 하면 되는 것이다.

주변에 울타리라는 안전장치 하나 없는 원 안에 서서 난이도 상의 문제를 해결해 보려고 기를 쓰니 병이 날 수밖에.

인생의 난이도 스스로 조절하기.

살아보니 그랬다.

공황장애 이후 난이도를 조절해 보기로 하고 나를 그제야 자세히 보니 내가 해결할 수 있는 레벨은 중간이었다.

해본 것은 확실하게 실수 없이 잘하고 조금 난이도가 높은 것은 경우에 따라 잘하며 아주 높은 것은 맞닥뜨리기조차 싫어하고 해결하지도 못하는.

다른 모험심하고는 결이 다른 이야기였다. 가보지 않은 곳을 간다거나 해보지 않은 것도 덜컥 시작한다거나 하는 추진력과는 다른 것이었다.

결국 내가 속한 곳의 가장 높은 정점은 피하면서 내가 할 수 있는 선까지만 하려고 했고 그렇게 살았으니 내 인생의 난이도는 무난했다.

더 이상 욕심도 없었고 누군가와의 끊임없는 경쟁을 극도로 싫어하는 나는 내가 정한 난이도 레벨이 나쁘지 않았다.

태생적으로 주어진 여건들은 피할 수 없으니 그 안에서 최선의 노력을 했고 능력에 맞는 적당한 목표치에 도달했다. 기를 쓰고 목에 핏대를 올려가며 어딘가를 기어 올라갈 배짱도 능력도 욕심의 유전자 따위도 애당초 없었다. 난이도를 조금 올렸다면 내 삶의 성취감과 희열은 지금보다 더 짜릿했을까 하는 생각이 문득 드는 순간도 있지만 단언컨대 내 성정상 딱 거기까지였다.

딱 맞는 높이.

할 수 있는 능력에 맞게.

봄은 누구에게나 온다

그저 살아가는 매일을 잘 넘기며 인생의 난이도 조절하기.

심오한 인생의 심화과제에 미련을 갖지 말고 본 과제만이라도 잘
하기.

정해놓은 운동이건 할 일이건 버거우면 그날은 난이도 낮추기.

할 수 있는 만큼만.

잠들 때 남아 있는 과제가 없도록.

가볍게 잠들기.

그래서 행복하기.

그렇게 나를 사랑하기.

일상이 쌓여 인생이 되는 것이니.

사다리 게임

　직장생활이 한창이었던 30, 40대 시절에는 급식도 식당도 없어 우리 모두 도시락을 싸가지고 다녔다. 바쁜 일과에 도시락까지 챙기자니 뭐든 대충 싸가는 게 일반적이었다. 부인이 알뜰한 남자들은 근사한 도시락을 챙겨왔고 그렇지 못한 남자들은 자장면 배달이나 근처의 식당에서 해결하던 시절이었다.

　도시락은 무언가 부족했던지 꼭 서너 시가 되면 모두들 출출해져서 누가 먼저랄 것도 없이 일과처럼 간식타임이 생겼다. 시골에서 가져온 고구마를 삶아 오거나 좋은 일이 생긴 사람이 도넛 같은 거를 사오기도 해서 신기하게 매일 간식이 떨어지지 않았다.

　그도 저도 없으면 우리는 사다리 게임을 해서 간식비를 갹출했다.

　사다리 게임을 처음 해본 날 나는 아무리 봐도 신기하고 신기해서

봄은 누구에게나 온다

게임이 끝나고 그 종이를 펼쳐 혼자서 수도 없이 줄을 그어보곤 했다.

사다리를 만드는 건 부장님 몫이었는데 사람 수에 맞춰 적당히 세로줄을 긋고 밑에다 각자 내야 할 금액을 천 원, 2천 원 등으로 적어 넣고는 금액이 보이지 않게 아랫부분만 돌돌 말아놓은 후 세로줄 사이로 무심한 듯 가로줄을 툭툭 그려 넣었다. 난 그럴 때마다 밑에 적혀 있던 금액의 순서를 외운 후 한 곳을 선택하고는 눈을 부릅뜨고 가로줄 긋는 것을 살폈지만 막상 펼쳐서 사다리를 타기 시작하면 내가 예상했던 쪽은 한 번도 적중하지 못했다.

정말 세로줄 하나를 선택하는 순간 금액이 결정되었다.

늘 예상을 빗나가기 때문에 때로는 제일 적은 금액을 때로는 제일 많은 금액을 내기도 했는데 나는 그 사다리 게임이 참 신기했다. 그래서 어떤 때는 부장님한테 여기저기 가로줄을 더 그어달라고 조르기도 했다. 운명을 바꿀 요량이었지만 결과는 늘 알 수 없었다.

그때 가로줄을 툭툭 그려 넣는 부장님 손가락을 보면서 신도 저렇게 우리 운명을 아무 생각 없이 재단하고 있는 건 아닐까 하는 생각이 들곤 했다. 내가 천 원을 내게 될지 5천 원을 내게 될지는 부장님이 그려대는 가로줄 위치와 수에 달렸던 것처럼 신은 마음대로 그냥 우리의 운명을 그려대고 있는 건 아닐까 하는.

신은 우리가 날마다 견디고 날마다 생각하고 날마다 싸우고 있는 삶의 순간이 얼마나 혹독한지는 모른 채 자신의 뜻대로 그저 세상 속에 던져놓기만 하는 것일까 하는.

사다리 게임은 내려가다 가로줄을 만나면 무조건 다른 세로줄로 가야 하고 어찌 되었든 반드시 목적지까지 내려가게 되어 있는 길이 있지만 우리 운명은 돌아갈 수도 옆으로 갈 수도 있는 길이 아닌 데도 불구하고.

하물며 그 목적지조차도 알 수 없는.

천 원짜리 인생인지 보석 같은 인생인지.

중요한 건 순간의 선택이었다.

앞에서도 말했지만 "순간의 선택이 10년을 좌우한다."는 전자제품의 카피 문구는 살면서 늘 내 귀에 쟁쟁거렸다. 순간순간 선택할 때마다 가늠할 수 없는 일들이 내 앞에 펼쳐졌고 선택을 후회할 때마다 너무 아팠다. 결혼이나 직업 같은 일생을 건 선택도 있었고 그저 한 해의 운명을 건 제비뽑기 같은 선택도 있었고 아주 간단한 옷을 사거나 식당을 고르거나 하는 자잘한 선택도 있었다. 굵직한 것이거나 간단한 것이거나 후회하는 선택은 소심한 내게 더 아프게 다가왔다.

하지만 세월이 지나니 참 많이 무뎌졌다.

후회가 줄어들거나 후회할 일이 있더라도 덜 아파할 수 있는 여유가 생겼다. 조급함 대신에 느긋함이 자리하게 된 것이다. 옷을 잘못 샀으면 어울리는 누군가에게 주면 되고 식당을 잘못 골라 입맛에 맞지 않으면 나와서 다시 다른 곳으로 가면 되는 것이다. 결혼에 대한 환상도 이만하면 견딜만했다. 나보다 힘든 다른 불행한 결혼생활에 비하면 참 다행이지 않는가.

무던한 남자와 산다는 건.

봄은 누구에게나 온다

생각해 보니 그 느긋함이나 여유로움은 결국 살아옴과 현재 사용할 수 있는 가용가치에 비례하는지도 모르겠다.

매일 사랑이 흘러넘치고 이 남자라서 설레는 꿈같은 결혼생활이 아니더라도 익숙함과 편안함을 얻어가는 나이가 되었고.

옷을 하나 잘못 사면 다시 살 수 없어 우울했던 젊은 날의 빠듯함에 비해 다른 사람에게 기분 좋게 넘겨주고 새로 살 수 있는 여유도 있고.

그러니 상대적으로 사다리 게임을 잊어가고 있다.

지금은 돌이킬 수 없는 이미 해버린 선택이거나 앞으로 할 기회가 있는 크고 작은 선택들도 그 결과에 안달을 하거나 아파하지 않아도 될 만큼 살아버린 것이다. 남편도 자식도 사위도 손자들도 직업도 신이 할 수 있는 큰 덩어리의 선택지는 거의 끝났으니 그래서 여유로운 것이다.

비로소 내 의지로 할 수 있는 자잘한 일상의 선택들만 남았으니.

마지막 하나의 사다리 게임이 남아 있긴 하다.

질병 그리고 죽음.

내 의지가 아니니 정말 누구도 모를 일.

질병이라는 사다리를 타고 내려가서 다다르는 그곳에 어떤 것이 떡하니 버티고 있을지.

죽음이라는 사다리를 타고 내려갔을 때 또 어떤 형태의 마지막을 하나님이 준비해 놓았을지.

나는 그저 그런 순간이 오면 어느 하나의 시작점을 타고 내려갈

뿐이다. 그 끝은 펼쳐보아야 알겠지만 조금만 덜 고통스럽고 가족들에게 마지막 사랑을 전할 수 있고 남겨질 사람들은 슬픔보다 그리움만 간직할 수 있었으면 하는 소망은 있다.

그 마지막 사다리 타기 꼭대기의 한 점.
그 한 점만큼은 잘 선택하기.
부디.

참.
요즘은 카톡 사다리 게임이 있어 툭툭 줄을 긋는 수고를 하지 않아도 된다고 한다.
하지만 난 누군가 사다리를 내려가다가도 장난처럼 혹은 호기심에 한두 줄을 더 그어 운명을 바꾸어 보는 옛날 사다리 게임이 좋다.
무언가를 덧붙일 수 있는.
식당의 사이드 메뉴 추가주문처럼.

그 한두 줄에 새로운 희망을 걸어볼 수 있기에.

술을 좋아하는 이유가 있을까

술을 좋아하는 건 유전자일까.

우리 식구는 태생적으로 술을 잘 마신다. 아빠(돌아가실 때까지 아빠라 불러 이 나이가 되어도 호칭을 바꾸지 못하겠다)가 그랬고 작은아버지가 그랬으며 외삼촌도 그랬다. 아빠 별명은 양조장이고 작은아버지 별명은 대폿집이니 별명만 봐도 술을 좋아하는 집안임을 알 수 있다. 얼핏 양조장인 아빠가 더 센 것 같지만 실상은 대폿집인 작은 아버지가 훨씬 덜 취하고 많이 마신다.

아빠는 술을 마시고 오면 꼭 밥을 드셔야 했는데 밥은 아주 조금만 드셨다.

우리는 아빠가 식사를 하는 동안 모두 눈망울을 굴리며 남기시는 밥을 기다렸다. 많은 식구가 먹을 밥을 연탄불에 하다 보면 아무리 잘해도 타는 부분과 설익은 부분이 생겼지만 아빠의 밥은 항상 가장 잘된 가운데 부분이어서 촉촉하고 부드러웠다. 쌀도 가장 많은 부분이라 맨밥만 먹어도 탄수화물이 주는 그 달착지근한 맛이 기가 막혔기 때문이었다.

스테인리스 뚜껑이 덥힌 밥그릇 안에서의 그 따뜻한 밥맛이 좋아 우린 아빠가 술을 드시고 오는 날을 내심 기다렸는지도 모른다.

그날은 반드시 남기셨으니까.

아빠의 별명이 양조장이라 해도 나는 내가 술을 잘 마실 거라고는 생각하지 않았다. 어린 나이에도 어른들의 술 취한 모습들은 참 인생을 낭비하는 사람들이라고 한심하게 생각을 했었기 때문이다. 그리고 그 당시에는 여자들은 거의 술을 마시지 않아 딸만 있는 우리 집은 꿈에도 생각할 수 있는 범주의 것이 아니었다.

그런데 나에게도 술을 잘 마시는 아빠와 작은아버지의 DNA가 있다는 것을 어느 날 술을 처음 입에 댄 순간부터 알았다. 마치 운명처럼 혹은 마약처럼 그 쓰디쓴 소주 첫 잔의 찌릿함이 목을 타고 식도를 거쳐 위장에 바로 도달하고 있는 느낌. 그리고 몇 잔만 지나면 모든 것이 용서가 되고 앞에 있는 상대가 좋아지고 평소에 목에 걸려 잘 나오지 않던 개똥철학이 파노라마처럼 펼쳐지고 '모든 것이 잘 될거야.' 하며 행복을 설계하는 헛된 희망들이 켜켜이 쌓여지는 시간들.

적어도 나에게 술은 그랬다.

봄은 누구에게나 온다

술은 사람에 따라 다 다르다.

누군가는 억울한 인생을 원망하며 마시다가 억울함 속으로 더 빠지고 누군가는 완전히 변신한 다른 자신을 내보이고 누군가는 깨고 나서 후회할 일을 허세로 저지르고 누군가는 식탐에 대한 자신이 용서가 안 되어 술을 빌려 음식을 먹기도 한다.

장점보다 단점이 더 많은 술임에도 불구하고 손절할 수 없는 것은 의지박약이기 때문이겠지만 어느 날부터 맛있는 음식을 음식으로만 즐길 수 없고 왜인지 맛있는 음식과 술을 자꾸 페어링하는 노년이 되었다. 즉 집에서 먹는 끼니는 거의 간단한 음식인 데다 요리에 일가견도 없으니 내 입에는 맛이 별로 없다. 일주일에 한 번 정도는 전문가가 해주는 맛있는 걸 먹고 싶은데 그게 어느 순간부터 술 없이는 맨송맨송하게 느껴지는 것이었다.

하긴 나름 이유는 있다. 먹는 일에만 집중하면 20분이면 끝난다. 나는 대화가 하고 싶고 술잔이 오고 가는 시간을 빌려 혀의 미각에 오는 행복감을 더 오래 즐기고 싶은 것이다.

핑계도 그런 핑계가 없겠지만.

조금 다변이 되고 조금 목소리가 커지고 조금 희망적이 되고 조금 너그러워지는 순간.

그래서 평소 대화가 없던 남편에게도 손자들과 딸을 핑계 삼아 그 애들의 미래 꿈과 행복을 나의 판타지로 삼으며 달변이 되는 시간들.

삶에 대해 끊임없이 성찰하고 목적의식을 가지고자 노력하고 의미를 찾고자 했던 시간들은 조금 지나갔다. 퇴직 후의 인생도 처음에는 제법 왕성하게 한 것 같으나 이것저것 분주하기만 한 것들이었고 딱히 이루었다고 할 것도 없다. 지인들이 점점 무릎이랑 허리도 안 좋고 지병이 생기기 시작하니 대화의 주제는 그저 손자 이야기 건강 이야기다. 우리 나이에는 다들 건강해야 한다는 강박이 오히려 삶을 갉아먹고 있는 듯하다.

그러니 삶의 의미가 사라져 가는 듯한 불안감에 쫓기는 시간이 많아지고 살아가는 것이 아니라 하루하루 살아내고 있는 시간의 연속이지만 그러면 또 어떠랴. 살아내는 것 또한 삶의 의미이니.

그렇구나.

70이 되고 보니 무디어진 모든 것들에 덧대어져 유순해짐이라 포장한 채 처절함을 잃어버린 것들을 알겠다.

적어도 왜 사느냐고 진지하게 물어보곤 했던 삶에 대한 질문이 바닥이 난 것이다.

질문이 바닥났으니 해답 또한 바닥이 났다.

해답이 바닥났으니 어쩌면 희망이라는 것도 바닥이 났을 게다.

어쩌면 그 흐릿해진 인식의 명징함을 짐짓 외면하고 싶어서 막연하기 짝이 없는 소망이라는 그네에 올라타 보는 것일까.

술 한잔 마시며?

나는.

하아!

루이제 린저의 《왜 사느냐고 묻거든》의 답을 생각한다.

나는 술을 좋아하는 것일까.

안주를 좋아하는 것일까.

말하는 상대가 줄어드는 노년에 술을 빌려 말하는 순간을 좋아하는 것일까.

술을 좋아하는 이유가 있긴 한 걸까.

갑자기 생각나는 선배 한 분.

남의 잔이 빈 것을 절대 그냥 넘기지 않으시는.

그래서 술잔을 쉴 새 없이 따라주시는데 늘 반 잔 정도.

"왜 이렇게 반 잔만 따르세요?"

"나머지 빈 곳에 내 마음이 담겼으니까."

이런 유머가 오가는 대화의 시간이 좋은 걸까.

내가 딸을 사랑하고 손자들을 사랑하는 건 증명할 필요가 없다.

그건 그냥 사실이니까.

그러니

굳이 술을 좋아하는 이유도 증명할 필요가 없을 게다.

사실이니까.

술을 좋아하든 안주 먹는 것을 좋아하든.

내가 좋아하는 건 사실이니까.

딱히 이유를 댈 필요가 없는.

비록 술이 다음날의 행복을 빌려다 쓰는 참으로 허무한 것이라 해도.

신도 인간을 부러워한다

    우리는 늘 능력의 한계가 있다 보니 부족한 자신을 느낄 때마다 괜히 신을 부러워한다. 신은 모든 걸 할 수 있고 모든 걸 계획한 대로 이룰 수 있을 거라고 믿기 때문이다.

    내가 오늘 사고를 당할지 혹은 로또에 당첨될지 혹은 우연히 첫사랑을 만날지 우리는 모르지만 신은 알고 있다고 믿는다.

    그런데 만능의 신은 과연 행복할까.

    무엇이든 할 수 있는 그 신은 정말 좋기만 할까.

    아니다.

    신도 인간을 매일 부러워한다.

    그것도 아주 많이.

신은 인간의 죽음을 부러워한다.

끝나지 않는 신의 세계는 매일 인간들의 삶을 설계하느라 피곤하기 이를 데 없다. 쉬지도 물러서지도 그만두지도 못하는 영겁의 시간.

휴식의 즐거움을 모르니 신도 알고 보면 슬프다. 그러니 삶의 마침표를 찍으며 되돌아볼 시간을 갖고 성공이든 실패든 자신의 삶을 끝낼 수 있는 인간이 부러운 것이다. 끝이 있으므로 오늘이 더 소중하다는 것을 아니까.

시작이 있으면 끝도 있어야 자신이 했던 일들에 대한 대차대조표가 생기니까.

신은 죽음이 없어 자신이 한 일의 점수를 매길 수가 없다.

그래서 죽음으로 한 가닥의 매듭을 짓는 인간을 부러워한다.

신은 인간의 불확실성을 부러워한다.

신은 다 알고 있다는 것을 전제로.

모든 걸 미리 안다는 것은 얼마나 흥미가 없는 일인가.

초등학교 시절 남아서 청소를 하다가 담임선생님이 채점을 하고 있는 것을 흘깃 보았다. 한 문제의 답이 애매하여 백 점이 어렵다고 생각했는데 마침 다 매긴 시험지를 슬쩍 보니 내 것이었고 백 점이었다. 그 순간은 심장이 콩닥거릴 정도로 기뻤지만 다음 날 막상 시험지를 나누어 주며 선생님이 박수까지 유도했지만 아무런 감흥이 없었다. 이미 알고 있었기 때문이었다. 이미 알고 있는 것은 흥미가 없다.

어느 시인의 《지금 알고 있는 것을 그때도 알았더라면》이라는 책도 있었지만 지금 알고 있는 걸 그때 알았더라면 무엇이 달라졌을까.

조금 나은 삶을 계획하거나 조금 다른 길을 택할 수 있었을지라도 삶의 짜릿하고 흥미진진한 여정은 없었을 것이다. 모르기 때문에 무모하게 도전하고 모르기 때문에 실수가 있었던, 그래서 후회라는 것을 통해 자신이 성숙하는 과정은 없었을 것이다.

다 알았더라면.

그래서 신은 더 이상은 성숙할 수가 없다. 늘 제자리다. 모든 걸 알고 있는 대로 계획하고 실행하는 단조로운 분.

신은 우리를 부러워한다.

신은 가족을 만드는 인간을 부러워한다.

그리스로마신화에 나오는 신들을 말하는 것은 물론 아니다.

그냥 전지전능한 신은 사랑을 하고 가족을 만들어 여정을 함께 걸어가는 그런 삶을 부러워한다. 구성원들과 더불어 살아가는 인간의 사회적 속성을 부러워한다. 특히 가족 간의 사랑은 신이 부여한 것임에도 때로 신의 계획을 넘어서는 무지할 정도의 그 사랑을 부러워한다. 가족들의 오순도순한 모습과 가족들의 화목함과 서로 기대며 살아가는 나약함과 가족들이 함께 먹고 마시는 평범한 일상을 부러워한다.

신은 나약하지 않으므로 혼밥 하고 혼술 하려나.

신은 인간의 사랑을 부러워한다.

신은 인간 모두를 사랑하여 각자에게 적당한 임무와 행복과 시련을 배당하셨지만 그중에 사랑을 부러워한다. 특히 모성 혹은 부성 그리고 가족애는 물론 남녀 간의 사랑, 동료 간의 사랑, 자연에 대한

봄은 누구에게나 온다

사랑까지 인간의 사랑이 자신이 창조한 것보다 너무 방대하고 깊어 스스로 제어할 수 없으므로 부러워한다.

자신이 인간에게 본디 부여한 사랑보다 인간이 살아가면서 스스로 깨달아 가는 놀라운 사랑을 참 부러워한다.

신은 자기도 모르는 인간의 능력을 부러워한다.

신은 인간에게 자신을 능가할 수 없는 적당한 레벨의 능력을 계획에 따라 여기저기 다양한 군상에게 나누어 주었지만 신이 모르는 능력이 잠재하고 있었음을 부러워한다. 절대 오르지 못할 꼭짓점까지 인간들은 신의 영역을 넘보며 기계로 확률로 미래를 예측하기도 하고 날씨까지 조종하는 세상을 꿈꾸고 있고 지구에만 머물도록 계획한 인간들이 자신이 창조한 우주를 기웃거리고 있으니 신도 머리가 아프다.

신도 예측하지 못한 인간의 능력.

신은 인간이 애초 자신을 닮도록 창조했다는 것을 간과했다. 그만한 능력이 잠재하고 있음을.

그래서 그걸 자인하고 부러워한다.

그래서 신은 알고 보면 인간의 그 모든 것을 부러워한다.

자신을 닮았지만 다른.

외로움을 견디지 못하고 슬픔과 기쁨을 느낄 수 있으며 기대어 살아가고 화를 내기도 하고 배려하기도 하며 불확실한 미래를 희망으로 채우고 사랑에 설레며 언젠가 혹은 갑자기 닥칠 죽음이 있음을 알기에 하루하루 열심히 살아가는.

설령 신이 주사위 던지듯 인간을 재단하더라도 주어진 오늘에 감사하는.

신이 했든 누가 했든 태어난 존재에 감사하는.

그래서 참 인간다운 인간들.

그러니 우리가 신을 부러워하거나 원망하거나 할 필요가 없다.

따지고 보면.

우리는 그저 주어진 대로 최선을 다하여 후회 없이 살면 될 일이다.

인간이니까.

가끔 정말 절망적이거나 힘들 때 한 번쯤 신의 이름을 불러보는 거야 어떻겠는가. 나약하고 불안한 인간의 심성에 위로의 줄기가 된다면.

나를 설계하고 길을 갈래갈래 펼쳐놓은 이유 하나쯤 물어보는 거야 어떻겠는가.

신이니까.

하지만 신도 때로 인간을 몹시 부러워한다.

그러므로 우리가 부러운 존재다.

늘 변화의 여지가 있는.

신도 모르는.

참 좋은 우리들.

나의 화양연화는

〈화양연화〉

영화가 있었는데 어쩐 일인지 처음부터 끝까지 한 번도 제대로 보지 못했다.

영화의 미장센은 너무 아름답게 흘러갔지만 자극적인 장면이나 대화도 없는 데다 극장이 아니라 집안일을 해가며 티브이로 보다 보니 집중하지 못했었다.

'화양연화'

인생에서 가장 아름답고 행복한 혹은 찬란한 시간이란 뜻을 갖고 있는.

70이 되고 보니 가끔은 내 삶을 스스로 몇 개의 챕터로 나누어 보곤 한다.

뭐 어린 시절, 청년 시절, 결혼 초기, 중년, 말년의 삶으로 돌아볼 수도 있겠지만 그런 시기의 나눔이 아니라 감정 혹은 운명의 패턴 혹은 화양연화의 시점으로 추억할 수도 있겠다.

그 시점이 쓰다 보면 시기적 관점과 겹칠 수도 있겠다 싶기도 하지만.

내가 느끼는 화양연화의 비중은 어떤 순위일지 더듬어 쓰다 보면 바뀔 수도 있고.

사실 별거 없는 인생이라 화양연화라 이름 붙일 거도 없다.

하지만 그래도 더듬고 더듬어 보면 한두 번은 펄쩍 뛸 만큼 좋은 시간도 있었고 몇 번은 입꼬리가 올라갈 만한 일들이 있긴 했다.

부산에 처음 이사 오고 경제적으로도 아빠의 영향력으로도 우리들의 공부로도 잠깐 빛나던 시절이 있었지만 너무 어렸던 시점이라 규정짓기 어렵고 나름대로 가장 행복하고 찬란했던 시간을 꼽으라면 그건 대학 입학이다.

그 시절에는 남들 다 가는 대학이 아니어서 교재 몇 권 옆구리 끼고 버스를 타면 어르신들이 "아이고 대학생인가베." 하며 기특한 눈빛으로 책을 들어주던 시절이기도 했지만 그 대학 입학이 내게는 특별했기 때문이다.

딴에는 유명세를 치르고 잘난 일류여중에 합격해서 잘 다녔지만 3학년 초부터 운수사업 실패로 가세가 기울더니 급기야 졸업할 무렵에는 끼니를 걱정해야 할 정도였다. 딱히 방도가 없었던 아빠는

봄은 누구에게나 온다

내게 조심스레 고등학교 포기를 권했고 줄줄이 다섯 동생은 어리거나 초등이어서 그 애들 학업을 중단할 수는 없었다. 고등학교를 포기하고 3년 동안 아르바이트를 하며 살림에 보탰는데 어느 날 가장 친한 친구가 서울에 있는 대학에 간다며 나를 만나러 왔다. 3년의 갭이 불러온 엄청난 자긍심의 차이가 그날 그 애를 만난 이후 가위눌림처럼 나를 짓눌렀다.

3년의 시간이 흐르는 동안 다행히 형편이 나아지기도 해서 나도 대학을 가겠다고 폭탄선언을 한 후 친구에게 받은 교재랑 문제집 3년 치를 들고 씨름을 시작했다. 3월에 시작해서 영어랑 수학은 학원의 도움을 받기도 하고 이해가 안 되는 부분은 이해를 하지 않은 채 그저 어거지로 외워버리며 10월에 검정고시를 11월에는 수능 같은 예비고사를 통과하여 1월에 대학 자체의 본고사를 치렀다.

10여 개월 만에 3년 치를 공부하고 합격을 했다.

세 가지 시험 다.

지금 다시 공부하라고 하면 그렇게 못 하겠지만 여대생이 되고자 하는 너무 간절한 꿈에 보태어진 운명의 도움도 있었는지 그렇게 이루어졌다.

마지막 본고사 합격을 대학 게시판에서 확인한 순간 그 찰나의 오묘한 가슴 벅참과 환희의 순간이 내 인생의 첫 화양연화였다.

더 이상은 바라지 않겠다고 스스로 다짐했던 순간.

그날.

딸이 태어났다.

꼬물꼬물 예쁘게 커가니 내 눈에는 동화 속 공주보다 어여쁘기 그지없었다. 신혼인지라 검소하게 살았지만 딸을 돋보이게 하는 옷만큼은 플렉스하게 저질렀다.

예쁘기만 한 것이 아니었다. 두 돌도 채 되기 전에 몇 개의 한글을 가르쳐 주니 쉽게 터득하고 장난삼아 가르쳐 준 알파벳을 다 외웠다. 혹시나 해서 순서를 바꾸어 물어보아도 정확하게 말했다. 심지어 버스를 타고 가다가 지지대를 대어놓은 가로수를 보고 "엄마, 저기 A자가 있네." 하는 아이였다. 다시 강조하지만 두 돌이 채 안 되었을 때였다.

은근히 천재가 나 거 아닌가 싶어 맘껏 기대에 부풀었던 나는 그당시 딸을 대상으로 엄마가 할 수 있는 미래의 모든 꿈을 꾸었다.

옷을 입히면 입힌 대로 공부를 가르치면 가르치는 대로 예쁘고 사랑스럽고 명철해서 상을 받는 것이 오히려 일상이었던 딸의 초등학교 시절이 내게는 함께 누린 두 번째 화양연화였다.

그 뒤는 어떻게 되었냐고?

궁금한 것은 〈수능과 딸〉에서 밝혔으니 참고하길.

그 애도 중년에 접어들어 제 나름대로의 인생을 잘 정립하고 살아가고 있지만 아직도 난 뒤에서 늘 서성대고 있고.

외모는 변해서 옷을 플렉스할 필요가 없어졌다 해도 여전히 다시예쁜 옷을 입히고 싶다는 미련도 갖고 있고.

조부모들은 한결같이 자식보다 손자들이 사랑스럽다고 한다.

예사로 흘려들었던 말이라 처음 손자들이 태어났을 때는 잘 몰랐

봄은 누구에게나 온다

는데 이 아이들이 자라면서 실감을 넘어 절감하고 있는 중이다.

손녀가 있었으면 좋았을 걸 하는 생각을 하긴 했다. 둘째도 손자라는 걸 알았을 때.

내가 딸아이 하나만 키워서 그런지 남자아이에 대한 버거움이 있었다. 활동적이고 야성적인 아이들을 어떻게 키우나 싶은 마음과 딸아이처럼 예쁘거나 아련함은 없겠다는 마음.

하지만 손자들은 커가면서 누구를 버겁게 하지도 않을 뿐 아니라 놀랄만한 언어들로 우리를 감동시키기도 하고 천성적으로 착함을 타고났다. 어디서 이런 아이들이 태어났을까 싶을 정도로 착하디착한 아이들이다.

언젠가 둘째가 궁금한지 물었다.

"할머니는 우리가 위험하면 우리를 위해 죽을 수도 있어요? 그만큼 우릴 사랑해요?"

맹랑한 녀석.

갑자기 한 질문은 아니었다. 내가 무슨 이야기를 하다가 "나는 너희들을 너무 사랑해. 만약 무슨 일이 있어서 할머니가 대신 무얼 주어야 한다면 난 목숨도 줄 수 있어." 했던 것을 곰곰이 생각하고 사랑을 확인하려 했던 모양이다.

"당연하지."

1초도 안 걸려서 단호하게 말했다.

그런데 그 말을 해놓고는 살짝 두려워졌다. 정말 그럴 일이 생긴다면 몇 년 혹은 10년쯤 더 있다가 생겼으면 하는 마음과 갑자기 생긴다면 너무 무서워서 그만 뒷걸음질 칠 것 같은 두려움.

내 사랑이 죽음보다 못할까 봐 밀려오는 두려움.

그래서 변명으로 스스로 위로한다.

이 화양연화를 지키고 싶다고.

그 애들을 보며 살아가는 지금이 가장 좋은 나의 화양연화인 것
같아서.

영화 속의 화양연화는 남녀의 사랑이었다.

이루어지지도 않았고 서로의 감정을 알면서도 도덕적 봉인을 한
주인공들인데 왜 화양연화였을까.

이 넓은 세상에서 오롯이 진심으로 사랑할 수 있는 사람을 만났기
때문이 아닐까.

그래서 그들은 함께 무엇을 시도한 불륜이 아니어도 그 시간이 화
양연화였을 수도.

태어나서 생면부지의 남을 핏줄만큼 혹은 자식만큼 사랑하는 사
람을 만나기가 쉬운 일인가.

그 사랑은 무한대의 행복지수를 가지고 있는데.

죽을 정도로 사랑해서 한 결혼이 아니면 대개는 그저 정이라는 보
편적 감정과 가족이라는 공동체적 생활의 묶음 속에서 매일매일 일
어나는 자잘한 일상의 시간들을 쌓으면서 일생을 만들어 간다. 설렘
같은 것이나 가슴을 끓어오르게 하는 열정 같은 거 없어도.

그래서 영화 속 그들의 시간은 사랑을 적나라하게 드러내지 않았
어도 화양연화였을 것이다.

나도 늘 부러워하는.

신이 허락하지 아니하여 내게는 주어지지 않은.

정말 죽기 전에 혹여 사랑에 대한 화양연화를 경험할 수 있을까

하는 부러움.

행복과 비례하지도 않겠지만.

지금이 나쁜 것도 아니지만.

갑자기 80이 넘어서 평범하던 서로에게 자석 같은 화양연화가 올지 모르는 일이니.

어느 날 갑자기 그렇게.

설마.

삶에도 도움닫기가 필요한 것을

　머리로 하는 공부는 수학이 좀 떨어지고 과학은 머리가 아파도 꾸역꾸역하다 보면 기본은 했고 음악 또한 악기연주는 부족해도 노래는 그럭저럭 불안하진 않았으며 미술도 중상위권은 되었다. 인문학쪽은 좀 잘했고.

　가장 부족한 것은 체육, 즉 운동기능이었다. 도대체 나에게 운동기능은 아예 없는 것 같았다. 타고난 기능 문제이거나 나의 소뇌는 틀림없이 작고 쪼그라져 있는 게 분명했다.

　중학교 입시 때 '체력은 국력'이라는 정책상 체력장이란 것이 입시의 상당한 비중을 차지했음에도 나는 체력장을 포기하고 지필고사에 집중했다. 지금의 수능보다 더했던 그 시절 입시는 전날 지필고사를 치르고 이튿날 체력장이란 걸 했는데 학부모들은 자녀들이

봄은 누구에게나 온다

단 1점이라도 체력장에서 보태길 간절히 기도하며 학교 담장 밖에 손을 모으고 있었다.

아빠도 50원이라는 거금을 주고 의자 하나를 빌려 내가 운동장에서 뛰는 모습을 보기 위해 담장에 매달려 계셨다. 마침내 내 차례가 되고 달리기를 시작하자 아빠의 한숨이 엄마를 불안하게 했다고 한다.

"왜요? 뛰었어요? 출발은 잘했어요?"

"응. 뛰었어. 꼴찌로 들어가네."

예체능을 필수로 해야 하는 대학의 특성상 나는 늘 체육이 고민이었다.

그 둔한 운동실력에도 줄넘기, 옆 돌기, 달리기, 물구나무서기까지 재수강은 받지 않을 만큼 F 학점은 면했는데 뜀틀에서 딱 걸렸다. 나에게만 한없이 길게 느껴지는 기다란 뜀틀의 길이는 나의 짧은 다리를 아무리 벌리고 한껏 뛰어도 3분의 2 지점에서 걸리고 마는 것이었다.

몇 번이나 해도 안 돼서 결국 나는 유일하게 F 학점을 받고 말았다.

재시험을 치르러 가서도 도저히 안 되니까 교수님은 나보고 도움닫기를 못하기 때문이라고 하셨다.

도움닫기.

몇 걸음을 빠르게 달려가서 목표물 바로 앞의 발판을 쾅 구르면서 반동을 이용하는 도움닫기.

내가 안 되는 이유는 늘 그 발판 앞에서 구르는 찰나에 멈칫하기 때문이었다.

소심하고 겁이 많은.

결국 나를 가엾이(?) 여긴 교수님은 졸업 사정에 걸릴 것을 염려하여 도움닫기에 발을 딛는 순간 살짝 나의 팔을 잡아당기셔서 무사히 뜀틀을 넘게 해주셨다. 인간 도움닫기를 자처하신.

살아보니 늘 그랬다.

나는 도움닫기를 못했다.

삶의 도움닫기도.

누군가의 작은 도움만 있어도 조금은 쉽게 넘어갈 수 있는 일들을 늘 혼자 했다. 새털만 한 작은 일조차도. 집을 사는 큰일부터 계획을 세워 저축하기, 세금 납부, 자동차 점검, 전기 수리, 법적인 일들 처리, 딸아이 진로, 시댁부터 친정까지의 모든 대소사 결정.

내 삶은 참으로 도움닫기가 별로 없었구나.

아니다.

도움닫기가 없었던 것이 아니다.

내가 못한 것이다.

도움닫기를.

도움닫기를 해야 하는 순간에 늘 멈칫하는 소심함과 두려움은 그냥 도움닫기 없이 스스로 하고 마는 나를 만들었다. 어쩌면 소심함과 두려움의 다른 이름인 자기중심적 자아인지도 모르지만.

나 아니면 안 된다는 자만이나 교만일 수도 있고.

신뢰가 부족한 것일 수도 있고.

머리가 깨지고 실패를 할지라도 혼자 한 결과는 적어도 누구 때문이라는 핑계를 대지 않아도 되었으니까.

　그래도 그날 살짝 팔을 잡아 도움닫기를 나도 모르게 쾅 구르면서
처음 느끼는 반동으로 높이높이 날아오르게 해주신 교수님의 따스
했던 손길이 늘 생각나는 건 나도 간절하게 누군가 삶의 도움닫기
가 있었으면 하는 바람인지도.
　지금까지 어쩌면 내게는 안전한 도움닫기 발판이 없어서 그랬는
지 모르니까.
　그래서 두려웠는지도.
　늘 내 안의 습관 같은 중얼거림.
　'마, 됐다. 내가 하고 말지.'
　기대는 것이 뭐 어떻다고.

　하지만 이제 와서.
　다 살았는데.
　내가 자초한 삶이다.
　삶에도 도움닫기가 필요한 것을 외면했던.

번데기는 왜 그렇게
맛있었을까

어릴 때 우린 간식이랄 게 없었다.

아빠의 고정적 월급은 거의 저축으로 다 들어갔으니 밥도 넉넉하지 않았고 반찬도 단출해서 식사 시간 사이는 늘 배가 고팠다. 심지어 쌀이 떨어질 때도 있었는데 그럴 때면 엄마는 옥수숫가루로 죽을 끓여주곤 했다. 주걱으로 엄마가 노란 옥수수죽을 젓고 있으면 그것들은 원을 그리며 크리미하게 맴돌곤 했다. 입맛을 다시게 하면서.

나는 어려서부터 굶는 걸 잘했다.

박봉에 엄마도 그랬지만 어귀어귀 먹는 동생들을 보며 나도 덩달아 늘 밥 수저를 놓곤 했다. 정말 드물게 간식으로 꽈배기를 사 오면 막내는 두 개를 먹고 나와 바로 밑의 동생은 한 개로 불평 없이 만족했다.

봄은 누구에게나 온다

사실 그건 배가 고픈 걸 참는 거지 고프지 않은 건 아니었다.

동네 어귀마다 햇살이 따가울 즈음.

항상 번데기 장수가 왔다.

김이 모락모락 나는 오동통한 번데기를 삼각형으로 말아놓은 신문지 컵에 담아주던 번데기를 친구가 하나를 나눠주던 날. 겉모습의 징그러움은 오간 데 없고 그 고소함은 처음 경험하는 신세계였다. 통통한 뱃살이 입 안에서 터지는 순간 깨알 같은 식감이 이 사이를 맴돌며 고소함과 고기 맛이 어우러져 헤어나기 어려웠다.

배고픔이 만들어 낸 착각인지 원래 내게 맞는 맛이었는지.

돈은 없는데 가만히 보니 어떤 상급생 혹은 중학생들이 책을 주고 번데기를 바꿔 가는 것이었다.

집에 와서 아무리 둘러봐도 번데기를 바꿀만한 책이 없었다. 그때 3학년이었는데 한창 배우고 있는 교과서를 번데기와 바꿔 먹을 수는 없는 일이었다. 교과서 없이 학교에 갈 수는 없었으니까.

전과가 있었다.

3학년부터 학습내용이 어려워진다고 나름 우리들 공부에 최선이었던 엄마가 옥수수죽을 먹을망정 사 주었던 전과였다.

표준전과.

교과서에 없는 낱말 뜻이랑(낱말 뜻풀이 숙제는 얼마나 많았는지) 산수 풀이 과정이 있어 과외를 받지 않는(그 시절에도 중학교 입시로 과외가 있었다) 아이들에게 선생님의 부족한 설명시간을 충분히 메워주는 좋은 안내서였다.

끊임없이 전과와 번데기 사이의 번뇌가 시작되었다.

공부를 할 때마다 전과의 남은 페이지를 넘겨보았다. 여름 방학이 한 달여쯤 남았을 때 전과의 남은 페이지는 약 4분의 1 정도가 되었다.

낱말 뜻 중 내가 알 수 없는 어려운 거 몇 개를 공책 뒷면에 적어 놓고 산수는 풀이 과정을 미리 익혀서 나중에 혼자 할 수 있게 했으며 사회랑 자연은 대충 머릿속에 외워버렸다.

그리고 햇살이 점점 뜨거워지던 6월의 어느 날.

번데기 장수의 외침에 답가라도 하듯 표준전과를 들고 골목으로 내달았다.

무게를 달던 아저씨는 보통보다 좀 더 큰 신문지 컵에 번데기를 가득 담아주었다. 고소함과 터지는 식감 그리고 약간의 기름진 맛과 기막히게 짭짤한 고기 맛.

굶기를 그렇게 잘하던 소녀는 번데기 앞에서 주름잡지 못하고 맥없이 무릎을 꿇었다.

맛있었다.

정말로.

번데기 파티는 5분도 안 되어 끝났다.

그리고 내게는 더 이상 표준전과가 없었다.

맛있어서 행복했던 건 단 5분도 안 되는 시간이었다.

길고 긴 시간 나의 지식을 보태어 줄 응원군을 희생하고 얻은.

먹고 나서 빈 신문지 컵을 보는 순간 밀려오는 허무함에 눈물이

봄은 누구에게나 온다

터질 것 같았던 그 격렬한 아쉬움과 전과를 보내버린 슬픔이 교차했다.

그 허무함과 슬픔은 지금껏 경험해 보지 못한 강렬한 것이었다.

마치 내 인생을 도둑맞은 것 같은.

내 머릿속의 지적 세계를 잃어버린 것 같은.

다시는 먹을 것에 욕심내지 않았다.

원래 욕심이 많은 건 아니었으나.

살면서 누군가 맛있는 걸 욕심내거나 잘 먹으면 저절로 양보하게 되었다.

단언컨대 다시 생각해도 그 순간이 행복하지 않았던 것은 아니다.

늘 허기졌던 시절 번데기의 그 맛은 정말 감탄스러웠다.

하지만 소중한 전과와 맞바꾼 그 맛의 찰나가 지난 뒤의 공허함과 눈물이 날 것 같은 슬픔은 되풀이하고 싶지 않았으니까.

번데기는 지금도 좋아한다.

가끔 술안주에 사이드로 나오는 번데기를 보고 징그럽다고 손사래 치는 동료들 사이에서 나는 맛있게 먹는다.

그때만큼은 아니더라도 번데기는 여전히 고소하고 탁탁 터지는 식감이 이채롭다.

그리고 늘 생각한다.

내 인생에 다시는 소중한 지적 세계를 도둑맞지 않겠노라고.

번데기를 사이드로 주는 가게를 그래서 좋아하는지도.

전과를 내주지 않아도 그냥 주는 가게.

어릴 때 그 마음으로 돌아가서.

여기 사장님 참 고마운 분이야.

홀로 이렇게 되뇌일 수 있는 곳.

왜 맛있었는지 지금도 왜 맛있는지 알 수 없지만.

순전히 내 개인적 입맛.

번데기.

초잡다는 말을 아시는지

사투리 중에 듣기 싫어하는 말 중의 하나가 '초잡다'이다.

초잡다.

어학사전에는 더럽고 지저분하다는 '추접하다'의 방언으로 나오는데 경상도 사람들이 쓰는 의미는 치사하고 쩨쩨하다는 의미로 많이 쓴다. 비겁하다는 의미도 숨어 있다.

여러 사람이 밥을 먹을 때 먹기만 하고 밥값을 잘 내지 않는 사람. 앞에서는 말 못 하고 뒷말을 하며 나쁘게 옮기는 사람. 정의롭지 못한 사람. 의리를 지키지 않는 사람. 솔직하지 못한 사람 등에 많이 쓰는데 그 말을 쓰는 자체가 기분파인 경상도 사람들의 기질을 잘 나타내 주는 것 같다. 즉 경상도 사람들은 정신이든 물질이든 행동이든 꼼지락거리며 계산하거나 뒤에 숨는 것을 싫어하는 기질을 갖고 있어 그 말을 변형하여 쓰는 모양이다.

내가 그 말을 싫어한다는 건 바꾸어 말해서 그런 사람이 제일 싫고 나도 그렇게 되고 싶지 않기 때문일 것이다.
"가는(그 애는) 와 그리 초잡노?"
이 한마디면 그 사람의 면면을 엿볼 수 있다.

알 수는 없다.
그리 살지 않겠다고 다짐해도 나도 모르게 초잡스러운 행동을 한 적이 있었을지도 모른다. 평생 미완성인 나의 인격이니 '있었을지 모른다가 아니라 많았을 것.'이라고 정정해야 한다. 혹여 밥값을 먼저 선뜻 내지 않고 망설인 적도 있었을 것이고 내가 일한 공을 남이 가져갈까 인색하게 따진 적도 있었을 것이며 시댁이나 동생들한테도 내가 베풀거나 양보했던 것들을 누누이 각인시키려고도 했을 것이다.

생각해 보니 딸한테도 초잡스러운 짓을 하긴 했다.

딸아이가 취직을 하고 서울에서 원룸을 전세로 얻으며 대출을 받았다. 내 이름으로 직장 대출을 받으면 이자가 저렴하여 그렇게 하고 납입금은 딸아이 통장에서 나가도록 지정을 하였다. 스스로 저축하는 습관도 길러야 했고 무조건 부모가 해주면 안 될 것 같아서. 꼬박꼬박 딸아이는 대출금을 납부하다가 결혼할 무렵이 되자 원룸은 해약을 했다. 해약한 전세금은 내 통장으로 딸아이가 입금을 했고 거기에 보태어 혼수 비용을 준비했다. 나는 늘 총 혼수비용이 얼마 들었다고 많이 해준 양 떠들었다. 착한 딸아이는 그저 평생 고마워하고 있다.

그런데 알고 보면 원룸 전세 반환금은 딸아이가 마련한 것이다.

그게 내 통장으로 들어온 후 함께 신나게 쓴 혼수비용을 그저 엄마가 마련해 준 줄 알고 있었으니.

우습게도 나도 내가 다 한 줄 착각했다.

어느 날 문득 통장을 정리하다가 '어머나 참. 혼수비용 일부는 지연이 거네. 내가 다 준비한 게 아니네.' 하는 생각이 들었다.

그 이야기를 할까 말까 망설이면서 12년이 흘렀다.

여전히 딸아이는 엄마가 꽤 넉넉하게 해준 예물이랑 혼수에 만족하고 고마워하고 있는데 갑자기 거룩한 나의 은공이 사라질 것 같은 허전함이 말을 꺼내지 못하게 했다.

그러니 참 초잡다.
엄마가 되어가지고.
내가 싫어하는 인간형인데.
초잡기 짝이 없다.

언젠가 딸아이가 이 글을 읽고 나서 "엄마, 맞네! 혼수 일부분은 내가 준비한 거네!"할 때 미안한 듯 키득거리며 이 초잡스러움을 벗어나야겠다.

나이 들어 게을러지고 둔해져서 깔끔하지 못한 추접스러움을 풍기며 살 수도 있겠지만 사람들과 어울리는 관계 속에서는 초잡스럽게 살지 말아야겠다.

　추접스러운 건 씻고 닦고 치우면 되는데 초잡스러운 건 말갛게 될수 없으므로.
　추접은 겉모습이고 초잡은 내면이므로.

　그런
'초잡다'는 말을 아시는지.

그래도 삶의 의미는
변화에 있다

바람이 뒤에서 불 때는 우리가 어디로 흘러갈지 알 수 없다. 어디서 오는지도 모르고 어디로 데려갈지도 모른다.

바람이 뒤에 있으니까.

바람이 앞에 있으면 어디로 갈지 알 수 있을까.

마찬가지로 알 수가 없다.

내 앞을 스쳐 뒤로 지나가는 순간 바람이 스스로 바꾸어 가는 방향을 우린 알 수가 없다.

바람이 앞에 있어도.

내가 만난 순간 뒤로 가버리니까.

나는 앞을 보고 있는데.

삶은 의문투성이고 그 어느 것 하나 알 수가 없는데도 우린 많은 걸 알고 있다는 듯이 타성에 젖어 살고 있다. 삶의 의미가 변화에 있는데 우린 변하는 걸 두려워하니까.

바람이 풀숲을 헤치고 지나가면 풀들은 가만히 드러눕는다. 바람과 맞서 싸우지 않고 자신의 몸을 적당히 낮추어 피하는 것이다. 바람이 지나가고 나면 어떤 풀들은 다시 꼿꼿이 일어서고 어떤 풀들은 두 번 다시 일어나지 못한 채 굽어져서 자라기도 한다. 자신의 몸을 최대한 낮추지 않은 풀들은 일어서고 그렇지 못한 풀들은 그대로 드러누워 자라는 것이다.
바람이 시키는 대로 한 풀들은.

변하려고 하지 않는 것은 안정감이 주는 편안함 때문이지만 편안함이 나태가 되고 무미건조한 삶이 된다는 건 알아차리지 못한다. 그걸 알아차렸다면 변화를 시도했을 테니까.

무언가 내 안에서 일어나는 짜릿한 전율.
만족지수가 맥시멈으로 가득 찬 순간의 희열.
변화만이 가능하다.
나를 깨우고 나를 달리 만들어 가는 변화.
껍데기를 깨지 않으면 알에서 나올 수 없는 불변의 진리.

안정감 그리고 편안함을 오래 갖고 있지 말 일이다.
그건 힘들 때 아주 잠깐 느끼는 걸로.

봄은 누구에게나 온다

늘 새로운 나를 만날 수 있는 변화의 시공간으로 나를 밀어 넣기.

모험이 경험이 되고 오기가 에너지가 되고 도전이 성공이 되는 순간을 느끼기.

그래서 내 안에 있는 성장 가능한 요소를 끄집어내 보기.

삶의 의미는 변화에 있으니까.

70에 다시 생각해 보는.

남은 삶을 위해서.

혹은 다시 시작될 출발을 위하여.

목적지는 늘 다시 정하면 되니까.

변화 있게.

그러므로 변화를 위한 숨 고르기.

중요한 것은 완벽이 아니라 향상이니까.

경상도 사투리 이해하기

딸아이 친구 가족이 유난히 경상도 사투리를 많이 사용한다.

고향이 애초에 부산인지는 물어보지 않았지만 난 그 가족의 사투리가 너무 친근감이 있고 미소를 짓게 해서 만난 적 없는 미지의 그 가족이 왜 그렇게 가깝게 느껴지는지 모르겠다.

딸이 전해주는 그 집 이야기가 늘 정겨워서인가.

그 집 할머니.

초저녁이면 티브이를 틀어놓은 채 꾸벅꾸벅 졸고 계시는 게 일상인데 졸다가 한 번씩 소스라치듯 깨어나시면 어김없이 하시는 말씀.

"와 이리 잠이 안 오노."

금방 졸던 것은 꿈이었나.

연세가 드시니 음식량이 적으시지만 그래도 깨작깨작 다 드셔놓고

봄은 누구에게나 온다

"와 이리 입맛이 없노."

늙으면 빨리 죽어야 한다고 입버릇처럼 말씀하시면서도

"코로나 무섭데이."

마스크 꼭 두 장씩 겹쳐 쓰시는 분.

조금 넓은 집만 가면

"아따. 참 집 너르데이(넓구나)."

기울기가 맞지 않는 테이블을 보시더니

"밑에 동전 하나 넣어 갖고 공가라(공구다. 괴다)."

손자들이 높은 데 올라가니

"야들아 내리와라. 널찐다(떨어진다)."

손자들이 밥을 잘 안 먹으니

"야야, 그래 안 무면 애빈다(마른다)."

그 집 엄마.

"엄마, 오늘 정구지(부추) 찌짐 쫌 짭다."

"글네. 찌짐은 짭고 저리개는(겉절이) 억수로 새그럽다(시다)."

"엄마, 찌개 데파주까(데워줄까)."

"개안타. 대지비에(대접에) 저리개 비비무면(비벼 먹으면) 된다."

말하면서 심한 사투리가 민망했던지 혼자 웃던 그 집 엄마.

"엄마, 인자 우리 사투리 쓰지 맙시다. 서울로 이사 왔으니 서울말로 합시다. 알겠죠?"

"오야."

그 집 엄마 엄청 조신하고 낭랑한 목소리로

"엄마, 밥솥에 밥은 남아 있나 모르겠네요. 해야 될까요? 엄마가 한번 봐주실래요?"

"와이구야. 니 서울말 억수로 잘하네. 서울사람이라 해도 되긋다. 진짜 에법(제법) 서울사람 같데이."

전해 들을 때마다 유난히 이해되는 경상도 여자 나.

출신은 강원도라도 오랜 세월 이미 경상도 여자가 되어버린.

그래서 늘 상상 속에서 화목하고 즐거운 그들의 홈.

스위트 홈.

치매의 언어가 자기 언어다

〈인간극장〉 프로그램을 즐겨 보는 편이다.

대부분은 내가 엄두도 못 낼 만큼의 환경을 극복하고 의지의 삶을 사신 분들이다 보니 평범한 사람들과는 확연히 다르거나 혹은 그들만의 경험치가 특별해서 그 삶의 일부분을 공유해 보는 시간이 좋기 때문이다.

얼마 전에는 채널 돌리기 끝자락에 치매에 걸린 한 할머니를 만났다.

치매의 명칭에 대해서는 아직 논의 중인 듯하다.

아무튼 그날 화면에서 만난 할머니는 84세인데 내가 실제로 만났든 영상으로 만났든 만난 사람 중에 가장 곱고 사랑스러운 치매 할머니였다. 무심코 그분이 사용하는 언어의 품격을 깨달은 순간 이미 방송이 제법 진행되어 있어 앞엣것은 알 수 없었다. 다만 방금 들었던 좋은 언어만이라도 기억하는 데 집중했지만 나 역시 입력이 잘 되지 않는 상태다.

그럼에도 그분의 품격 있고 고운 언어들을 반추해 보려 한다.

혼자 된 딸과 함께 사는 그분은 평소에 딸에게도 존댓말을 쓰고 이름 뒤에 반드시 '씨'를 붙였다. 그분의 언어였다.

"김미경 씨, 날씨가 오늘 참 좋습니다."

평소에 딸과 함께 하는 대화가 그런 식이었다.

어느 날 딸과 함께 산책을 나갔는데 그분의 허리는 자꾸 굽어져서 거의 땅만 바라보고 걸었다. 몇 번 허리를 세워주다 딸이 한마디 핀잔을 했다.

"엄마, 그래 걷지 말라 안 했나. 내가. 자꾸 땅만 쳐다보면 허리가 아예 안 펴진다. 하늘을 좀 봐라."

그분이 잠시 허리를 펴면서 웃었다.

"그러게. 땅에 금덩이가 있나 볼라꼬 자꾸 허리가 구부러지네. 호호호."

귀여운 미소는 덤이었다.

같이 할 날이 길지 않음을 아는 딸은 엄마와의 기억을 조금이라도 많이 쌓으려고 엄마가 다녔던 여고에 갔다.

현관 로비에 들어서면 게시판에 어느 학교나 있던 익숙한 교가 악보.

그분은 교가를 정확하게 기억하고 계셔서 음정도 박자도 잘 맞춰 여고 시절로 돌아간 듯 행복하게 불렀다. 그 시절 교가의 마지막은 거의 "~이 되어라." 이었다. 빛이 되어라 혹은 일꾼이 되어라 등.

마지막 "빛이 되어라."를 열창하시더니 또 호호 웃으시며 한마디 하셨다.

"빛이 되어라 했는데 꼬부랑 할머니가 돼버렸네."

이번엔 내가 미소 지었다.

딸이 외출하려고 옷을 꺼내 입었는데 실밥이 하나 붙어 있었다.

나는 그랬을 것이다.

"어? 요기 실밥 나왔다. 잘라야겠다."

그분은 이랬다.

"아이고. 이 애가 있으면 안 될 곳에 있네요."

그러면서 실밥을 잘라내었다.

품격 있는 언어의 유희.

말을 얹는 것도 정말 수많은 시간의 교양이 첩첩이 쌓여야 제대로 얹을 수 있다는 것을 알았다.

아들이 왔다.

50이 넘은 아들이 오자 그분은 반가워서 어쩔 줄을 몰라 했다.

"아이고 어서 온나. 혼자 왔나."

아들이 엄마 어깨를 감싸며 말했다.

"혼자 오기는. 엄마 보고 싶은 그리움하고 같이 왔지."

그 엄마에 그 아들.

펼풍처럼 주고받는 고품격 언어들. 본래의 마음들.

나는 또 미소 지었다.

제작진과 인터뷰하며 그분이 그랬다.

아들이 오면 시야가 딱 한정되어진다고.

눈동자에 아들만 나타나고 딸이 옆으로 비켜나서 보이지 않는다고. 물론 유머였지만 그 아들은 참 좋겠다 싶었다.

치매가 걸리고 무의식중에 하는 언어들이야말로 정말 자기 언어였다. 딸의 친구는 이런 말을 했다. 학교 다닐 때 그분의 유머를 못 알아들어 웃지 못하는 친구들이 많았다고. 머리 좋은 친구들만 알아들었다고.

내 맘속에 있는 수많은 무의식이 조금 두려워졌다.

이 나이 되도록 살면서 미운 사람이 왜 없을 것이며 섭섭한 감정이 쌓이지 않은 사람이 왜 없겠는가.

평소에 타인을 의식하는 절제로 그런 마음들을 용케 억눌러 왔다가 어느 날 정신 줄 놓는 시간이 왔을 때 적대적이거나 원망 섞인 언어들이 봇물처럼 터져 나와 주변을 힘들게 할 가능성.

내 안의 억눌러 왔던 웅크린 본심이 그제야 나타나고 사람들은 새로운 나를 보게 될 것 같은 두려움.

평소에 곱게 살 일이다.

억누른 마음이 아니라 진심으로 타인을 이해하고 응어리를 갖지 말 일이다.

응어리가 있으면 그게 똬리를 틀고 있다가 불쑥불쑥 튀어나오게 되어 있다.

뱀의 혓바닥처럼.

치매의 언어가 자기 언어다.
싫다고 입 밖에 내뱉으면 정말 싫어지고 예쁘다고 속삭이면 정말
예쁘게 보인다.
말이 사람을 만드는 것이다.

아! 오늘도 내 주위에 보이는 모든 사람이 좋구나.
짜증 나는 정치도 희망을 걸어보자.
바람이 앞에서 불면 옷깃을 여미면 되고 뒤에서 불면 고개를 숙이
면 된다.
가보자. 내 노년을 위해서.
치매가 오더라도 그분처럼 곱게 웃으며 유머가 있고 사랑도 있는
언어가 춤출 수 있게 나도 잃지 말고 언어도 잃지 말자.
치매의 언어가 내 언어이니.
그렇게 일상이 인생이 되는 것이니 오늘을 소중하게 살아보자.
좋은 사람이 훨씬 많은 이 세상에서.

혹시 알려나.
스스로 품격을 가진 언어를 지키려고 노력하다 보면 플라세보 효
과라도 언어걸릴지. 그 노력이 진짜가 되어 치매의 언어를 사용하는
순간이 오더라도 조금은 품격 있는 언어가 튀어나올 수 있을지.

그렇게 조금은 괜찮은 노년을 기대하며.

ㅎㅎ와 ㅋㅋ의 차이

시대가 빠르게 흘러가다 보니 처음엔 젊은 사람들 위주로 말을 줄여서 쓰다가 요즘은 거의 모든 세대가 줄임말을 쓰는 게 일상이 되었다. 때로 동생이나 딸아이가 보내오는 줄임말은 의미가 빨리 해석되지 않아 앞뒤 맥락을 여러 번 봐야 하기도 한다.

그중에서 너나없이 거의 일상화된 것이 ㅎㅎ와 ㅋㅋ다.
나는 ㅎㅎ를 쓴다.
훨씬 다양한 의미가 있고 하고자 하는 맥락을 전달하는 것이 다양하기 때문이다.
'미안해 ㅎㅎ.'라고 붙이면 '하하'가 아니라 연장자에겐 부끄러운 의미의 '헤헤', 친구들에겐 정말 미안하고 민망한 의미의 '히히'가 된다. '히히'는 하나만 보면 비웃음이 될 수도 있지만 앞의 문장에

봄은 누구에게나 온다

따라 귀여운 뜻의 '히히'로 받아들일 수 있는 것이다.

정말 파안대소할 일 뒤에는 '하하'가 되고 다소 여성스러운 미소가 필요한 어미에 붙이면 '호호'가 된다. 그 밖에도 후후, 허허, 흐흐 등 'ㅎ'에 거의 모든 모음을 붙여보면 내가 ㅎㅎ를 보내는 의미를 맥락에 맞춰 보낼 수 있다. '흐흐' 역시 음흉한 웃음소리이지만 '너 거기 가는 거 무섭지?'라고 누군가에게 보내면 농담의 '흐흐'가 될 수 있는 것이다.

반대로 'ㅋㅋ'는 내가 생각할 때 의미가 한정되어 있다.

아무리 생각해도 '크크', '킥킥' 등밖에 다른 의미가 떠오르지 않는다.

카카, 커커, 코코, 쿠쿠…. 모음을 이것저것 붙여봐도 어울리는 게 없다.

내가 받는 문자의 90% 이상이 'ㅋㅋ'를 쓰지만 이런 이유로 나는 'ㅎㅎ'를 쓴다.

나는 어휘력이 떨어지는가.

아니면 나는 올드한가. ㅎㅎ.

사랑하는 손자에게
주는 동화 두 편

하나

할머니, 궁금해요!

손자가 물어봅니다.

"할머니, 왜 허리가 굽었어요?"

할머니가 대답했습니다.

"오랫동안 교만하게 하늘이랑 높은 사람들이 사는 곳만 쳐다
보고 살아서 이제 겸손하게 살라고."

"아래만 바라보면 겸손해져요?"

"응. 땅에는 그저 물, 바람, 햇빛만 있어도 행복한 풀들이 많거든."

손자가 또 물어봅니다.

"할머니, 왜 눈이 나빠졌어요? 왜 글씨가 잘 안 보여요?"

"응. 그동안 남이 가진 좋은 것과 남의 잘못을 더 많이 쳐다봐
서 이제 그런 건 그만 보라고."

"좋은 것은 계속 봐야 하잖아요?"

"소중하고 고마운 것들은 바로 옆에 있단다. 나이가 들어가면 가까이 있는데도 우리가 잘 보지 못했던 소중한 것들과 내 잘못을 먼저 바라보는 눈이 중요하거든."

손자가 다시 물어봅니다.
"할머니, 왜 이빨이 자꾸 빠지세요?"
"응. 소뼈도 고아 먹고 작은 멸치도 마구 먹고 세상의 모든 음식을 나눠주지 않고 혼자 많이 먹어서 이제 적게 먹으라고."
"건강하려면 골고루 다 먹어야 하잖아요?"
"그렇긴 하지만 그동안 딱딱한 것도 욕심으로 우적우적 먹었으니 이제 마음을 말랑말랑하게 가지라고."
"마음도 말랑말랑해져요?"
"응. 다른 사람들을 향해 고슴도치 같은 바늘을 갖지 않고 따뜻하고 너그럽게 대하면 마음이 말랑말랑해진단다. 네가 좋아하는 마시멜로처럼."

손자는 또 자꾸 물어봅니다.
"할머니, 이제 귀도 잘 안 들리세요? 왜 자꾸 티브이 소리를 크게 하세요?"
"응. 그동안 나쁜 말도 듣고 좋은 말도 듣고 욕도 들어봤으니 이제 정말 아름답고 좋은 소리들만 들으라고."

"그래도 들리긴 다 들리는데 마음대로 골라 듣는 게 아니잖아요? 할머니."

"소리가 다 작게 들려도 가슴을 열고 귀를 기울이면 아름답고 고운 소리들은 눈으로도 들어오고 마음으로도 들어오고 손끝에도 느껴진단다."

"아. 알겠어요."

"뭘?"

"할머니가 티브이 소리는 안 들리신다고 자막이 좋다고 하시는데 제가 말하는 것은 그냥 다 알아들으시잖아요?"

"그렇지. 네가 말하는 소리는 이미 마음으로 다 알고 있거든. 그래서 무슨 말을 하고 있는지 다 들린단다."

"저를 사랑해서 그런 거죠?"

할머니는 빙긋이 미소만 지으십니다.

손자의 물음은 끝이 없습니다.

"할머니, 얼굴에 주름은 왜 자꾸 생겨요? 할머니도 많이 생긴 것 같아요."

"이건 할머니의 살아온 기억이란다. 모든 사람들과 열심히 살아온 기억이 있을 때마다 하나씩 생기는 거야."

"오늘 보니 하나 더 생긴 것 같아요. 이건 무슨 기억이 또 만들어진 거예요?"

"네가 어제 하는 말투와 행동이 어릴 때 엄마랑 똑같았어. 엄마의 사랑스럽던 그 기억을 떠올렸거든."

이번에는 손자가 미소 지으며 할머니 얼굴의 주름을 가만가만 만져봅니다.

손자는 잠시 조용해졌다가 다시 묻습니다.

"할머니, 다리는 왜 점점 걷기가 힘드세요? 왜 자꾸 아프다고 하세요?"

"응. 그건 그동안 내가 무언가를 차지하려고 끝없이 쫓아다녔거든. 이제는 욕심을 향해 걷거나 뛰지 말고 내가 가만히 있어도 누군가 찾아오는 사람이 되라고."

"할머니는 걱정하지 마세요. 동생이랑 제가 날마다 찾아올 테니까요."

"고맙구나."

손자가 마지막 질문인 듯 할머니 손을 꼭 잡고 커다란 눈으로 물어봅니다.

"할머니, 사람은 왜 죽어요? 할머니도 돌아가실 거예요?"

할머니가 꼭 잡은 손자의 손을 쓰다듬으며 말합니다.

"그건 마지막으로 사랑을 물려주라고."

"사랑을요?"

"응. 그동안 내가 사랑했던 것들을 계속 움켜쥐고 있으면 안 되는 거란다. 내가 떠난 자리에 또 다른 사랑이 들어올 수 있게 빈자리를 만들어야 하니까."

"그래도 싫어요. 할머니가 돌아가시지 않아도 엄마도 나도 할머니를 계속 사랑할 거예요."

"그러면 네가 사랑을 쏟을 빈자리가 너무 작단다. 엄마의 사랑은 나보다 크고 너의 사랑은 엄마보다 훨씬 크니까."

할머니가 물끄러미 손자를 바라봅니다.

"저 노을을 보렴."

"너무너무 아름다워요. 할머니."

"그렇지? 하지만 노을은 하늘을 잠시만 물들이다가 다음에 올 별들에게 자리를 비켜준단다."

"네."

"노을은 자신도 아름답지만 뒤에 올 별들이 더 찬란하다는 걸 알거든."

"네."

"별들은 아침이면 또 어김없이 태양에게 자리를 비켜주지. 그렇게 수없이 많은 찬란한 별들도 따뜻하게 빛나는 단 하나뿐인 태양의 소중함을 알거든."

할머니가 손자의 눈을 보는데 별보다 더 반짝입니다.

"나는 자리를 비켜줘야 할 노을이고 엄마 아빠는 찬란한 별들이고."

손자는 괜히 눈망울이 그렁그렁합니다.

"너희는 더 빛나는 태양이니까."

손자는 아무 말 없이 할머니를 등 뒤에서 꼭 안습니다.

어릴 때 업혔던 그 등에 얼굴을 묻고 가만히 엎드려 있는데 할머니의 옷이 조금 축축해집니다.

할머니는 허리춤에 잡은 손자의 두 손을 토닥거립니다.

손자는 마음으로 듣고 계실 할머니 등 뒤에 아주 작게 속삭입니다.

"할머니, 사랑해요!"

둘

바람이 만나러 간 게 아니라
꽃들이 기다린 거란다
내가 너희들을 간절히 기다렸으므로

봄이 오나 봅니다.
햇살이 자꾸자꾸 많이 웃습니다.
따스하게 더 따스하게 모든 것을 비춰줍니다.

바람이 봄소식을 알릴 준비를 합니다.
"얘들아, 늦었어. 빨리 준비해."
"어서어서 출발하자. 시간이 없어."
엄마 바람도 아기 바람도 서둘러 길을 떠납니다.

꽃들은 겨우내 기다렸습니다.
눈이 그렇게 내려도 땅이 온통 꽁꽁 얼어붙어도 서로서로 몸을
의지하며 기다렸습니다.
꽃망울을 조심스레 내밀었지만 아직 바람이 봄소식을 전해주

지 않아 기다리고 있습니다.

　벚꽃이 개나리에게 말합니다.
"곧 올 거야."
　개나리가 진달래에게 말합니다.
"곧 온대."
　제비꽃이 위를 쳐다보고 묻습니다.
"우리들을 꼭 보고 가겠지? 이렇게 땅바닥에 있어도."
　민들레가 거듭니다.
"그럼. 우리가 얼마나 기다렸는데."

　슈웅.
　봄바람이 멀리서 나타납니다.

"얘들아, 너무 늦었어. 만나야 할 꽃들이 너무 많으니 빨리빨리
지나가자."
"그래. 그래. 얼른 꽃들을 만나러 가자. 봄소식을 전해주자."

　벚꽃 위를 휙 지나갑니다.
"바쁘다. 바빠. 꽃들을 만나러 가는 길이."
　개나리 옆도 휙 지나갑니다.

"어? 언제 지나갔지?"

벚꽃이 어리둥절합니다.

"몰라. 나도 못 만난 것 같아."

개나리도 시무룩합니다.

"우린 쳐다보지도 않았어."

제비꽃이 울먹울먹합니다.

"우리가 땅 밑에 깔려 있어서 보지도 못했나 봐. 그렇게 오랜 겨울 동안 기다렸는데."

민들레도 눈물이 송송 맺힙니다.

벚꽃은 바람을 만나려고 오므린 채 기다리던 꽃망울을 펼까 말까 망설입니다.

"내 얼굴을 만지고 가길 기다렸는데."

개나리도 암술과 수술에게 세상을 보여줄까 망설이고 있습니다.

"나도 꽃잎 속 세상을 보고 가길 기다렸는데."

바람은 바삐 꽃동산을 지났습니다.

"다른 곳으로 얼른 가야지. 아! 너무 바쁘다. 봄은."

그때 소나무 숲이 바람을 가로막았습니다.

빽빽하게 울타리를 치고 있던 소나무 할아버지들은 서로 몸을 붙여 바람이 지나가지 못하게 했습니다.

"소나무 할아버지, 저희 너무 바빠요. 얼른 비켜주셔요. 우리가 만나야 할 꽃들이 너무 많단 말이에요."

소나무 할아버지들은 움직이지 않습니다.

"그래? 너희가 꽃들을 만나러 갔다고 생각하니?"

"그럼요. 그럼요."

"꽃들이 기다려 주지 않았으면 너희들이 만날 수 있었을까?"

"아! 그건 좀."

"꽃들은 겨우내 그 추위를 견디고 새싹과 꽃망울들을 숨긴 채 너희를 기다렸어. 너희들을 만나고 나서 세상에 내보이려고."

다른 소나무 할아버지가 또 말씀하십니다.

"그 애들은 너희를 만나고 나서야 비로소 봄을 전하려고 기다린 거야. 너희가 꽃들을 만나러 간 게 아니라 꽃들이 너희를 기다린 거란다."

바람이 고개를 숙입니다.

"돌아가자. 다시 만나러."

엄마 바람도 아기 바람도 조용히 방향을 바꾸어 오던 길로 돌아갑니다.

"어? 바람이 다시 오고 있어."
높은 곳에 있는 벚꽃이 알려줍니다.
살랑살랑.
느릿느릿.
가만히 가만히.

"얘들아, 좀 더 엎드려. 더 낮게."
잔뜩 몸을 낮춘 아기 바람이 제비꽃을 한참 어루만집니다.
활짝.
오므리고 있던 제비꽃 봉우리가 보랏빛 꽃잎을 펼칩니다.
민들레도 쓰담쓰담.
노오란 꽃잎들이 방실방실 웃습니다.
엄마 바람은 벚꽃과 개나리와 진달래에게 인사합니다.

"아까는 무심코 빨리 지나가서 미안해."
벚꽃잎에게 훈훈한 손길을 전하고 개나리도 진달래도 따스하
게 만져 줍니다.
꽃잎 속에 숨어 있던 암술과 수술이 드디어 봄 세상을 만납니다.

한참을 꽃동산에서 빙빙 돌던 바람들은 이제 정말로 길을 떠납
니다.

천천히.

소나무 할아버지들은 몸을 기울여서 바람이 지나갈 길을 만들어 줍니다.

"다음 봄에도 또 만나러 오거라. 언제나 기다리고 있을 터이니."

무모한 용기라도 부디
한 알의 씨앗이 되었으면

쓰고 보니 더 민망하다.
과연 이걸 책으로 내보일 수 있으려나.

혼자 굳이 위로를 삼자면.
자판을 더듬는 동안 조금은 들여다보았다.
나를.

조금은 생각해 보았다.
걸어온 길에 돌부리와 잡초들과 꽃들이 함께 있던 갖가지 모습들을.

조금은 기억해 냈다.
수많은 사람들이 참으로 고맙게 내 곁에 동행하고 있었음을.

부족한 삶과 생각을 펼쳐놓고 보니
엎질러진 물.

엎질러진 물은 다시 담을 수 없지만.
엎질러진 게 물이 아니라 씨앗이라면.
다시 싹 틀 수 있는 씨앗이라면.

그렇다면
그건 희망이다.
꿈이기도 하고.
더 깊게 말하면 간절한 소망이기도.

조심조심.
처음으로 채워본
소쿠리를 뉘어 쏟아보았다.
소쿠리에 담긴 것이
물이 아니라
씨앗이기를 꿈꾸며.
와르르.
딴에는 힘차게.

그러므로
무모한 용기였더라도
진심

부디 썩지 않는 한 알의 씨앗이 되었으면.

그동안 책이 나오기까지 힘을 보태고 멋진 추천사로 나를 감동시킨 사랑하는 딸과 늘 응원을 아끼지 않는 남편, 사위, 손자들 그리고 동생들과 시댁 식구들은 물론 돌아가신 부모님을 비롯한 모든 친인척들에게도 고마움뿐이다.

거기다 더해서 나의 70년이라는 여정에 털끝 하나만이라도 스쳤던 수많은 사람들, 지금도 함께 걸어가는 지인들, 가장 많은 것을 배우게 했던 아이들, 만났던 모든 자연과 장소와 흘러간 시간들, 그리고 하다못해 책이나 영화나 드라마 속에서라도 만나서 선한 영향력을 나눠주었던 인물들에게도.
수많은 그들과 수많은 그곳과 수없이 흐르는 시간과 함께 존재했으므로.

마지막으로 혹여 이 졸필이나마 읽어주는 분들에게 더없이 뜨거운 감사를 전하며.

2023년
장산 자락에서 김명희